I0562547

NOTRE GRANDE
COLONIE AFRICAINE

—

1ʳᵉ SÉRIE GRAND IN-8°.

NOTRE GRANDE
COLONIE AFRICAINE

AVENTURES ET MÉSAVENTURES

D'ANNIBAL PASSÉRIEUX

EN ALGÉRIE

PAR

E. DELAUNEY.

LIMOGES

EUGÈNE ARDANT ET Cie, ÉDITEURS.

NOTRE GRANDE

COLONIE AFRICAINE

I. — Où l'on fait connaissance avec notre héros.

— Monsieur C... Annibal Pas...sérieux !

— Encore gamin !

— Ne vous fâchez pas, M'sieur ; ce sont les patrons qui vous font prier de passer dans leur cabinet.

Le jeune homme auquel s'adressaient ces paroles eût une légère contraction nerveuse, indice d'une contrariété naissante. Il se leva et fit mine d'attraper par les oreilles l'irrévérencieux personnage placé derrière son siége. Mais bien que celui-ci ne fût point un gavroche parisien, — étant, comme il le disait lui-même, *né natif* de Marseille, — il avait les mêmes qualités d'agilité que son émule du nord ; en un bond il fut de l'autre côté du bureau où se passait cette petite scène ; de là, il exprimait sa satisfaction d'avoir échappé à une correction méritée par un geste plus expressif qu'élégant.

Faisons plus ample connaissance avec notre héros, tandis qu'il remet méthodiquement en ordre, comme un employé de bonne maison, tout son petit matériel de travail.

Annibal Passérieux avait 22 ou 23 ans. Il était grand ; d'une taille svelte et bien prise ; de jolies boucles de cheveux châtains encadraient un beau front intelligent et pensif ; une fine moustache estompait ses lèvres admirablement dessinées ; des **yeux vifs** et spirituels animaient sa physionomie à laquelle une grande expression de bonté achevait de donner un charme particulier. C'était en un mot un garçon d'autant plus charmant que lui seul paraissait ignorer la séduction, qu'en vérité il exerçait à son insu.

Ainsi doué de tous les avantages physiques et intellectuels dont une bonne fée peut doter un filleul favori, ou qu'une tendre mère peut rêver pour son premier-né, ce jeune homme semblait fait pour passer joyeux dans la vie, groupant autour de lui des affections diverses, mais sincères, et rendant à chacun sourire pour sourire, bon procédé pour bon procédé. Pourquoi donc alors voyait-on si fréquemment ses traits se contracter comme sous une pensée pénible dont l'obsession creusait un pli dans son front si lisse et si pur.

La réponse à cette question serait une anticipation.

Suivons plutôt le jeune Passérieux chez les directeurs de l'ancienne et grande maison Cauvière père et fils, actuellement Cauvière et Cie, à laquelle il avait l'honneur d'être attaché.

Il se présenta dans le cabinet de ses patrons avec l'aisance modeste qui le caractérisait.

— Vous m'avez fait appeler, Messieurs ?

— Oui, oui, mon jeune ami, dit l'aîné des associés en tournant légèrement son fauteuil vers le jeune homme et en lui souriant avec amitié.

— Nous désirons causer confidentiellement avec vous, ajouta le second en rajustant ses lunettes.

— Vous savez la nouvelle ? reprit M. Cauvière.

— Non, Messieurs.

— Nous avions jugé à propos de la taire jusqu'à aujourd'hui et vous en avez la primeur ; triste primeur ! du reste. Vous avez cru comme tout le monde que M. Montenotte, notre caissier, était en congé de maladie, apprenez qu'il n'en est rien. Il a disparu et depuis trois jours nous avons fait toutes les démarches imaginables pour le retrouver, mais inutilement.

— M. Montenotte... disparu... reprit Annibal avec une véritable stupeur. A qui se fier alors, ajouta-t-il machinalement et comme se parlant à lui-même.

— Mais n'allez pas croire qu'il ait laissé le moindre déficit dans sa caisse, reprirent en même temps les deux hommes qui, dans leur probité scrupuleuse, ne voulaient pas laisser plâner même l'ombre d'un soupçon sur un bon et fidèle employé. Le plus inexplicable, c'est qu'après avoir minutieusement et nous-mêmes scruté ses écritures, afin qu'en cas de malheur il n'y eût pas de scandale sur le nom d'un homme qui nous a loyalement servis pendant trente ans, de père en fils...

— Trente-deux, rectifia M. Bernard, le second associé.

— Nous n'avons pu découvrir qu'une erreur de fr. 0,22 centimes.

— Et en trop! ajouta le second associé.

— En trop? répéta Annibal qui allait de surprise en surprise; mais alors?...

— Alors... Que voulez-vous? c'est notre faute et nous nous le reprochons amèrement. Montenotte était très fatigué depuis quelque temps; ses maux de tête ne lui laissaient aucun répit. Cet homme là n'avait peut-être pas commis deux erreurs dans sa vie.

— Il aura cru son honneur engagé pour ces vingt-deux centimes, et sa disparition n'est que le résultat d'une sorte de folie.. passagère, sans doute.

— Nous avons abusé de son dévouement; nous aurions dû lui faire comprendre que les forces humaines ont une limite; que c'est avec raison qu'aucune administration ne garde ses employés passé un certain terme, et lui assurer une retraite convenable.

— Au besoin lui créer une sinécure, appuya M. Bernard; car ces deux hommes, types à demi perdus de l'ancien commerce, se complétaient mutuellement pour leurs intérêts comme pour ceux de leurs employés — du moins les plus méritants.

— Mais enfin, Messieurs, sur cette disparition mystérieuse n'avez-vous aucun indice qui puisse servir de point de départ à des recherches fructueuses?

— Ce sont justement les données précises qui nous font défaut, fit M. Cauvière avec découragement.

— Et madame Montenotte, que dit-elle ?

— *Elle est à moitié folle, la pauvre femme ; elle sort d'ici ;* elle est persuadée que son mari s'est suicidé ; elle n'ose pas, nous disait-elle, soulever un rideau, entrer dans un cabinet sombre, sans redouter de se heurter au cadavre de son mari.

— Mais ce suspens est affreux !

— Assurément, une certitude serait moins douloureuse.

— Un seul espoir me reste, dit M. Bernard ; vous savez, Passérieux, que Montenotte a une grande partie de sa famille en Algérie ; il a une sœur établie dans les environs de Mostaganem ; un frère à Biskra ; un neveu à Laghouat et une petite nièce mariée à un ingénieur en mission pour ce fameux projet de la réunion des Chotts. Je me suis dit que peut-être, reculant même dans son coup de tête devant la pensée déshonorante d'un suicide, il aurait pu s'embarquer pour l'Algérie. Voici la liste des bateaux partis depuis trois jours ; nos nombreuses relations avec les différentes compagnies m'ont permis de me renseigner très exactement sur les noms des personnes qui ont quitté Marseille depuis lors.

— Et qui vous dit qu'il n'aura pas changé de nom ? remarqua M. Cauvière.

— C'est prévu, mon cher associé ; vous ne m'avez pas laissé achever, autrement je vous aurais dit que je me suis fait donner également un aperçu approximatif des types. Montenotte est assez reconnaissable avec ses longs cheveux...

— On les coupe, on met une perruque.

— Allons donc ! Montenotte n'est pas homme à penser à ces sortes de précautions ; il est trop ouvert et trop franc pour cela. Un coup de tête, il l'a fait ; nous en avons la preuve dix fois plutôt qu'une, et il faut que nous l'ayons ainsi pour que je l'en croie capable ; mais passé cela...

— Eh bien ! concluez.

En ce moment le garçon de bureau frappait à la porte.

— Le capitaine Darbois vous envoie ceci, Monsieur. Il n'y a pas de réponse.

— Ah! nous allons bien voir, s'écria M. Bernard décachetant d'une main fébrile la lettre que l'employé lui tendait; c'était le seul renseignement qui me manquât encore. C'est cela! c'est bien cela; crâne dénudé; longs cheveux roussâtres; redingote brune râpée aux coudes, air maladif et triste; nom! Rousselot...

— Dame! vous voyez...

— Le nom ne prouve rien.

— Oui; mais croyez-vous qu'il n'y ait que Montenotte qui soit à demi-chauve, qui ait des cheveux roux et une redingote fanée? Ah! mon cher associé, ce dernier article n'est pas rare. Depuis qu'il n'y a plus de passeports on ne peut se fier à ces signalements incomplets qui s'adaptent à merveille à une centaine d'individus.

— Que voulez-vous? Cauvière, vous ne m'ôterez pas de l'idée que Montenotte est en Algérie. Et tenez, vous savez le projet dont nous avons parlé; j'en prends tous les frais à mon compte s'il ne réussit pas.

— Vous voulez donc toujours le tenter?

— Plus que jamais, répondit Bernard en tapant du revers de sa main sur la lettre qu'il venait de lire; et en s'échauffant : Comment nous avons la quasi-certitude que notre homme est là, à portée de notre atteinte et nous laisserions sa pauvre femme languir! nous l'abandonnerions à lui-même! Cauvière!

— Bien, bien; je ne vous demandais cela que pour stipuler une fois pour toutes que les dépenses à faire seront supportées en commun; que le succès couronne l'entreprise ou que l'insuccès vienne donner raison à mes pressentiments fâcheux.

— Et maintenant, Passérieux, voici ce que nous attendons de vous, reprit Bernard; vous êtes jeune, mais vous donnez un démenti complet à votre nom.

Annibal s'inclina.

— Et c'est vous que nous avons choisi pour la délicate mission

d'aller chercher notre pauvre caissier en Algérie où, évidemment
pour moi, il se cache.

— Ne suffirait-il pas d'écrire? demanda le jeune homme; puisque vous connaissez le nom des parents de M. Montenotte.

— D'abord, nous ignorons leur adresse exacte; ils habitent à
la campagne et puis, nous vous le répétons, outre que c'est
chanceux, écrire c'est donner prise aux suppositions désavanta-
geuses, provoquer peut-être ce scandale que nous voulons éviter
à tout prix. Pourquoi pas mettre la police à ses trousses, tout de
suite? « Calomniez, dit le proverbe, il en restera toujours quelque
chose. Non, ce n'est pas pratique. Il faut quelqu'un de prudent
et de discret, qui le cherche à petit bruit et nous le ramène sans
que rien ait transpiré. Il est trois heures, continua-t-il en tirant
sa montre, à six heures le Mohamed-es-Sadok quitte le port de la
Joliette; vous serez à son bord où votre place sera retenue par
nos soins et vous nous reviendrez avec notre malheureux ami.

— Mais je n'aurai pas le temps de dire adieu à ma mère; elle
est précisément à la campagne.

— On la fera prévenir. Que vous faut-il de plus? Le temps de
jeter deux ou trois paires de chaussettes dans une valise; il fait
très chaud en Algérie!

Annibal ne put réprimer un sourire.

— Si chaud qu'il fasse, pensa-t-il, je ne pourrais décemment
m'habiller avec une paire de chaussettes!

M. Cauvière reprit :

— Bien entendu, mon jeune ami, que vous emporterez un
carnet de chêque où vous pourrez puiser à discrétion. *A discrétion,
vous m'entendez ;* et partout où la banque d'Algérie a des comp-
toirs on vous paiera à présentation.

— Surtout ne négligez rien, absolument rien; mais réussissez.

— Et vous nous aurez rendu un de ces services qui ne s'ou-
blient pas.

— Que la pensée de la pauvre veuve vous excite et vous sou-
tienne, dit M. Cauvière; c'est en vous qu'elle va mettre sa
suprême espérance.

— Et diable, elle n'est pas veuve encore! dit Bernard impatienté.

Puis il entra dans mille détails sur la manière dont le jeune homme devait s'y prendre; lui recommanda une discrétion absolue, surtout vis-à-vis de ses collègues et termina en lui remettant un carnet de chèques de dix mille francs.

— Cette preuve de confiance amena un rayon de joie dans les yeux d'Annibal, qui remercia avec effusion ses patrons de l'estime qu'ils lui témoignaient et promit de s'en montrer digne.

II. — Où notre héros débarque à Alger et se fait une affaire avec la police.

Quand notre ami se retrouva dans la rue, il resta quelques instants immobile, cherchant à rassembler ses idées; car ce qui lui arrivait lui paraissait tellement surprenant, bouleversait si complètement la routine de sa vie monotone, qu'il était comme un prisonnier auquel on rend subitement la liberté, l'aveugle dont on guérirait à l'improviste la cécité.

Et puis, Montenotte, l'employé fidèle disparu... Enfin, la confiance si amicale de ses patrons et la marque éclatante qu'ils lui en donnaient en le chargeant lui, un des plus jeunes, d'une mission aussi délicate, tout concourait à jeter un peu de trouble dans son cerveau, généralement fort lucide.

De plus, et ne lui en veuillez pas pour cela, jeunes lecteurs, Annibal, enchanté de courir quelque peu le monde, avait bien gros cœur de partir sans embrasser sa bonne mère. On a beau avoir vingt-deux ans, lorsque l'on a du cœur et cet esprit de famille qui de nos jours tend malheureusement à se perdre, une mère est toujours l'aimant magnétique vers lequel se porte la pensée, dès qu'on a une joie ou une peine, celle qui double l'une en la partageant et enlève les trois quarts de l'autre par sa sympathie, ses encouragements ou ses conseils.

Le premier mouvement d'Annibal fut de courir au télégraphe où il composa vingt dépêches pour éviter qu'en apprenant son départ, madame Passérieux conçût une seule pensée d'inquiétude. Aucune ne lui paraissait assez compréhensible. De là, il se rendit à la maison et au grand scandale de Pauline, la vieille bonne qui l'avait élevé, il empila dans une valise dix fois plus d'objets qu'elle n'en pouvait contenir, avec un mépris renversant pour les bienfaits de l'amidon et le sens dans lequel se plient généralement les vêtements, quitte à joncher littéralement sa chambre de tout ce que contenaient garde-robes et tiroirs si soigneusement arrangés d'ordinaire par sa mère.

Cinq heures sonnaient lors qu'après avoir posé deux baisers retentissants sur les joues de Pauline pour calmer son courroux, il hêla une voiture et se fit conduire au port.

Le Mohamed-es-Sadok se balançait gracieusement à l'ancre. Notre ami sauta dans une barque, se fit conduire à bord, demanda le capitaine et apprit qu'on avait retenu pour lui une cabine de première et que le bâtiment mettait à sa disposition pour passer le temps, la conversation avec quelques compagnons de son choix, la lecture, la musique et le whist, sans compter la promenade sur le pont ou sur la dunette. A ce moment une voix rieuse lui cria d'en bas :

— Hé! Annibal, je ne me trompe pas!

Deux matelots occupés non loin de là se retournèrent à cet appel et dévisagèrent notre héros qui rougit sous leur regard gouailleur.

— En voilà un particulier qui a un drôle de nom!

— En tout cas ce n'est pas un vilain animal, répondit l'autre.

Horriblement vexé, Passérieux regarda avec humeur quel pouvait être l'intrus qui lui avait valu cet ennui. Grande fut sa surprise en reconnaissant un de ses amis d'enfance, jeune lieutenant aux chasseurs d'Afrique qu'il n'avait pas vu depuis deux ans. C'était lui qui le hêlait ainsi.

— Ai-je le temps de dire deux mots à monsieur? demanda-t-il au capitaine, tandis que sa barque accostait le Mohamed.

— Oui, mais faites vite; nous appareillons.

On juge de la joie des deux amis en se retrouvant. Le lieutenant Louis Dampierre avait quelques années de plus que Passérieux. C'était le type de l'officier français, brave, ouvert, loyal et gai. Malheureusement sa carrière était brisée. L'expédition du Tonkin à laquelle il avait brillamment pris part l'avait rendu à la France, mais impropre au service par suite d'une blessure à la jambe. Il apprit à son ami qu'il était de passage à Marseille où il était venu recueillir un héritage; il avait donné sa procuration à un avoué, mais tout cela traînait en longueur, et n'étant point un coureur de cafés, il s'ennuyait à mourir à Marseille où il ne connaissait personne.

— Quel contre-temps! s'écria Passérieux, que je sois précisément obligé de partir aujourd'hui.

— Eh! mon cher, tu vas t'ennuyer de ton côté et moi du mien, voilà tout, répondit Louis en riant, car l'Algérie n'est guère amusante pour quiconque ne la connaît pas. A propos, sais-tu l'arabe?

— Moi! pas un traître mot. M. Bernard m'a recommandé de me munir d'un Machnel, d'un Bel-Kassem et je ne sais pas quoi d'autre; mais ma foi je n'en ai pas eu le temps.

— Et tu t'es fait la douce illusion qu'avec ces livres en poche tu comprendrais et parlerais l'arabe? Ah! malheureux, tu n'es pas au bout de tes peines. Mais, j'y songe! Je la connais, mon Algérie, et sur le bout du doigt et je n'ai pas encore oublié le peu d'arabe que j'ai appris en deux ans, si j'allais avec toi? J'en ai bien encore pour une quinzaine à croquer le marmot ici, capitaine!

Celui-ci se dirigeait précisément du côté des deux amis pour engager le visiteur à se retirer.

— Mais non, mais non, fit vivement celui-ci; je vous prie au contraire de vouloir bien me donner l'hospitalité à votre bord; fallut-il pour cela me contenter d'une couchette d'entre-pont.

En deux mots il eût mis le digne homme au courant de son désir de jouir de la compagnie d'un ami retrouvé d'une façon si imprévue et, comme il restait de la place sur le Mohamed-es-Sadok, tout s'arrangea à la commune satisfaction des trois parties.

Nous ne nous étendrons pas sur les longues conversations des jeunes gens. Tant qu'ils furent sur mer, le Tonkin fit presque tous les frais de leurs entretiens; mais la seconde nuit la machine stoppa, on était au port.

Au point du jour, Louis Dampierre appela son ami.

— Viens, lui dit-il; je me reprocherais de te laisser dormir. Tout chargé d'une mission que tu es, il ne t'est pas défendu de jouir des plaisirs du touriste quand l'occasion s'en présente. Pour se faire une idée juste d'Alger, il faut le voir au soleil levant se détacher du flanc sombre de la montagne après laquelle elle suspend sa grappe de constructions de tous les genres et de tous les styles.

Annibal se hâta de se rendre sur le pont, la lunette à la main.

Il resta en effet saisi d'admiration.

— C'est merveilleux, s'écria-t-il en promenant son regard sur les maisons étagées les unes au-dessus des autres et presque toutes terminées en terrasses blanchies à la chaux. Cette blancheur éclatante ne ferait-elle pas croire que cette masse imposante a été taillée dans un bloc de marbre gigantesque.

— Ton impression est la même que celle de M. X. Marmier, le célèbre voyageur. Mais réellement Alger est encore bien changée depuis la première fois que j'ai admiré comme toi ce splendide coup d'œil. La ville suit une transformation progressive. Vois-tu ces vastes magasins voûtés? Ils ont pris la place de rochers à pic que mon père se souvenait parfaitement d'avoir vus. Remarque que l'étage supérieur de ces magasins sert de support à la terrasse contre le parapet de laquelle tu aperçois déjà quelques curieux accoudés ou quelques arabes oisifs qui guettent l'arrivée des paquebots.

— Et comment nommes-tu cette voie?

— C'est le boulevard de la République, bordé de superbes hôtels à cinq étages dont ne rougirait pas la rue de Rivoli. Au-delà s'étend la ville basse ou ville française, aussi française qu'un quartier de Marseille ou de Lyon; et la ville haute qui conserve encore un peu son cachet mauresque, mais le perd chaque jour. Toutefois réserve, s'il te plaît, un peu de ton enthousiasme pour le reste du panorama; détourne ta lunette et examine cette rade qui a treize kilomètres de large.

— Comment nommes-tu ce cap qui la ferme là-bas?

— C'est le cap Matifou avec la Rassauta, les ruines de Rusgunia, son ancien fort Turc et son fort moderne. Il est également célèbre par le souvenir historique qui s'y rattache.

— Lequel? J'avoue mon ignorance, je ne l'ai jamais su ou je l'ai oublié.

— Quoi donc? Et la fameuse expédition de Charles-Quint contre les pirates en 1541.

— Ah! oui, quand il eût tant de peine à rallier son armée.

— Là-bas à Matifou. Comme souvenir personnel je te dirai qu'il est encore célèbre par son lazaret où l'on jeûne souvent; car c'est là qu'on fait quarantaine en temps de choléra.

— As-tu jamais fait quarantaine?

— Moi? oui, plusieurs fois; voilà pourquoi j'en parle savamment.

— De quelle durée sont-elles?

— Le maximum n'est plus guère actuellement que de neuf jours; moi, j'y suis resté une fois sept jours et une fois trois, il y a bientôt quatre ans, et comme la dernière fois j'avais l'option, je suis resté à bord et bien m'en à pris.

— Cette rade est véritablement magnifique!

— Si l'on eût abandonné l'antique Al-Djézaïr...

— Comment dis-tu?

— Al-Djézaïr; c'est le nom arabe dont par corruption nous avons fait Alger (ce nom signifie les îles), parce que ce port a été formé par la jonction de plusieurs îlots et, détail curieux, la jetée de quatre mille mètres qui réunit ces îlots à la terre ferme a été faite en grande partie par les esclaves chrétiens. Les détestables pirates qui ont pendant des siècles pris Alger comme centre d'opération, étaient sans pitié pour ceux des infortunés tombés entre leurs mains qui n'avaient pas les moyens de s'en retirer à l'aide d'une forte rançon. Je te disais donc que si l'on eût laissé la vieille ville mauresque avec les maisons percées de rares ouvertu .es, ses mosquées s'élevant sur les rochers à pic contre lesquels la mer venait se briser, son port turc, son escalier conduisant à la porte de France, et derrière le premier plan, l'immense triang'e de maisons en amphithéâtre dont la Casbah, alors dans toute sa splendeur, formait l'angle supérieur, pour bâtir la ville française, là-bas au fond de la rade, plus loin que ces charmants villages, Mustapha inférieur et supérieur, le ruisseau, etc., qui longent une plage délicieuse et se retirent sur des collines chargées de massifs de verdure, regarde quelle merveilleuse perspective on aurait eue.

— Je ne sais, fit Annibal, mais il me semble que la Méditerranée est moins belle, moins azurée ici que sur nos côtes de France.

— C'est vrai; bien que les côtes d'Algérie soient les plus découpées de toute l'Afrique, elles sont presque partout raides et élevées et n'offrent pas de bons ports; à l'exception peut-être de Mers-el-Kébir (le grand port), où se trouve une pointe de rocher qui s'avance vers l'est comme un môle, protégeant un bassin qui est le meilleur mouillage de l'Algérie et où les vaisseaux de guerre peuvent trouver un abri. Notre Méditerranée, si clémente sur les côtes de France et d'Italie, est ici généralement mauvaise, surtout par les vents du nord-ouest qui sont dominants. Aussi, toutes les villes maritimes sont-elles établies sur le côté oriental des golfes. La partie est depuis Alger jusqu'à la Calle est assez gaie, verdoyante et même cultivée. Je souhaiterais que tu eusses eu comme moi l'occasion de la parcourir. La partie occidentale d'Alger à Nemours est généralement montueuse, triste, stérile. Les caps sont nombreux, par exemple.

— Cela, je le sais; j'en connais une quantité; le cap Ténès, le cap Carbou, le cap Caxine, le cap Ferrat...

— Tu t'arrêtes en si beau chemin! tu as tort vraiment, car tu n'oublies que le cap Roux, le cap Rosa, le cap de Garde, le cap de Fer, le cap Bougaroni ou Séba-Rous (des sept caps, car il est multiple), le cap Cavallo, où commence le golfe de Bougie; le cap Bengut, la pointe Pescade, le cap Ammouch, le cap Ivi, le cap Falcou, et enfin le cap Milouia après lequel on arrive à la frontière du Maroc. Encore j'en passe; je ne te cite que les principaux.

Annibal considérait son ami avec une stupeur comique.

— Arrière, trahison, cria-t-il; tu n'es plus mon ami, mon vieux camarade, tu n'es plus qu'un cours de géographie ambulant.

— Mais pas relié en peau de chagrin, en tout cas, répondit Louis Dampierre en riant de tout cœur, car je ne me suis jamais senti si bien disposé que depuis que je t'ai retrouvé, mon cher ami; mais écoute et ton étonnement va cesser, ma science n'a rien de fort méritoire; j'ai accompagné un de mes chefs chargé du relèvement de la côte et je l'ai aidé à dresser ses cartes; aussi, pourrai-je te parler tout aussi savamment des montagnes, des oueds, des presqu'îles, des îles...

— Allons donc, il n'y en a pas.

— Il y en a peu; et à vrai dire ce ne sont guère que des îlots rocheux, témoin ceux de la Galite, surmontés de deux pics élevés de quatre cent soixante et seize mètres; de Srignia à quatre kilomètres nord de la plage de Stora, qui était autrefois le port de la charmante cité de Philippeville, et enfin l'île volcanique de Rachgoum, à l'embouchure de la Tafna. Il y a bien quelques autres îles sans importance...

— Qu'est-ce que cette cloche?

— On entre dans le port, mon cher; on ne tardera pas à débarquer. Vite, courons chercher ta valise, ou plutôt vas-y seul, ma jambe roide te retarderait.

Annibal reparut bientôt et à mesure que le Mohamed avançait vers le quai il examinait, non sans intérêt, la ligne de curieux de tous costumes et de toutes nationalités qui se pressait sur le parapet du boulevard de la République, tout à coup il tressaillit:

— Voilà mon homme, murmura-t-il à Dampierre.

— Où? Lequel?

— Ce grand vieillard sec à côté de cet Arabe au burnous bleu, droit en face de nous. Il est bien reconnaissable; vois-tu ces

longs cheveux roussâtres ; ce pauvre Montenotte, est-il maigre !
est-il défait ! C'est égal, j'aurais préféré que mon expédition se
prolongeât un peu. Je ne vais avoir que le temps de télégraphier
à ma maison et de m'informer du départ d'un prochain bateau.

Et le jeune homme laissa échapper un léger soupir.

— Comme l'égoïsme se mêle à chacune de nos actions ! reprit-
il après un silence ; je me doutais peu que ma première pensée en
revoyant Montenotte serait une pensée de regret, alors que je
sais de quelle inquiétude son retour va tirer mes patrons et sa
digne femme. Allons, Annibal, mon ami, tu as besoin de pratiquer
encore un peu le sage axiome de Socrate : « Connais-toi toi-
même. »

— Tu es sévère pour toi, mon cher, lui dit Dampierre. Il est
naturel qu'ayant fait la traversée, tu eusses aimé passer une
huitaine de jours sur une terre qui t'eût ménagé certaines surprises.

— Pendant ce temps le débarquement avait commencé. Les
deux amis hêlèrent un petit bateau conduit par un Arabe. Annibal
laissait tous les petits soins matériels à Dampierre, préoccupé
qu'il était de ne pas perdre de vue l'objet de ses recherches.

En mettant le pied sur le *plancher des vaches*, le nerf olfactif du
jeune homme fut désagréablement frappé par l'horrible odeur qui
s'exhale d'un peu partout, mais surtout de la masse d'Arabes
sales et déguenillés qui lézardent au soleil comme de véritables
lazzaroni, ou qui vont et viennent en quête de quelques sous à
gagner.

Restait à monter les escaliers qui conduisent du lieu où l'on
met pied à terre sur le boulevard de la République, assis, comme
nous l'avons déjà observé sur les hautes voûtes des magasins qui
bordent le port. Naturellement Annibal dût perdre de vue son
homme ; aussi courait-il plus qu'il ne marchait en escaladant
quatre à quatre les degrés nombreux qui le séparaient de Montenotte. Dampierre ne pouvait le suivre et l'Arabe porteur de la
valise ne voyait nullement la nécessité de se presser autant.

Le hasard voulut qu'au moment où Annibal débouchait sur le

boulevard, le vieillard eût les yeux tournés de son côté. L'aperçut-il? c'est probable. Le fait est que, prenant ses jambes à son cou, il se précipita vers la place du Gouvernement, ayant donc une certaine avance.

Cette course attira l'attention des badauds, — il y en a partout. — Annibal, malgré l'agilité de ses vingt-trois ans, voyant que le vieillard approchait d'une rue de traverse dans laquelle il craignait, non sans raison, de le voir disparaître, cria à quelques personnes qui sans savoir pourquoi s'étaient jointes à lui dans cette poursuite :

— Arrêtez-le, au nom du ciel, arrêtez-le.

Il n'en fallut pas davantage. Une immense clameur de : Au voleur, au voleur, éclata de toutes parts. Le vieillard surpris, hésita un moment, il tourna la tête et foudroya d'un regard ses insulteurs; on crut tout gagné ; mais il reprit sa course, il semblait avoir des ailes et soudain il disparut.

Arrivé à l'endroit où il avait perdu de vue Montenotte, Annibal désespéré se trouva dans une impasse étroite, bordée de maisons presque sans ouvertures, où l'on n'apercevait que cinq ou six anciennes portes à immenses clous carrés. Il se promenait devant ces portes comme un fauve dans sa cage, quand il fut abordé par un agent de police que des officieux lui avaient sans doute dépêché.

— Vous m'avez fait demander, Monsieur?

— Moi? non.

— Mais enfin vous avez besoin de mon concours?

— Du tout.

— Alors pourquoi avez-vous crié au voleur et amassé la foule?

— Je n'ai rien fait de semblable. J'ai couru après un respectable vieillard que je désirais vivement joindre...

— Il ne le désirait pas aussi vivement que vous, à ce qu'il paraîtrait.

— C'est que... fit Annibal en hésitant, embarrassé de ne point trahir le secret qui lui avait été si bien recommandé, c'est que... il a ses raisons pour cela.

— Juste ce que je disais... Et quel est son nom? si je ne suis
pas trop curieux.

— Monte... non, Rousselot, dit-il, peu habitué à dissimuler.

— Voyez-vous, Monsieur, vous avez beau dire, c'est louche
tout ça.

— Louche ou non, je n'y puis rien changer, dit Annibal, dont
le sang méridional commençait à s'échauffer. Après tout je n'ai
pas réclamé votre intervention, que je sache...

A ce moment Louis Dampierre qui avait deviné ce qui s'était
passé et avait suivi le rassemblement, arrivait tout essoufflé. Il vit
que son ami s'enferrait et s'approchant du sergent de ville, il le
salua avec toute la bonne grâce imaginable, et lui dit :

— C'est une déplorable erreur; une ressemblance qui a trompé
mon ami; moi qui suis forcément plus calme, dit-il en indiquant
avec un sourire sa jambe raidie, j'ai bien vu qu'il s'était laissé
emporter par le désir trop légitime de retrouver un vieil ami de
son père, c'est un vif désappointement pour lui.

Le sergent de ville jeta un regard soupçonneux sur le nouveau
venu; mais voyant la figure martiale de Dampierre, sa physionomie ouverte et le ruban rose qui, malgré sa grande jeunesse,
ornait sa boutonnière, il répondit :

— Je veux vous croire, Monsieur; mais la conduite de votre
ami est inqualifiable tout de même. Je devrais peut-être vous prier
de me suivre chez M. le commissaire de police, mais... Voudriez-
vous me donner vos cartes, Messieurs?

— Volontiers, dit Dampierre en exhibant son porte-feuille dont
il retira un mince carton transparent, élégamment gravé où se
lisait :

Louis Dampierre, lieutenant en retraite, et plus bas : Propriétaire à Bergerac.

Mais Annibal ne montrait pas le même empressement. Il feuil-
leta dans ses papiers, tourna et retourna plusieurs cartes et finit
avec une grimace par en tendre une au représentant de l'autorité.

Celui-ci avait suivi son manège du coin de l'œil et sa défiance
revenait.

— « Annibal Passérieux. » C'est un beau nom, cela, quand il est bien porté, fit-il avec une nuance de raillerie marquée. Avez-vous d'autres papiers attestant votre identité? demanda-t-il encore.

Annibal rougit d'indignation.

— Que signifie, commença-t-il...

Louis l'interrompit.

— Montre ton carnet de chèques, dit-il en désignant le petit livre.

Le sergent de ville ouvrit de grands yeux; sa colère tomba à vue d'œil. Un particulier qui voyageait avec dix mille francs dans sa poche méritait quelque respect.

— C'est bien, dit-il; cela suffit.

L'attroupement se dissipa et les deux amis quittèrent la petite ruelle.

III. — Les Frais Vallons et les sources thermales de l'Algérie.

— C'est jouer de malheur, s'écria Annibal exaspéré, dès qu'il se trouva seul avec Dampierre.

— Oui, vraiment! Où ce diable d'homme peut-il être passé? J'ai vu le moment où tu te faisais une affaire avec ce sergent de ville.

— Et qu'avait-il besoin de se jeter à la traverse, l'animal! dit Passérieux qui était sorti de son flegme habituel; as-tu vu avec quel ricanement il a reçu ma carte?

— Mais aussi pourquoi tant tarder à la donner? Rien n'excite à la méfiance comme l'hésitation.

— N'as-tu pas compris que je cherchais une carte où il n'y eût que la majuscule de mon prénom? Et le sort a voulu que je n'en eusse qu'avec cet affreux nom qui me suivra du collége à la tombe, comme le boulet traîné par le forçat.

— Quoi! tu as conservé cette même susceptibilité nerveuse que je t'ai connu à ce propos au collége de Bergerac?

— Toujours, mon cher; et toi-même j'ai failli ne pas te répon-

dre parce que tu m'avais exposé aux quolibets des matelots.
Ah! que j'ai déjà souffert entre ces deux noms ridicules! mais il
s'agit bien de moi; que faire pour Montenotte?

— Télégraphier à la maison que tu l'as aperçu, mais que tu
n'as pu le joindre; ça tranquillisera toujours ton monde.

— Oui; ensuite?

— Ensuite nous irons déjeuner; car je t'avoue que j'ai une
faim de...

— Va, dis tout de suite de cannibale, ne te gêne pas!

Louis sourit sans répondre. Il comprit que le calme n'était pas
encore revenu dans la vive imagination de son ami. Il l'emmena
donc à la poste et de là à l'hôtel de l'Oasis où un excellent déjeuner
leur fit oublier et leur fatigue et leur mésaventure de la matinée.

Cependant Annibal ne perdait pas de vue sa mission et se demandait sans cesse ce qu'il y avait de mieux à faire.

— Ecoute, lui dit Dampierre, tu m'as fait voir ton individu et
comme tu le dis, il est reconnaissable. Il t'a lui-même reconnu,
et où que tu ailles il se tiendra sur ses gardes, tandis qu'il ne me
connaît pas et que je ne saurais en aucune façon exciter sa
méfiance. Suis mon conseil : enferme-toi dans une chambre
d'hôtel ou plutôt fais mieux, jouis de ton séjour en Algérie, et
fais dans les environs d'Alger toutes les excursions qu'il y a à
faire. Moi je te remplacerai, j'ose le dire, avec avantage; si je vois
notre original, je m'attache à ses pas comme le chien fidèle, je ne
le quitte pas plus que l'huître sa coquille, je lie connaissance, je
le mets en sûreté, je te fais prévenir et le tour est joué. Il doit
bien avoir quelque passion absorbante : le café, les dominos, le
théâtre, quoi?

— Je ne lui en connais pas; c'est le modèle des comptables et
des caissiers; voilà tout ce que je sais.

— Diable! diable! ce sera plus difficile alors, car si on prend la
mouche avec du miel, on prend l'homme par son faible.

— Tu me remets sur la voie; il est fou de musique; il m'a dit
maintes fois qu'il n'avait jamais eu la tentation de se mettre en

retard — en retard lui, l'homme horloge! — que lorsqu'il rencontrait un régiment musique en tête.

—A noter; mais bien vague. Il y a de la musique tous les jours à Alger, soit sur la place du Gouvernement, soit au square Bresson. C'est là que je le chercherai. En attendant, voici mon programme : Contrairement à ce qui se fait d'ordinaire, tu vas commencer par visiter les environs d'Alger; il ne faut pas qu'une rencontre fortuite revienne à nouveau effaroucher notre homme.

— Et où vas-tu m'envoyer?

— Aujourd'hui, il se fait tard, va-t-en au Frais Vallon; ce n'est guère qu'à deux kilomètres et demi; tu y trouveras ainsi que son nom l'indique une retraite ombreuse et paisible, toujours abritée des rayons du soleil.

— J'y songe, Louis; puisqu'il n'y a qu'une gare, ne pourrions-nous pas demander à quelque employé du chemin de fer de nous avertir si un vieillard, répondant au signalement que nous lui donnerions, se présentait au guichet et de nous dire quelle ligne il prendrait.

— Assurément; c'est une affaire de bonne main; mais il y a encore la compagnie des messageries dont les voitures sillonnent l'Algérie.

— Eh bien! donnons avis qu'une récompense attendra celui qui nous donnerait ce renseignement; à bon entendeur, salut.

— Compte sur moi; je vais m'en occuper tout de suite. Nous nous retrouverons ici à l'hôtel ce soir! tu me feras part de tes impressions et moi du résultat de mes démarches.

— Convenu! là les deux amis se serrèrent cordialement la main.

— Passérieux prit donc l'omnibus qui conduit au Frais Vallon. Il connaissait la Suisse où il avait accompagné sa mère quelques années auparavant. Arrivé au point où la scission de la montagne se resserre entre deux berges de plus en plus escarpées, il se crut transporté dans une des anfractuosités des Alpes, tant ce petit coin abrité rappelait les fraîches vallées de l'Helvétie. Un ancien sentier arabe rendu carrossable par de récents terrassements, sans que la hache et la pioche eussent trop mutilé sa voûte verdoyante, le conduisit jusqu'à un endroit où la voie s'abaisse et s'arrête brusquement dans un défilé si étroit que la place semble avoir manqué pour continuer le déblai. Il se trouva auprès d'un café indigène de construction mauresque, où il lui prit fantaisie de faire connaissance avec le moka arabe qu'il avait entendu vanter; mais il était trop français pour trouver dès l'abord un grand charme à cette boisson à peine édulcorée qui, disait-il le soir à son ami, contenait plus à manger qu'à boire, grâce à la finesse du café qu'on emploie et qui est broyé et non moulu.

La vue était charmante le soir; trois arêtes montagneuses séparées par des vallons abrupts bornaient l'horizon; un sentier sinueux escaladait perpendiculairement le versant de la montagne, passant derrière un moulin qu'alimentent en hiver les eaux grossies de l'oued; il s'y engagea. Une ascension de quelques minutes le conduisit à l'entrée d'une petite ville arabe. Au bout d'un jardin couvert d'orangers, de grenadiers, de figuiers et d'amandiers, jaillissaient plusieurs sources, filtrant librement à travers le gazon et le sable, ou encaissées dans des bassins.

Cependant il ne tarda pas à en remarquer une renfermée entre les murs d'une petite cabane et qui se distinguait par son isolement particulier et l'espèce de préférence qui lui avait été accordée. Il se pencha sur les premières sources et puis prit de cette eau qui ruisselait en diamants étincelants entre ses doigts; il la goûta; c'était de l'eau bien pure et bien fraîche; mais celle de la dernière source avait une saveur particulière qu'il ne pouvait exactement définir.

Un visiteur, ou plutôt un habitué de cette charmante solitude, était à quelques pas occupé à parcourir distraitement un livre. De temps à autre son regard suivait le nouveau venu dont la distinction semblait avoir fait sur lui une vive impression.

— Vous êtes étranger, Monsieur, lui dit-il enfin en s'avançant au-devant d'Annibal!

— Etranger? oui et non; c'est-à-dire que je suis Français.

— Étranger à nos parages, voilà ce que je voulais dire, reprit l'inconnu avec courtoisie ; car un Français ne saurait être étranger dans la patrie et l'Algérie n'est qu'une continuation de notre belle France. J'ai pensé n'être point indiscret en m'approchant pour vous donner quelques détails qui peuvent vous intéresser sur l'eau que vous venez de goûter. Cette source est connue sous le nom d'Aïoun-Sr'akhna et la Kouba que vous voyez-là...

— Kouba ! répéta Annibal avec intérêt.

— Pardon, j'oublie que vous n'êtes pas familiarisé avec les termes de notre langue arabisée. Ce mot signifie « chapelle » et la chapelle, peu luxueuse j'en conviens, que vous avez sous les yeux, a été habitée par Sidi-Medjber, marabout ou saint vénéré des musulmans d'Algérie. La légende joue un rôle tout aussi important chez eux qu'ailleurs, aussi cette source a-t-elle la sienne. Toute femme divorcée qui tient à retrouver un mari n'a qu'à faire trois pèlerinages successifs en ces lieux ; le résultat est assuré ; la tradition est absolument affirmative.

— Cela pourrait devenir une source de grande richesse pour l'Algérie si ce fait était connu à Paris, aujourd'hui que le divorce se pratique en Franse, dit Annibal en riant. Il y a des âmes croyantes dans nos quatre-vingt-six départements.

— Vous avez raison. Qu'un journal s'emparât de cette idée et fît un peu de réclame, on verrait peut-être bien accourir les pèlerines.

— Et de tout âge encore, ajouta notre ami. Mais quelle est donc la composition de cette eau ?

— Elle est ferrugineuse, alcaline et carbonatée, et par conséquent éminemment tonique.

— C'est étrange que sur une demi-douzaine de sources, il n'y en ait qu'une jouissant de cette propriété médicinale ! dit Passé-rieux, goûtant à nouveau avec plus d'intérêt l'eau de la source en question.

— On suppose qu'elle est le produit d'anciennes éruptions re-froidies par le temps, ou peut-être a-t-elle été amenée là par quelque convulsion géologique de Bouzaréa, la montagne sur le versant de laquelle nous nous trouvons.

— C'est une exception sans doute, car l'Algérie n'a point d'eau thermales?

— Grave erreur, Monsieur; l'Algérie est très riche en sources thermales et minérales qui peuvent soutenir la comparaison avec les plus réputées de l'Europe. Malheureusement il en est de ces eaux comme de toutes les richesses de cette terre si bien dotée; elles ne sont point en exploitation. Si je ne me trompe, on en compte cent quarante-trois.

— Cent quarante-trois! répéta Annibal avec surprise; c'est énorme. Et quelle sorte de sources? sulfureuses? minérales?

Trente-trois sources thermales simples; cinquante-deux sources d'eaux minérales et thermales sulfureuses; trente-trois sources d'eaux minérales ferrugineuses et gazeuses; vingt et une sources d'eaux salines et thermo-minérales.

— Vous m'étonnez extrêmement, monsieur.

Les sources principales sont, pour la province d'Alger : le Hamman R'hiva.

— Hamman?

Bains, répondit aussitôt le complaisant interlocuteur de notre ami.

— Etourdi que je suis! répondit celui-ci, n'y a-t-il pas des hamman turcs dans presque toutes nos grandes villes de France?

— Surtout à Paris, où ils sont d'une beauté et d'un luxe incomparable. — *Le hamman R'hiva, le hamman Mélouan, le hamman Berrouaghia, et celle-ci, du reste.* Pour le département d'Oran : *le bain de la reine, le hamman Bou-Hadjar, la source d'Arcole, le hamman-ben-Hanéfia.* Enfin, pour le département de Constantine: *hamman Meskhoutin, hamman-el-Biban, hamman-bou-Sellam, hamman Salahin.*

Annibal avait pris des notes.

— Vraiment, monsieur, si je ne redoutais d'être indiscret, je vous demanderais quelques détails sur la situation de ces sources, car vous me paraissez connaître la question tellement à fond...

— Je n'y ai pas grand mérite, monsieur. J'étais le secrétaire
de feu M. Ville, inspecteur-général des mines, qui en avait fait
une étude toute particulière; c'est d'après les travaux de mon
vénéré patron, travaux auxquels il m'avait associé, que je puis
vous fournir des renseignements généraux de quelque intérêt.
Le hamman R'hiva ou source guérissante, que je vous conseil-
lerais de visiter si vos affaires vous appellent de ce côté, est
environ à cent kilomètres d'Alger, dans une situation ravissante, à proximité d'une forêt de pins de huit cents hectares.
Sa réputation date de temps immémorial, car c'est l'antique
aquæ calidæ qui florissait sous Tibère, en l'an trente-deux de
notre ère. On en retrouve journellement de nombreux et bien
intéressants vestiges. La vertu de ces eaux est si bien reconnue
que l'Etat y a dès longtemps installé un hôpital militaire où l'on
envoie les rhumatisants et les anémiques, les goutteux, les
hypocondriaques, les phthisiques.....

— Et ils guérissent?... fit Annibal avec un certain scepticisme.

— On compte des cures fort remarquables; et le grand avantage c'est que, grâce à sa situation exceptionnelle, l'établissement reste ouvert toute l'année. Aussi est-il fréquenté, surtout
en hiver, par des Anglais, des Américains et en général, non seulement des gens riches de la colonie, mais des Parisiens, des
Lyonnais, des Marseillais.

— Et ces gens-là se contentent de l'installation sommaire
d'une source non exploitée?

— Celle-là n'est pas dans les mêmes conditions que l'Aïoun-
Sr'akhna, dit l'étranger en souriant. Il y existe plusieurs hôtels
dont un où règne le luxe le plus raffiné. Vous y trouveriez la
lumière électrique, le téléphone...

— Oh! alors, je comprends; comme on se fait de singulières
idées sur les pays qu'on ne connaît point! dit naïvement Annibal
qui ne savait pas dissimuler les impressions qu'il ressentait. Moi
qui m'étais figuré que l'Algérie était une sorte de pays perdu,
peuplé de quasi-sauvages!

— Le Hamman-Mélouan signifie bains colorés; il n'est point

aménagé encore; on n'y trouve qu'une misérable piscine et c'est d'autant plus regrettable que ces eaux ont la même vertu que celles de Bourbonne-les-Bains, de Balaruc ou de Lucques en Italie. Les Européens qui ont essayé de ces eaux, à leur état tout primitif pourtant, en ont éprouvé les effets les plus heureux.

— Il est sûr que là, ce n'est point un effet d'imagination, comme le prétendent méchamment quelques sceptiques, lorsqu'il s'agit de stations balnéaires où tout est fait en vue de charmer la clientèle.

— A Birouaghia, c'est pire encore : avec des sources sulfureuses dont une seule donne un débit de trois à quatre mille litres par heure, on n'a encore trouvé le moyen de rien créer. La nature plus prévoyante que l'homme a fait sortir cette eau dans un bassin naturel qui sert de piscine aux Arabes, car ils fréquentent beaucoup ces sources chaudes qui, pour eux, sont sacrées. Ce qu'il s'y fait de vœux, de serments, de promesses est incalculable et les ex-voto sont aussi nombreux qu'à Lourdes ou à la Salette; seulement ils sont moins artistiques. Ce sont des cheveux de personnes aimées ou haïes, de versets de Coran, de la poudre, mille riens enveloppés de papiers plus ou moins immaculés que l'on cache dans les anfractuosités de rochers avec des adjurations mentales au génie de la source, pour que le succès réponde aux désirs ainsi exprimés. Je parlais tout à l'heure de la nature; à quarante kilomètres d'Aumale se trouve le *Hamman-Sian* que je ne vous ai point nommé et dont cependant les sources sont admirablement disposées : l'une tombe en douche du rocher, tandis que deux autres sortent du bas de ce même rocher qui forme une baignoire naturelle.

— Vraiment, Monsieur, je ne saurais vous dire assez combien ces détails sur les richesses d'un pays que je ne compte pas avoir le loisir de visiter, ont d'intérêt pour moi. Et le bain de la reine ?

— A également une réputation aussi ancienne que méritée; il doit son nom aux visites réitérées que lui fit Jeanne, fille d'Isabelle la Catholique. De nos jours, l'aménagement laissant beaucoup à désirer pour les besoins de luxe et de confort de la civilisation moderne, ces eaux ne rendent point les services qu'on en pourrait attendre. *Hamman-bou-Hadjar* était de même une station thermale du temps des Romains; il y existe des sources salines et des sources sulfureuses; mais c'est à peine si on les fréquente malgré leur valeur. *La Source d'Arcole* produit une eau de table gazeuse, très appréciée à Oran. Les eaux de *Ben-Ranefia* étaient comme les autres connues des Romains; il y en a d'alcalines et de salines.

— La province d'Oran n'est pas la mieux partagée, remarqua Annibal qui avait suivi sur son carnet les explications de l'aimable causeur.

— Oh! la province de Constantine l'est davantage. Sur les cent quarante-trois sources dont je vous ai parlé, plus de cent se rencontrent sur le territoire de cette seule province. Quant au *Hamman-Meskhroutin* ou bains enchantés, c'est un des points les plus curieux de l'Algérie. C'est l'ancien *Aquœ-Tibilitanœ* des Romains; mais chose singulière, par suite du dépôt calcaire que les eaux laissent où elles passent et qui finit par boucher leur lit, elles se sont constamment déplacées de siècle en siècle. Il y a cinq groupes dont un seul, celui de la cascade, a un débit de cent mille litres à la minute, a une température de quatre-vingt-quinze degrés, ce qui le place au quatrième rang, parmi toutes les eaux minérales connues. Le grand Geyser en Islande a une température de cent dix degrés; Saint-Michel en Amérique quatre-vingt-dix-neuf; Ischia en Italie quatre-vingt-dix-huit.

— Et celle-là quatre-vingt-quinze? En tire-t-on parti au moins?

— Pas si bien qu'au Hamman-R'hiva; si l'on songe que les eaux de la cascade fournissent à elles seules un volume égal à celui de Bourbon-l'Archambault, la source la plus abondante de France! En dehors de la valeur thermale des sources qui émergent au centre d'un cirque montagneux, le pays mériterait d'être admiré de tous les touristes pour sa riche végétation, la beauté de ses sites et les gracieuses lignes de crêtes qui encadrent son horizon. Si vous ne redoutez pas une marche de deux kilomètres et demi, je vous accompagnerai à Alger par un autre chemin que celui que suit l'omnibus.

Enchanté de prolonger la conversation avec ce charmant compagnon de route, Annibal accepta sa proposition avec joie et tous deux quittèrent les ombrages du Frais Vallon.

Chemin faisant, M. Blancheron, l'ex-secrétaire de M. Ville, montra au jeune homme un asile de vieillards installé sur la hauteur, et lui apprit qu'il existait en cet endroit un médecin arabe dont la renommée ferait envie à plus d'un praticien de Paris.

IV. — La trappe de Staouëli et Sidi-F'erruch.

A peine arrivé à l'hôtel de l'Oasis, Annibal se rendit à la chambre de son ami; le couvert était dressé, mais Dampierre n'y était point et on lui dit qu'il n'était pas rentré de la journée. Sept heures et demi sonnaient; huit heures sonnèrent de même, retentissant dans la solitude de la chambre; on vint demander à Passérieux s'il fallait servir, il refusa inquiet de l'absence prolongée du lieutenant.

Les horloges d'Alger jetèrent dans la nuit neuf coups sonores, puis dix, puis onze; le temps était à l'orage; la mer déferlait avec violence et notre pauvre Annibal, nature essentiellement affectueuse et impressionnable, était en proie à une vive surexcitation. Il lui semblait qu'un malheur avait fondu sur son vieux camarade et il ne manquait pas de s'en rendre responsable, afin d'avoir le droit de s'accabler des plus amers reproches.

L'aiguille marchait toujours sur l'émail de la pendule au sujet banal qui garnissait la cheminée de la chambre. Le personnage en bronze de mauvais aloi, avait l'air de railler la promenade désespérée du jeune homme, promenade qu'il interrompait toutes les cinq minutes pour interroger le cadran.

Enfin, un pas un peu traînant se fit entendre; Annibat le reconnut aussitôt et s'avança au devant de son ami.

— Louis, Louis, qu'est-ce qui t'a retenu si longtemps? ne t'est-il rien arrivé?

— Oui et non, répondit Dampierre en pressant cordialement la main qui lui était tendue et en déposant la canne sans laquelle il ne pouvait songer à se hasarder bien loin.

— As-tu dîné?

— Non; mais pour une fois dans ma vie, j'ai constaté l'utilité des cafés et l'inconvénient d'absorber des consommations. Et toi?

— Je t'ai attendu.

— Alors soupons; nous causerons en mangeant.

Aussitôt que le domestique qui répondit à leur appel eût quitté la chambre, après avoir mis à leur portée tout ce qui pouvait leur être nécessaire, Annibal revenant au sujet de ses préoccupations, demanda :

— As-tu prévenu au chemin de fer?

— Oui; mais j'ai fait mieux; j'ai revu notre homme.

— Revu? où? Comment? Quand? réponds donc.

— Mon cher, tes interrogations sont trop nombreuses pour que je ne sois pas embarrassé de savoir par où commencer.

— Ah! tu me fais languir; ce n'est pas bien.

— Voici : En quittant le chemin de fer et la compagnie des Messageries, il était près de six heures. L'idée me vint que ton original devait être soumis aux besoins communs à tous les mortels et que l'heure du dîner lui ferait peut-être quitter sa retraite.

— Qui te disait qu'il ne l'avait pas quittée, après notre départ?

— Dame! personne; mais qui ne risque rien n'a rien. J'avisai donc un café qui commande la vue de l'impasse où s'est évanoui ton Montenotte et j'en ai surveillé toutes les portes.

— Ce à quoi tu n'as pas eu grand mal!

— Non, vu qu'il n'y en a que cinq; mais je ne cherche pas à me donner des gants. A sept heures et demi je commençais à croire que je faisais un métier de dupe, quand tout à coup une porte s'ouvrit et un gamin arabe, — à la figure bien intelligente, ma foi, — se glissa dehors à petit bruit, examinant les alentours. Ne voyant rien de suspect, il vint jusqu'à la place du Gouvernement, regarda de côté et d'autre et regagna le logis. Ce manége m'avait paru singulier et je me dis tout de suite : il y a du caissier modèle là-dessous. Bien m'en prit de me fier à cet instinct secret. Cinq minutes après le retour de l'enfant, comme les premières fanfares des zouaves éclataient sur la place, je vis paraître mon homme, un petit paquet à la main. Il est encore vert, sais-tu ; et il marche bien. Je payai aussitôt et emboîtai le pas derrière lui, ce qui était dur pour moi. Nous arrivâmes ainsi à la musique. Il jeta autour de lui un regard farouche, puis parfaitement tranquillisé...

— Et ne se doutant pas qu'il était passé à l'état de remorqueur, dit Annibal en riant :

— Il se livra tout entier au charme des marches belliqueuses. Je cherchai le moyen de lier conversation avec lui, mais je trouvais tous les prétextes mauvais et sujets à caution. Je résolus alors de le laisser jouir sans le troubler de cette petite distraction qu'il méritait bien après ses tribulations de la journée.

— C'était une pensée charitable.

— Après la musique, me disais-je, je lui demanderai un renseignement quelconque et comme je n'ai pas, que je sache, la tournure d'un pick-pocket nocturne, je lui inspirerai assez de confiance pour l'entraîner en bas jusqu'au café.

— Et qu'est-ce qui a dérangé ton beau projet ?

— Le plus vulgaire des incidents, mon cher. Neuf heures allaient sonner. Depuis un moment je voyais mon homme s'agiter comme l'oiseau prêt à quitter sa branche, quand le loueur de chaises qui va et vient pendant toute la musique pour se faire payer, ce qui est souverainement désagréable, par parenthèse, passa avec une demi-douzaine de chaises tenues fort négligemment et qu'il heurta contre ma jambe endolorie ; la douleur faillit m'arracher un cri ; je portai la main à l'endroit malade, maugréant tout bas ou tout haut, je n'en sais plus rien, contre le maladroit qui s'avisait de rouvrir mes plaies encore mal fermées.

— Pauvre garçon !

— Quand je relevai la tête, mon homme avait disparu.

— Il a donc le pouvoir de se rendre invisible à volonté! s'écria Annibal.

— La foule commençait à s'écouler lentement; j'aperçus un tromblon et de longs cheveux au milieu des casques blancs qui sillonnaient la place; le joindre devint le but de mon ambition du moment; je me dirigeai clopin-clopant vers lui. Hélas! je l'atteignis sous un reverbère; ce n'était pas celui que je cherchais! Je regardai dans la direction de l'impasse; je ne vis rien qui lui ressemblât; il n'avait pas eu le temps d'atteindre ce coin reculé. Je me précipitai vers le café, mon poste d'observation; si son domicile est par-là, me disais-je, en m'excitant à courir, il faudra bien qu'il passe devant moi; mais j'ai vainement attendu jusqu'après onze heures et demi — lui donnant ainsi la latitude de parcourir à son aise le court espace qui sépare l'impasse de la place du Gouvernement. J'en ai été quitte pour mes peines; il n'est point rentré; ce n'est donc pas là qu'il demeure.

— Que ferons-nous demain?

— Tu le vois, mon plan a du bon; il vaut mieux que tu ne te montres pas. Va donc passer la journée... A la trappe de Staouëli; on ne peut pas revenir d'Algérie et n'avoir pas vu cela.

— Est-ce loin?

— Dix-sept kilomètres environ.

— Et toi quels sont tes projets?

— Dès six heures du matin j'irai à la gare et aux Messageries, interroger les employés qui m'ont promis leur concours; de là... Je ferai pour le mieux, m'en remettant au hazard.

Le lendemain, pour ne point compromettre le résultat de son opération stratégique, Dampierre n'osa point accompagner son ami jusqu'à l'endroit où celui-ci prit une voiture de louage pour se rendre à Staouëli, jugeant qu'en cas de rencontre fortuite, il valait mieux que Montenotte ne les vit point ensemble.

Annibal partit donc, non sans avoir écrit à sa maison une longue lettre pleine de détails et dans laquelle il s'engageait, si rien ne survenait, à être rendu vers la fin de la semaine. L'esprit à l'aise de ce côté là, il se promit de jouir de la belle journée qui avait succédé à une nuit orageuse.

En arrivant aux environs de Chéragas, il admira le vaste et splendide panorama du littoral qui, en cet endroit, décrit de Sidi-F'erruch au Djebel-Chenoua, voisin de Cherchell, une immense courbe jalonnée de villages. Chéragas avait pour lui un très vif intérêt; il savait que ce village avait été en grande partie colonisé par des habitants du département du Var, et principalement de la ville de Grasse qui ont ajouté à la culture des céréales, celle des arbres et arbustes odoriférants dont on distille les produits; culture qui donne les meilleurs résultats dans ce climat favorisé. Sa maison était en rapport d'affaires avec un des plus riches propriétaires de l'endroit, M. Chiris, dont il se fit indiquer les superbes plantations de géranium-rosa.

A un kilomètre de Chéragas, on lui montra sur la gauche les koubbas de Sidi-Khralef. Il savait maintenant que koubba signifie chapelle et sidi monseigneur. C'était l'emplacement sur lequel s'est livré le 24 juin 1830, le combat qui a suivi la bataille de Staouëli. Le lieu du combat est devenu aujourd'hui une pleine fertile comme toutes celles qui avoisinent la Trappe et tandis qu'il phylosophait sur le sort de la civilisation qui ne sait encore progresser qu'en arrosant sa route du sang de ses plus nobles et de ses plus braves défenseurs, il arriva à Staouëli.

Une excellente auberge, en face même de la Trappe, lui permit de satisfaire le robuste appétit que l'air frais du matin avait éveillé en lui, mais il ne s'attarda pas, pressé qu'il était de visiter cette colonie agricole de Staouëli, qui donne raison d'une manière si éclatante aux théories sur la colonisation que lui avait développées la veille l'ancien secrétaire de M. Ville.

Lorsqu'il eût franchi la porte d'un avant-corps dont l'entrée est formellement interdite aux femmes, ainsi qu'il pût le lire sur une des parois de la loge du concierge, il aperçut en avant de l'abbaye, le groupe célèbre des dix palmiers près desquels se sont dressées jadis les tentes luxueuses d'Ibrahim, gendre d'Hussem-Dey, et celles des beys d'Oran et de Constantine, réunis pour commander l'armée algérienne que rencontra l'armée française lorsqu'elle eût opéré son débarquement à Sidi-F'erruch, le 14 juin 1830. C'est là que fut livré le 19 juin suivant le combat sanglant qui nous ouvrit la route d'Alger et commença la conquête de l'Algérie. C'est là aussi que treize ans plus tard, le gouvernement accorda une concession de mille vingt hectares à des trappistes qui désiraient fonder un établissement agricole.

Le 19 août 1843, ils arrivaient et plantaient à leur tour leurs tentes sous les palmiers qui avaient abrité celles des chefs arabes. Le lendemain de leur arrivée, ils célébraient sur un autel de gazon la mémoire des soldats tombés glorieusement à Staouëli, puis commençaient leur tâche pieuse de transformer le désert en greniers d'abondance dont les bienfaits se font sentir à plusieurs lieues à la ronde.

Les premières années furent rudes, malgré les subventions en argent, en bestiaux, en semences, le concours de cent cinquante condamnés militaires pour la construction et les défrichements.

La première pierre de l'abbaye fut posée sur un lit de boulets et d'obus provenant du champ de bataille; elle forme un rectangle de cinquante mètres de long. Le milieu est occupé par un jardin entouré d'un cloître à deux rangs d'arcades au rez-de-chaussée et au premier étage. On lui fit tout visiter; la chapelle qui occupe une des ailes; la cuisine et le réfectoire; au-dessus les dortoirs pour cent quatre-vingts trappistes, et l'infirmerie.

Il fut ému, presque choqué de la simplicité plus que primitive de tout cela. A peine son œil d'homme du monde rencontrait-il les objets de première nécessité.

En revanche partout des inscriptions qui rappellent le néant et les misères de la vie. Une entre autre le frappa; il la copia sur son carnet, c'était celle-ci : « *S'il est triste de vivre à la Trappe qu'il est doux d'y mourir.* » On lui montra également le bureau sur lequel furent signés en juillet 1830 ces deux actes si importants. L'abdication de Hussem-Dey et la cession de l'Algérie à la France. Ce vieux meuble est conservé au monastère comme une relique.

A gauche de l'abbaye est la ferme proprement dite ; beau **carré de soixante mètres** de côté avec le matériel le plus complet **et un** superbe cheptel. Cette ferme occupe à elle seule de deux **cents à deux cent cinquante** ouvriers. Puis on lui fit admirer les **nombreux ateliers,** le moulin à farine où l'eau arrive par un aqueduc, **et la** réunion de trois à quatre cents ruches qui, on le comprend, **fournissent** du miel en quantité considérable. Il parcourut **ensuite ce** splendide domaine où l'on trouve cent soixante hectares de **vignes** en plein rapport, quinze hectares de géranium pour la **distillerie,** encore d'un rendement excellent, une orangerie dont le **parfum** se répand au loin, un riche verger où les fruits d'origine les plus diverses marient leurs arômes ; enfin les cinq cents **hectares** de cultures variées qui constituent cette riche colonie, et **quitta** enfin l'abbaye hospitalière dont la table est toujours **ouverte** aux voyageurs. Il n'était pas tard encore lorsque notre **ami rejoignit** l'auberge où il avait quitté sa voiture, aussi se laissa-**t-il** facilement persuader de faire encore les neuf kilomètres **qui** le séparaient de Sidi-F'erruch, ou mieux, comme il lui fut expli-**qué,** *Sidi-Ferredj,* nom d'un marabout qui est tenu en **grande vénération** par les Arabes d'Algérie. Pouvait-il refuser **d'aller visiter** cette presqu'île qu'a illustrée le débarquement de l'armée **française ?** C'était une sorte de pèlerinage patriotique qui en **valait** bien un autre.

Chemin faisant, il se laissa raconter un des miracles de **Sidi-Ferredj,** mort en grande odeur de sainteté musulmane : « Un matelot espagnol voulant emmener, par surprise, Sidi-Ferredj en Espagne, fut tout étonné, après une nuit de navigation, de se retrouver en vue de la presqu'île qu'il avait quittée. « Fais-moi remettre à terre, lui dit le marabout, et ton vaisseau pourra reprendre sa route. » Sidi-Ferredj fut débarqué, et, comme après une seconde nuit, le navire se retrouvait encore à la même place, et cela parce que Sidi-Ferredj avait oublié ses babouches sur le pont, l'Espagnol les prit, se hâta de les rapporter à leur propriétaire, et lui demanda, comme grâce, de rester auprès de lui et de le servir. L'Espagnol devenu fervent musulman, vécut et mourut avec Sidi-Ferredj. Tous deux furent enterrés dans la koubba qui n'existe plus aujourd'hui. Les ossements de Sidi-Ferredj et de son compagnon ont été transportés dans la koubba de Sidi-Mohammed, près de l'Oued-el-Aggar, dans la plaine de Staouëli. » En arrivant dans le petit village que l'on a créé sur cette langue de terre, Annibal visita le nouveau fort, dont la porte est monumentale et surmontée de trophées, dus au ciseau d'un artiste d'Alger, M. Latour. On y lit cette inscription :

ICI LE XIV JUIN MDCCCXXX

PAR ORDRE DU ROI CHARLES X

SOUS LE COMMANDEMENT DU GÉNÉRAL DE BOURMONT,

L'ARMÉE FRANÇAISE

VINT ARBORER SES DRAPEAUX,

RENDRE LA LIBERTÉ AUX MERS,

DONNER L'ALGÉRIE A LA FRANCE.

Après quoi il se fit montrer les ruines de l'église de Saint-Janvier, dont il admira les restes, et reprit le chemin de l'hôtel où l'attendait son ami.

V. — Des raisons qui déterminèrent notre héros à prendre la droite plutôt que la gauche. *Le Sabir*.

— Eh bien ?

— Rien ! répondit laconiquement Dampierre.

— Qu'as-tu fait ? Tu as l'air ennuyé, fatigué...

— On le serait à moins, mon cher. J'ai fait inutilement le pied de grue toute la journée, et, ce soir, de retour à l'hôtel, j'apprends qu'une personne est venue me demander pour une communication très pressée. Tu t'imagines si la folle du logis s'est donné carrière ; nul ne sachant que je suis en Algérie, ce ne pouvait être qu'un des employés des Messageries ou du chemin de fer. Je me rends à la gare, mon homme n'y était pas ; je repasse à l'hôtel, il

en sortait. J'ai compris qu'il valait mieux attendre mon visiteur
ici que de risquer de le manquer de nouveau en courant après
lui. Mais l'impatience me gagnait quand je le vois arriver avec un
sourire mystérieux et tout plein de promesses.

— Vous m'avez bien donné comme signalement : taille assez
élevée, crâne dénudé, cheveux roussâtres, vêtements longs et am-
ples, maigreur extrême, expression un peu égarée?

— C'est bien cela.

— Ce monsieur est venu prendre un billet de chemin de fer
pour Oran. La seule divergence que j'ai à vous signaler, c'est
que le particulier auquel j'ai remis un billet de secondes avait
des lunettes noires, derrière lesquelles je n'ai pu qu'entrevoir ses
yeux. Seulement vous savez que tout le monde porte ici de ces
lunettes à cause de la reverbération.

— Ce qui est d'autant plus probable, que nous savons qu'il
souffre de maux de tête, me dis-je aussitôt; et je m'empressai de
remettre à l'employé la récompense promise.

— Tu as bien fait, approuva Passérieux.

— Bien fait! bien fait! Voici qui n'est pas démontré. A peine
mon brave garçon s'éloignait enchanté, en emportant ses cinquante francs, que l'on m'annonce un gros rustaud des Messageries, le seul auquel j'ai pu m'adresser. Dès lors je flaire quelque difficulté; je le fais entrer.

« — M'sieur, me dit-il, je viens vous faire *assavoir* que le vieux
que vous voulez connaître sa destination a retenu sa place pour
Laghouât. »

— Pour Laghouât? se récria Annibal.

— Oui. Eh bien! comprends-tu ma contrariété, maintenant?
Mon gros lourdaud a mis les points sur les *i*; il n'y a pas jusqu'à
la redingote brune qu'il n'ait remarquée avec les trous aux
coudes.

— Il est peu probable que Montenotte soit parti avec ses coudes percés; c'est un homme méticuleux, partant très propre,
très soigné, comme il convient du reste à ce modèle des caissiers
qui n'a jamais commis d'erreur dans le cours de sa carrière, et a

perdu la tête pour francs 0,22 centimes. Je suis sûr de n'avoir pas vu de trous à sa redingote lorsque je lui ai donné la chasse.

— De quelle couleur était son vêtement?

— Que me demandes-tu là? Je ne l'ai pas remarqué; si, pourtant, il était noir.

— Cependant tes patrons ne t'ont-ils pas donné son signalement tel qu'il s'est embarqué, redingote brune râpée aux coudes? C'est toi qui me l'as dit.

— Oui; mais râpée ne veut pas dire *trouée;* et, je le répète, Montenotte est trop rangé pour avoir des trous à ses vêtements.

— Toutefois s'il est parti avec sa redingote brune, elle a pu s'user dans le voyage; il n'a pas pris le temps d'emporter des bagages. Avait-il de l'argent?

— Sans doute, puisqu'il a payé son passage.

— Alors suivant toi le voyageur des Messageries n'est pas notre homme?

— Non; je ne le pense pas. Du reste, pourquoi serait-il allé à Laghouat plutôt que sur la ligne d'Oran qui mène à Mostaganem, où il a une sœur, dont je lui ai toujours entendu parler avec beaucoup d'affection, tandis qu'à Laghouat il n'a qu'un neveu? S'il n'y avait eu qu'un renseignement, j'aurais suivi l'indice quel qu'il eût été; mais dans cette circonstance embarrassante, il faut que le bon sens supplée aux jugements du feu roi Salomon que je regrette de ne pouvoir consulter.

— Que comptes-tu faire dans ce cas?

— Monter dans le premier train qui nous jettera sur la voie où il nous a précédés.

— Prends garde, Annibal, il me semble que nous faisons fausse route.

— Non, non, Louis; les trous aux coudes de ton rustaud me mettent en défiance; assurément ce n'est point un indice qui puisse désigner un homme de la trempe de celui que nous cherchons.

— Eh bien! soit. Alors demain, à la première heure, nous voilà en route pour Oran. C'est dommage qu'il soit si tard ; il n'y avait plus d'inconvénient à ce que tu visitasses Alger.

— Je n'y tiens pas ; je suis fatigué, du reste, ce qui m'intéresserait serait la physionomie de la ville, et, à cette heure, je ne verrais pas ce mélange d'Européens, de Juifs, d'Arabes, de Mauresques dont tu me parlais l'autre jour.

Les deux amis se séparèrent.

Ils étaient le lendemain à la gare bien avant le départ du train. Ils questionnaient et requestionnaient l'employé sans toutefois que cet examen et ce contre examen fissent naître la conviction dans l'esprit de Dampierre, ni le doute dans celui d'Annibal. Une fois en chemin de fer, Passérieux fit remarquer à son ami que l'Arabe n'était point aussi difficile qu'il le lui avait donné à entendre.

— Car enfin, lui dit-il, il y a une quantité de mots qui se rapprochent du français, de l'italien et surtout de l'espagnol.

— C'est une erreur, mon cher, lui répondit Dampierre. Ce que tu prends, de très bonne foi du reste, pour de l'arabe n'est que du *sabir*.

— Quelle est donc cette langue dont j'entends le nom pour la permière fois? s'écria Annibal.

— Le sabir est le charabia singulier, baroque à l'aide duquel le français trop paresseux pour étudier la langue du vaincu, l'Arabe et le Kabyle trop fiers pour apprendre la langue du vainqueur, cherchent à s'entendre. Car enfin si paresseux ou si fiers qu'on soit, il est des circonstances où l'on est bien forcé de se trouver aux prises, ne fut-ce que dans les marchés où le rôle d'acheteur devient si difficile si l'on ne s'est point initié au vocabulaire du vendeur.

— Alors, tu prétends que ces fragments de phrase que j'ai surpris au passage et quelque peu compris appartiennent au *sabir?*

— Oui, mon cher. *Andar la casa*, n'est rien moins qu'arabe; la preuve c'est que la phrase indigène équivalente est : *Imehi-ed-Dar.*

— Ce jargon de nègre, fait autant de mimique que de sons

articulés, ne renferme qu'un nombre très limité de mots : Quelques noms, quelques verbes, peu d'adjectifs et ceux-ci s'appliquant à une infinité de choses. Tels sont : *bono*, par exemple, qui fait bon, bien, utile, tandis que le mot arabe est *m'lé-ha*. *Carotti* qui signifie trompeur, menteur, carottier, — passe-moi le mot; — *meskine*, petit, pauvre, sordide; *carta* qui représente et le papier sur lequel on écrit et tout ce qu'on écrit sur le papier : lettres, baux, contrats de mariages, etc. Aussi *cassare le carta* revient-il absolument à notre expression : divorcer, résilier le bail et : *douro* équivalent de notre pièce de cent sous, qui fait *nos douro* pour deux francs cinquante et *douro onos* pour sept francs cinquante; *sordi*, sou; *moukère*, femme, épouse; *mouchachou* et *yaouled*, garçon; *macache*, non; *bésef*, beaucoup, très long; mot expressif au possible dans certaines bouches.

— Mais à ce compte-là, il faudrait une double étude pour la langue de ce pays; l'étude de ce qu'il faut dire et l'étude de ce qu'il ne faut pas dire.

— Non; l'étude sérieuse de ce qu'il faut dire — qui, entre parenthèse, est fort attachante, et devrait être obligatoire au moins dans tous les lycées algériens, exclu bien vite la tentation du sabir.

— *Fantasia*, est-il arabe oui ou non?

— Vraiment je ne saurais que te répondre; s'il n'est pas indigène, il a certainement acquis droit de cité; les Arabes l'emploient d'une manière presque universelle pour exprimer tout ce qui est joli, bon, supérieur, étrange. Demande leur pourquoi ils portent tel ou tel article de toilette plus raffiné, plus coquet que les autres? ils te répondront que c'est pour faire de la fantasia. Leurs admirables exercices équestres dans lesquels ils excellent, car tu le verras, — je commence à l'espérer, — ces gens là sont nés à cheval, c'est de la fantasia. Ce mot s'applique à tous les mouvements expressifs de l'âme : au plaisir comme à la passion.

— Une chose me frappe, fit Annibal pensif, c'est que dans les mots que tu m'as cités, j'en vois bien peu d'origine française.

— C'est certain; l'espagnol a eu longtemps la prédominance

comme il l'a en ore dans toute la province d'Oran où le français
se trouve en minorité ; et tant que la langue française n'aura pas
absolument triomphé des éléments multiples de ce patois pittoresque, l'œuvre d'assimilation à laquelle nous devons tendre sera
imparfaite ; aussi devons-nous la hâter de tout notre pouvoir.

— Comme les stations se multiplient sur cette ligne, dit
Annibal en remarquant que le train s'arrêtait une fois encore.

— Oui ; c'est pour desservir les environs d'Alger ; car il faut te
dire qu'il n'y a ni express ni rapides de ce côté de la Méditerranée. On laisse la fiévreuse activité aux métropolitains. Les
Algériens à demi *créolisés* ne se pressent pas trop. Nous voici à
Maison-Carrée. Ici la voie se bifurque : la ligne que tu vois là-
bas est celle de Ménerville, Palestro, Aomar, Dra-el-Misan, et ira
bientôt jusqu'à Constantine. Nous allons commencer à voir se
dérouler le panorama de la Mitidja.

— Mon cher, j'avoue à ma honte que je ne comprends rien à
ces termes qui reviennent sans cesse dans la conversation : la
Mitidja, le tell, le sahel.

— Il s'agit d'abord d'expliquer ces termes ; leur compréhension
en deviendra plus facile. *Tell* est un mot arabe qui signifie butte,
monticule et par extension, colline et montagne ; ceci dit, tu
arriveras parfaitement à comprendre que le tell indique la région
montagneuse de l'Algérie ; de même que *sahel* qui signifie rivage,
est la dénomination de toute la partie à peu près plaine qui borde
la Méditerranée.

— Et la Mitidja ?

— C'est un nom donné à l'immense plaine qui s'étend au-delà
du sahel d'Alger jusqu'au pied de l'Atlas.

— Cette plaine est fort riche ?

— Si elle l'est ! figure-toi que c'est une terre d'alluvion de
deux cent onze mille hectares que les neiges de l'Atlas se char-
gent d'irriguer, ou du moins se chargeront d'irriguer tout entière
dans un avenir prochain, dès qu'au sortir de leurs gorges profondes on aura régularisé la marche des torrents pour que leurs
eaux fécondantes ne se perdent pas ; comme cela arrive encore

aujourd'hui après plus de cinquante ans de conquête. Beaucoup
de ces barrages sont en voie d'exécution ; mais les plus importants ne sont encore qu'à l'état de projet.

— Tu dis que nous sommes dans la Mitidja?

— Oui. En quoi cela t'étonne-t-il?

— Mais vois donc ces immenses espaces encore incultes, bien
plus, qui n'ont point été défrichés ? Se peut-il qu'à vingt-cinq ou
trente kilomètres d'Alger, il y ait encore des terres dans cet
état?

— C'est toujours la même raison ! le manque d'argent. Les
terres ont sans doute été concédées à des gens qui n'ont pu faire
face aux dépenses relativement considérables du défrichement. Tu
en verras partout de ces terres incultes ; songe donc à ce que
serait l'Algérie si elle était toute en culture ! Figure-toi bien que
bornée au nord par la Méditerranée, elle n'a de limites au sud que
le Sahara, moins redoutable que son nom ne le ferait supposer,
car l'eau est partout sous cette terre d'Afrique : il ne suffit que de
la faire jaillir. Par conséquent, en plaçant les limites de notre
colonie seulement à l'Oasis-d'el-Golia, cela lui donne 66,900,000
hectares, plus que n'en représente notre territoire de France qui
n'en a depuis le démembrement de 1871, que 52,857,200.

— Cela fait assurément un chiffre très ronflant; mais à quoi
bon compter ainsi? Sur ces 67,000,000 d'hectares si tu veux, il
faut retrancher tant de non-valeurs !

— Lesquelles donc?

— Quand ce ne serait que ce que l'on nomme la steppe! le nom
seul l'indique, on n'en saurait tirer rien de bon.

— Comme tu vas vite à condamner à l'impuissance 10,000,000
d'hectares! d'abord, sais-tu exactement ce que l'on entend par
steppe, et où elle se trouve?

— A vrai dire, non.

— J'en étais sûr. Au-delà du tell ou partie montagneuse
s'étend une région intermédiaire, mixte, qui n'est plus la montagne et n'est point encore le Sahara. Cette partie là, aussi riche
que le tell lorsqu'elle est arrosée, aussi aride que le désert dès

qu'elle est privée d'eau, c'est la steppe ou lande, où se meut une armée d'alfatiers.

— Une armée?

— Tu railles? Oui, je le répète : une armée; car l'alfa couvre non des milliers, mais des millions d'hectares — cinq, si je ne me trompe. — Et ceux qui la voient de loin onduler au vent du désert ont nommé poétiquement mais avec justesse, ces régions à perte de vue : *la mer d'Alfa*.

— Qu'en fait-on?

— Des papiers excellents, des cartons, et tout ce qui touche à la sparterie : espadrilles, cordes, cordages, tapis et paillassons. Cependant cette dernière branche d'industrie est presque tout entière entre les mains des Espagnols du sud oranais.

— Cela rapporte beaucoup?

— Assurément. La meilleure preuve, c'est que la compagnie franco-algérienne a entrepris la construction d'une voie ferrée de 352 kilomètres, d'Arzew à Méchéria, en demandant comme garantie de ses capitaux, la concession de l'exploitation régulière des Alfas dans une zone de 300,000 hectares. En 1883, à ce que j'ai lu je ne sais dans quelle statistique, la récolte a atteint 70,000,000 de kilogrammes.

— Et cela se vend?

— Je ne sais trop; je crois 120 francs les 1,000 kilogrammes.

— C'est déjà un joli rendement.

— Mais est-ce à dire que la steppe, qui possède actuellement cette source considérable de richesse, n'en puisse avoir d'autres? Des expériences récentes et nombreuses ont montré que la vigne peut couvrir de sa luxuriante verdure ces mamelons dénudés et y produire les riches résultats qu'on peut attendre d'un sol propice et d'un soleil générateur. Des pâturages aromatiques permettent d'y élever des millions de bestiaux, et partout où l'on a aménagé les eaux, les récoltes les plus diverses y sont venues, de manière à lui valoir déjà le surnom de *Mitidja du sud*.

— Tu es enthousiaste.

— Non, je suis juste. J'ai foi en l'avenir de l'Algérie et je le dis hautement, bien que je sois le premier à reconnaître les difficultés immenses avec lesquelles il y a encore à compter.

— Pourquoi ne t'y es-tu pas établi?

— Parce que mes devoirs de famille me retiennent en France; il n'est pas dit qu'un jour je ne viendrai pas apporter le faible appoint de mes efforts et de mon travail personnel à la colonie encore dans l'enfance, mais destinée à préparer à la France une ère nouvelle de richesse et de prépondérance commerciale.

VI. — Le légendaire sergent Blandan et le tombeau de la chrétienne.

La conversation avait été brusquement interrompue par l'entrée du train en gare de Boufarik. Après s'être rafraîchis à la buvette avec d'autant plus de plaisir que la température était excessive, les deux amis se promenèrent un instant sur les quais de l'embarcadère.

— Cela me paraît vraiment charmant, disait Annibal en examinant ce qu'on pouvait apercevoir de la ville, coquettement nichée dans l'ombre et la verdure.

— Après les villages un peu secs que nous avons traversés cette *verdoyance*, passe-moi l'expression qui rend seule mon impression — a un attrait tout particulier.

— Tu ne te douterais guère que cette cité, aujourd'hui pleine de parfum et qui serait la reine de la Mitidja sans la proximité de Blidah que nous verrons bientôt, fut pendant longtemps un des postes les plus désolés de l'Algérie. En 1841 il ne fut question de rien moins que de l'abandonner après tant d'efforts et de défenses.

— Pourquoi?

— Parce que Boufarik fut le premier poste avancé de notre armée dans la plaine, et que d'une part les exhalaisons des eaux stagnantes, de l'autre celles des terre remuées pour la première fois contiennent un principe sinon mortel, du moins dangereux. Lorsqu'il y a des travaux d'assainissement à faire, on en peut éviter les fâcheuses conséquences en les faisant exécuter par

des escouades d'ouvriers fréquemment renouvelées, car le changement d'air est presque souverain dans ces fièvres de pays.

— Un peu comme dans toutes les fièvres, remarqua Annibal.

— Mais regagnons vite notre wagon; tu verras les alentours
de cette cité qui mériterait une visite, et tu me diras s'ils ne te
rappellent pas ces splendides vergers de Normandie si soignés,
si fertiles, si remplis de fruits, qui font l'orgueil du nord-ouest de
la France. J'aimerais te faire parcourir les rues de Boufarik si
largement espacées, arrosées d'eaux courantes et ombragées par
des magnifiques platanes. C'est une véritable oasis d'ombre, au
sein de l'incandescente lumière du soleil algérien, et lorsque
notre colonie en comptera beaucoup de pareilles, je te réponds
qu'elle sera pour la France ce qu'elle fut jadis pour Rome; un
véritable grenier d'abondance.

— Et de plus son cellier, ajouta Annibal, car il me paraît que
les plantations de vignes se multiplient.

— Aperçois-tu là-bas ce bâtiment? C'est un orphelinat qui
outre le caractère généreux de sa mission a un intérêt patriotique; c'est là qu'est enterré Blandan.

— Qui était Blandan?

— Profane! On voit bien que tu n'as point servi en Algérie,
autrement l'histoire du légendaire sergent Blandan ne te serait
point étrangère.

— Hâte-toi de réparer cette lacune dans mon éducation, répondit Annibal en riant, car je sens le malaise de la honte m'envahir
tout entier.

— Ne plaisante pas, mon cher; l'exemple d'hommes comme
Blandan est la meilleure école du soldat, car c'est celle du
devoir poussé jusqu'au martyre.

— Je ne sais de quoi tu veux parler; je serais désolé de railler
quelque chose de noble et de grand. Raconte.

— Le 11 avril 1841, un brigadier et quatre chasseurs d'Afrique
furent désignés pour escorter la correspondance de Boufarik à
Alger. Un piquet de 16 hommes d'infanterie appartenant au
23ᵉ de ligne, commandé par le sergent Blandan et un sous-aide-

major, rejoignant leur corps, firent route avec eux. Depuis leur départ ils n'avaient pas aperçu un Arabe, aussi cheminaient-ils tranquillement le sac au dos et le fusil en bandoulière, lorsque tout à coup, trois cents cavaliers armés jusqu'aux dents, s'élancèrent sur la petite troupe; ils s'étaient embusqués dans le ravin qui précède Beni-Méred.

Le chef s'avança vers le sergent et lui intima l'ordre de se rendre. Pour toute réponse il reçut un coup de fusil et nos soldats, se formant aussitôt en carré, firent tête à l'ennemi. Les balles arabes les couchaient à terre un à un; mais les survivants se serraient sans perdre courage.

« — Défendez-vous jusqu'à la mort, cria tout à coup le sergent en recevant un coup de feu; face à l'ennemi! » Et il tomba pour ne plus se relever. Des 23 soldats français engagés, il en restait cinq, entourant le dépôt qui leur avait été confié, lorsqu'un bruit de chevaux lancés au grand galop se fit entendre; et peu d'instants après, arrivèrent des cavaliers qui se précipitant sur les Arabes les mirent en fuite.

M. Joseph de Breteuil, qui faisait conduire des chevaux à l'abreuvoir à Boufarik, avait entendu la fusillade, et donnant à peine à ses hommes le temps de prendre leurs sabres, il partit à fond de train suivi de quelques chasseurs. Arrivé le premier sur le théâtre de la lutte, il se jeta dans la bagarre, et, grâce à sa rapide énergie, il fut assez heureux pour mettre en fuite les Arabes et sauver les cinq martyrs de l'honneur militaire, seuls survivants de la petite troupe partie de Boufarik quelques instants auparavant; une glorieuse récompense les attendait : Ils furent nommés chevaliers de la Légion-d'Honneur, ainsi que leur sauveur. Tu vois que Blandan a bien mérité l'honneur immortel qui s'est attaché à son nom.

— Oui, c'est beau, mais n'est-ce point ainsi que tu as toujours compris le devoir au Tonkin et ailleurs? demanda Annibal avec une simplicité qui témoignait assez que pour lui, il n'y avait pas deux manières de l'envisager.

— Nous voici précisément au village de Beni-Méred, voyons

si nous apercevons le monument élevé par souscription à la mémoire de Blandan et de ses frères d'armes; c'est une fontaine surmontée d'un obélisque.

— Non, dit Annibal, je ne vois rien et je le regrette; je l'aurais volontiers salué au passage.

— Nous approchons de Blidah, cela se connaît à ces émanations délicieuses. Ces splendides orangeries ne sont-elles point de véritables forêts!

— C'est superbe! ravissant! s'écria Annibal qui, nous le savons, était un amateur enthousiaste de la nature.

— Quelle situation exceptionnelle que celle de Blidah à l'entrée de cette vallée profonde, au pied de l'Atlas qui l'abrite du côté du midi!

— Elle doit être bien riche en eau puisque suivant toi, c'est l'eau qui est la source unique des beautés de l'Algérie.

— Oui, elle en est riche. Ce contrefort de l'Atlas auquel elle est adossée, et qui, tu le vois, est couvert d'arbres et cultivé jusqu'au sommet, lui verse des eaux abondantes. C'est de Blidah que Mohammed-ben-Yussef, le marabout voyageur dont les dictons sont restés populaires parmi les Arabes, a dit : « On t'appelle une petite ville et moi je t'appelle une petite rose. » Malheureusement Blidah, la voluptueuse, la mère des orangers, est sujette aux tremblements de terre. En 1825, elle fut presque entièrement détruite et sept mille de ses habitants furent tués.

— Quel désastre! s'écria Annibal.

— En 1867 un nouveau frémissement du sol jeta bas un certain nombre de maisons, ce qui n'empêche pas qu'on a rebâti des hôtels à quatre et cinq étages, comme si l'espace manquait et s'il ne vaudrait pas mieux de jolies chartreuses encadrées dans la verdure d'un jardinet coquet, que ces maisons luxueuses qui exposent leurs propriétaires au double désagrément du tremblement de terre et des appartements vacants.

— Qu'est-ce que j'aperçois là-bas?

— Les magasins à tabac qui peuvent contenir un million de kilogrammes de feuilles.

— Comme le tabac vient bien en Algérie, remarqua Annibal en allumant une cigarrette.

— Oui ; avant d'arriver à Boufarik nous avons traversé un des meilleurs crus, aux environs du petit village de Chebli.

— Est-ce une plante indigène ?

— Nullement ; sa culture fut introduite en 1844, par trois colons, sur un espace d'un peu plus d'un hectare. Le rendement fut si rémunérateur que douze ans après, la récolte dépassait trois millions de kilogrammes, et dans ces dernières années on a pu en exporter plus de cinq millions.

— J'avoue que moi qui ne suis pas grand fumeur, grâce à ma mère, je trouve les cigares et les cigarettes d'Algérie vraiment supérieurs, surtout pour leur prix si peu élevé.

— C'est qu'en effet l'art de préparer le tabac est arrivé en Algérie à une très grande perfection. Un rapport officiel de l'exposition de Vienne — je crois — constatait que nulle part on ne fabriquait mieux et à meilleur marché.

— Est-ce d'un bon rapport ?

— Oui ; on compte que l'hectare doit rendre net 800 à 900 francs ; mais tous les terrains ne sont pas également propres à cette culture.

— Quel est donc ce pic qui se dresse là-bas ?

— C'est le piton de Sidi-Abdel-Kader, du sommet duquel on a un coup d'œil splendide ; j'en ai fait l'ascension pendant le peu de temps que je suis resté en garnison à Blidah. On voit la mer, les montagnes de la grande Kabylie, le Divah qui commande Aumale, les hauts plateaux d'où vient le Chélif ; l'ouaransenis qui signifie « œil du monde. »

— Un nom prétentieux !

— Pas du tout ; pittoresque et juste, puisque dans l'esprit de l'indigène un pic que l'on admire de toutes parts, doit de son côté voir de loin tout ce qui existe.

— Est-ce que nous n'approchons pas de la Chiffa, célèbre par quelque chose ?

3

— Par ses gorges; une des merveilles de l'Algérie; malheureusement nous ne les traversons pas.

— Où sont donc ces fameuses gorges? Les as-tu vues?

— Vues et vingt fois parcourues; c'était une de mes promenades favorites. Sur une longueur de plus de cinq lieues, la route a été conquise par la mine, tantôt sur le rocher qui la surplombe de cent mètres, tantôt sur le torrent qui lui cède une partie de son lit. Par places on n'aperçoit qu'une maigre végétation s'accrochant avec peine aux fentes des rochers, tandis qu'ailleurs de véritables forêts se dressent au-dessus de nous, avec leur population de singes agiles et grimaçants.

Mais déjà le train avait dépassé Mouzaïaville, — joli village détruit par le tremblement de terre de 1867, aujourd'hui plus florissant que jamais, — et courait vers El-Affroun.

— Quel malheur que ton Montenotte n'ait pas pris la direction du nord! J'eusse aimé remonter avec toi vers Cherchell; revoir ces admirables ruines romaines qui réservent toujours de nouvelles surprises, et surtout ses environs si pittoresques et si beaux! Et puis l'antique Tipazza qui, malgré sa pauvreté du moment, garde le souvenir de ce qu'elle fut sous les Romains.

— N'est-ce pas par-là que se trouve le tombeau de la chrétienne? M. Blancheron m'en a parlé incidemment. Qu'est-ce donc? une vierge martyre?

— Pas le moins du monde. Malgré son nom qui prête, j'en conviens, à l'illusion, cet énorme édifice n'a pas une origine chrétienne; c'est quelque chose comme les pyramides des Pharaons, moins majestueux cependant; c'est la sépulture des rois de la vieille Mauritanie. On en attribue l'érection à Juba II.

— Alors cela doit mériter d'être vu?

— Si c'est intéressant au point de vue archéologique, cela ne l'est guère au point de vue de l'art. Je ne saurais mieux te le décrire qu'en te disant que de loin cela ressemble à un coteau posé sur un autre coteau. C'est un immense amoncellement de pierres de trente mètres de hauteur, dont le soubassement carré a soixante-trois mètres sur chaque face; il est orné d'une colonnade de demi-colonnes, divisée en quatre parties égeles par quatre portes. Ce mausolée a l'apparence d'un cône tronqué s'arrondissant en coupole.

— C'est une forme bizarre.

— Ce n'est pas le seul monument de cette espèce qui existe en Algérie. On en rencontre un autre qui remonte à une plus haute antiquité et a dû servir de modèle à Juba. Mais celui-là, qui est dans la province de Constantine, serait la sépulture des rois numides, élevée en l'honneur de Massinissa.

— Comment expliques-tu alors ce nom de tombeau de la chrétienne?

— Je ne l'explique pas; je l'accepte comme un fait; mais il a sa légende.

— Alors voyons la légende. J'adore ces vieilles traditions du passé qui pour la plupart n'ont pas l'ombre du bon sens, mais conservent un parfum de poésie plein d'un attrait naïf.

— Le peuple arabe qui croit à l'existence de trésors dans tout monument extérieur ou souterrain, dont il ne peut expliquer l'origine et l'usage, a accepté comme très véridique le fait suivant :

Un Arabe de la Mitidja du nom de Ben-Kassem, ayant été fait prisonnier de guerre par les chrétiens, fut emmené en Espagne, et vendu comme esclave à un vieux savant; il ne passait pas de jour sans pleurer sur la captivité qui le séparait pour jamais peut-être de sa famille. « Ecoute, lui dit un jour son maître, je puis te rendre à ton pays, si tu veux me jurer de faire ce que je vais te dire, et en cela il n'y aura rien de contraire à ta religion. » Ben-Kassem, certain de ne point perdre son âme, jura. « Tout à l'heure, continua le savant, tu t'embarqueras; quand tu reverras ta famille, passe trois jours avec elle; tu te rendras ensuite au tombeau de la chrétienne, et là, tu brûleras le papier que voici, sur le feu d'un brasier, et tourné vers l'orient. Quoiqu'il arrive ne t'étonne de rien et rentre sous ta tente. Voilà tout ce que je te demande en échange de la liberté que je te rends. » Ben-Kassem exécuta ponctuellement ce qui lui avait été recommandé; mais à peine le papier qu'il avait jeté dans le brasier fut-il consumé, qu'il vit le tombeau de la chrétienne s'entr'ouvrir, pour donner passage à un nuage de pièces d'or et d'argent, qui s'élevait et filait du côté de la mer, vers le pays des chrétiens.

Ben-Kassem, immobile d'abord à la vue de tant de trésors, lança bientôt son burnous sur les dernières pièces, et il put en ramener quelques-unes. Quant au tombeau, il s'était refermé de lui-même. Le charme était rompu. Ben-Kassem garda longtemps le silence, mais il ne put, à la fin, se retenir de conter une aventure aussi extraordinaire, qui fut bientôt connue du pacha lui-même. La chronique veut que ce pacha soit Salah-Raïs, qui régna de 1552 à 1556. Salah-Raïs envoya aussitôt un grand nombre d'ouvriers au tombeau de la chrétienne, avec ordre de le démolir et d'en rapporter les trésors qu'ils y trouveraient. Mais le monument avait à peine été entamé par le marteau des démolisseurs, qu'une femme, chrétienne sans doute, apparaissant sur le sommet de l'édifice, étendit ses bras sur le lac, au bas de la colline en s'écriant : « Halloula! halloula, à mon secours! » et aussitôt une nuée d'énormes moustiques dispersa les travailleurs qui ne jugèrent pas à propos de revenir à la charge.

— Ta légende est fort intéressante, et je ne manquerai pas de l'écrire pour la conserver dans mes notes de voyage. Mais il me semble avoir entendu dire que ce côté de l'Algérie est beaucoup plus riant que l'autre côté de la province, est-ce vrai?

— Assurément; le déboisement n'a pas été poussé avec autant d'inintelligence que dans la plaine des Aribs par exemple; il en résulte que des bois de plusieurs centaines d'hectares couvrent encore le flanc des montagnes. En causant ainsi, nos voyageurs parcouraient, sans trouver le temps trop long, la route souvent bordée de vignes qui mène à Oran.

Ils avaient quitté la Mitidja occidentale pour remonter la vallée sinueuse de l'Oued-Djer et atteint par une route vertigineuse, à l'aide de remblais, de ponts et de tunnels, la station d'Adélia, où une compagnie dite *strasbourgeoise* travaille à créer un superbe vignoble.

Après cette station, le ravin où serpente le chemin de fer, leur offrait un nouvel intérêt. En sortant d'un dernier tunnel, ils virent l'horizon s'agrandir; le splendide panorama de la vallée du Chéliff, dominée au sud-ouest par l'imposant massif dont l'Ouaransénis forme le point culminant, s'offrait à leurs regards; puis le ravin se resserrait entre des montagnes boisées. Bientôt ils aperçurent pendant quelques instants la charmante cité de Milianah, suspendue aux flancs du Zaccar, qui, en cet endroit, a une altitude de 1580 mètres.

— Quels bons moments j'ai passés là au « coin des blagueurs! »

—- Hein! fit Annibal.

— C'est vrai, j'oublie toujours que tu n'es point un quasi-Algérien comme moi; c'est l'esplanade de Milianah que l'on a surnommée ainsi, et non sans cause.

— Surtout, sans doute, quand il y a des Marseillais!

— Ou des Gascons. En ai-je entendu de ces bourdes!

— Je croyais que Bergerac était dans la Gascogne, remarqua Annibal en riant.

— Et quand cela serait? Est-il dit que tous les habitants du midi de la France soient des hableurs finis? Il y en a de sérieux; voyons, m'as-tu jamais entendu raconter des choses dans le goût de celle-ci:

Il était question de l'intelligence vraiment extraordinaire de certains animaux, notamment des chiens. « J'en ai un tellement intelligent, disait un habitant de Toulouse, que je suis arrivé à lui apprendre à lire! »

« — Coquin de sort! » reprit aussitôt un Marseillais, dont l'accent ne permettait aucun doute sur son origine, ce n'est pas dire grand chose. « Moi, j'ai une petite chienne qui apprend à lire à mes enfants. »

— Oh! j'aurais demandé à partager les leçons à quelque prix que fut le cachet, reprit Annibal; si les promeneurs de l'esplanade de Milianah ont fréquemment des conversations de cette force, je conçois que son surnom soit spécialement heureux. La vue doit être bien belle?

— Oui; plaisanterie à part, c'est fort beau. On découvre ce panorama de la vallée du Chéliff, que je te signalais tout à l'heure. Cette vallée est coupée par les routes de Teniet-el-Haad et le chemin de fer, dont le blanc panache de fumée produit toujours un effet des plus heureux dans le paysage. Les murs de la Milianah française ont été rebâtis sur les ruines de ceux des Romains; eux-mêmes remplacés par ceux des Turcs et par ceux des Arabes.

— Je ne croyais pas que la civilisation romaine eût laissé ici de traces aussi nombreuses de son passage.

— C'est tout le contraire; on en rencontre partout, et les établissements de ces maîtres du monde étaient beaucoup moins clairsemés que les nôtres. Quelques-unes des fouilles qui ont été faites permettent d'affirmer que là où nous n'avons encore que des villages languissants, florissaient autrefois d'opulentes cités romaines, dont les monuments étaient enrichis de sculptures, de colonnes et de bas-reliefs. Tel était le cas de Cherchell et de Tipazza, par exemple.

VII. — Où notre héros fait de nouvelles connaissances.

A la tombée de la nuit, nos voyageurs arrivèrent à Orléans-ville, créée en 1843 par le maréchal Bugeaud, encore sur l'emplacement d'une cité romaine, Castellum Tinjitii.

Dampierre connaissait peu cette région; sa vie militaire s'étant écoulée tout entière dans la province d'Alger et dans celle de Constantine. Mais tandis que nos amis se restauraient au buffet de la gare, l'attention de l'ex-lieutenant fut attirée par la vue d'un homme jeune encore qui dînait à une table voisine, avec une jeune femme et un petit enfant.

— Voilà quelqu'un qui me rappelle d'une manière extraordinaire mon ancien sergent-major, dit-il à demi-voix à Annibal.

— A peine avait-il fait cette remarque, que l'inconnu, culbutant la table sur laquelle fumait son potage, s'élança vers l'ex-officier en lui prenant les mains.

— C'est toi! s'écria-t-il avec l'expression de la joie la plus vive; c'est bien toi, Dampierre; oh! mon ami, que de fois j'ai souhaité te revoir et te présenter ma femme! Marie, dit-il en se tournant vers sa compagne, voici celui dont je t'ai parlé si souvent, mon sauveur.

Annibal était tout oreilles; Dampierre paraissait très gêné.

— Ne parlons pas de cela, dit-il, ce n'est vraiment pas la peine.

— Comment, Monsieur, s'écria la jeune femme, mon mari qui n'était alors que mon fiancé est menacé du couteau d'un assassin, vous vous jetez entre l'arme meurtrière et lui, vous êtes blessé à sa place, et cela ne vaut pas la peine qu'on en parle!... Sur quel sujet vous dirai-je mieux ma vive reconnaissance et mon désir de vous voir accepter notre modeste hospitalité?

— Où donc demeures-tu, Roblochon? demanda Dampierre, espérant ainsi détourner la conversation.

— J'ai pris une ferme aux environs de Sidi-bel-Abbès, un charmant endroit; tu goûteras notre vin.

— Dampierre eût un léger sourire que surprit Roblochon.

— Oh! tu crois que je me sois fait viticulteur pour revenir à mon ancien penchant? Rends-moi témoignage, Marie; m'as-tu jamais vu m'écarter de la plus rigoureuse sobriété?

— Non, sans doute, Maurice; et ton serment, tu l'as tenu.

— Ah bien! monsieur n'est pas de trop puisqu'il est l'ami de Dampierre, s'écria Roblochon en riant et en désignant Annibal du geste; figurez-vous, Monsieur, que je m'honorais jadis de lever le coude comme... un véritable troupier, et je pariais à tout propos que je boirais ceci, cela et le reste, des bêtises, quoi? Dampierre que voici ne voulait jamais tenir mes paris ni me payer un verre — expression consacrée, — il en était résulté que je l'avais pris en grippe, et je lui ai fait pas mal de misères, bien qu'il n'y donnât guère prise; c'était un travailleur, rangé comme une petite fille; mais ses promenades, dans la campagne, ses fleurs séchées, ses échantillons de pierres, tout cela m'exaspérait. Un jour donc je me mis en tête de venir à bout de lui flanquer quelques bons jours de salle de police. J'étais un peu parti ; vous le comprenez ; je m'engage dans les gorges de la Chiffa, où je savais le rencontrer et où j'espérais le mettre en défaut, et voilà qu'au lieu de lui, je me trouve en présence d'un grand diable d'Arabe qui prétend me barrer le passage.

— A qui tu prétends le barrer, rectifia Dampierre en souriant.

— Oui ; cela se peut, je ne m'en souviens pas bien ; toujours est-il qu'une altercation s'engage ; je tire mon sabre, d'un coup de matraque l'autre me le fait sauter dans le torrent et exhibe un de ces vilains couteaux arabes dont l'indigène ne se sépare jamais. Demandez à Dampierre comment il se trouva là pour le rôle de *Deus ex machina* et recevoir le coup qui m'était destiné ?

— Une simple égratignure à l'épaule !

— Oui, qui t'a retenu un mois à l'hôpital !

— Vous étiez donc dans les environs ? demanda avec intérêt la jeune femme.

— J'herborisais ; et au moment de rentrer, je m'étais assis dans une anfractuosité de rocher assez au-dessus de la route, pour enfermer mes trouvailles ; je n'eus donc qu'à exécuter une descente accélérée pour arriver à temps et empêcher un malheur.

— Je ne rougis pas de le dire, continua Roblochon, s'adressant toujours à Annibal avec une loyauté qui lui faisait grand honneur dans l'esprit de celui-ci, je comparais ma conduite à celle du garçon que j'avais maintes fois traité de poule mouillée et je conclus que c'était lui qui valait le mieux ; je lui demandai son amitié, il me l'accorda, et, comme vous voyez, c'est entre nous à la vie et à la mort.

Pendant cette petite scène l'on avait achevé un dîner rapide et l'on était remonté en wagon, en se réunissant, bien entendu.

— Connais-tu Orléansville, damanda Dampierre à son ancien camarade?

— Pas beaucoup ; je sais que c'est une ville de garnison et qu'elle a, par conséquent, un commerce assez vivant ; il s'y tient, le dimanche un grand marché où les Arabes apportent pour une centaine de mille francs de marchandises.

— Quelles sortes de marchandises? demanda curieusement Annibal, étonné de la mention d'un chiffre aussi fort.

— Ce qu'ils apportent à peu de chose près sur tous les marchés de l'Algérie : des fruits, des nattes, du sel, de la laine; mais ce qui chiffre tout de suite, ce sont les bœufs, les moutons et les chevaux, dont il se fait un grand trafic.

— Orléansville est dans une très heureuse situation, remarqua la jeune femme; j'y ai passé quelques années avec mes parents, et je la connais; c'est une ville fortifiée et des remparts nord on jouit d'une vue magnifique. A leurs pieds le Chéliff que l'on qualifie de fleuve, s'il vous plaît, roule ses eaux entre deux coupures profondes. De l'autre côté on aperçoit le village de la ferme entouré d'arbres; plus bas, les jardins touffus de l'hippodrome, et à sa gauche, le beau pont métallique de cent dix mètres de longueur qui traverse la route de Ténès. Plus loin, des collines d'une teinte rougeâtre partout où elles ne sont pas recouvertes de pins, et, enfin, la plaine fertile du Chéliff.

— J'ai entendu dire que malgré le titre ambitieux donné au Chéliff, Orléansville manquait d'eau.

— Pas la ville, répondit la jeune femme, mais les environs. Toutefois on a dû commencer des travaux qui permettront d'irriguer dix à onze mille hectares en amont et en aval de la ville, avec les eaux du Chéliff et celles de l'Oued-Fodda.

— Ce qui transformerait la banlieue de cette cité et en ferait un vaste jardin, remarqua Dampierre.

— Quel cachet a la ville? demanda encore Annibal.

— Oh! reprit la jeune femme, un cachet tout français, et, du reste, peu original; comme dans les villes de création moderne, toutes les rues sont bien alignées et coupées à angles droits. Il y a un théâtre, mais bien modeste. Les bains maures situés au milieu de plantations d'arbres de diverses natures, et une jolie construction mauresque où se tient le cadi ont seuls un aspect quelque peu monumental. Les places et les rues sont plantées de beaux caroubiers et ornées de fontaines qui y entretiennent la fraîcheur et la propreté.

— Somme toute c'est une jolie ville.

— Où il fait bien chaud en été, dit Roblochon en s'essuyant le ront par ressouvenir sans doute.

— Et bien froid en hiver, ajouta la jeune femme.

— S'il n'avait pas fait si sombre, j'eusse aimé vous montrer le pont jeté sur le tir'août, reprit Roblochon; il est d'une seule arche et d'une construction bien hardie.

— Ainsi que le bois d'Eucalyptus de dix hectares qu'a fait planter la société algérienne, continua madame Roblochon qui tenait à faire aux voyageurs les honneurs du pays.

— Est-il vrai que l'Eucalyptus arrive, en Algérie, à une hauteur de cent mètres? demanda Annibal. Je me le suis laissé dire en France, et j'avoue que depuis que je suis ici, j'ai vainement cherché des arbres de cette venue.

— Moi aussi, répondirent en chœur ses trois compagnons de route.

— Une plante transplantée acquiert rarement le même développement dans le pays où on l'a introduite que dans son sol propre, remarqua Dampierre. L'Eucalyptus, originaire de l'Australie, peut offrir sous ce lointain climat des types de cent mètres de haut; mais ici, c'est déjà beaucoup qu'il pousse et se développe de manière à assainir et à donner de l'ombrage en bien peu d'années; nos arbres d'Europe sont plus longs à se développer.

Mais insensiblement chacun s'arrangeait pour dormir, et bientôt un profond silence régna au milieu de la petite troupe.

Le lendemain matin nos voyageurs déjeunèrent à Relizane, encore un ancien poste romain; ce qui prouve que les Romains connaissaient la fertilité des plaines de la basse Mina.

Le sergent Roblochon raconta à Annibal comment en 1864, un coup de main ayant été tenté sur la ville, par Si-Lazreg-Bel-Hadj, les colons repoussèrent ce dernier avec une énergie qui leur fait le plus grand honneur, d'autant plus que le succès couronna leurs efforts.

Il lui fit également remarquer les barrages de la Mina et les travaux de canalisation qui ont été faits pour tirer parti des eaux de cette rivière, tout en promettant au deux amis de leur en faire admirer sous peu un plus remarquable.

Toutefois avant d'y arriver ils devaient encore passer à Perrégaux, et traverser la forêt de l'Habra qui a 1,800 hectares de superficie. En quittant Perrégaux, nommé ainsi d'un général de brigade, mort au second siége de Constantine, des suites d'une blessure reçue à côté du général comte de Damrémont, le chemin de fer franchit l'Habra sur un pont métallique de quarante mètres et s'engage par une montée entre la route de Oued-el-Hamman à droite et les berges escarpées de l'Habra à gauche. Annibal qui suivait par la portière la transformation des sites pittoresques de cette partie du trajet, s'écria tout à coup :

— Quel est donc le nom de ce lac que nous longeons depuis un instant?

— Ce lac, répondit Roblochon, n'est rien autre que le réservoir des eaux du barrage de l'Habra dont je vous parlais tout à l'heure. Je regrette que vous ne puissiez le voir de près; il en vaut la peine.

— Il est immense !

— Je crois bien ; il contient quatorze millions de mètres cubes.

— Il doit falloir un personnel bien nombreux pour répartir une pareille quantité d'eau.

— C'est ce qui vous trompe ; elle s'écoule vers le bief inférieur par de puissantes vannes qu'un seul homme fait ouvrir au moyen d'un mécanisme ingénieux.

— Quels merveilleux progrès accomplis de nos jours! s'écria Dampierre surpris.

Et il y avait de quoi : Ce barrage a, en effet, une longueur de 478 mètres, y compris les 120 mètres du déversoir. Sa hauteur est de 40 mètres. Sa partie bétonnée est de 7 mètres; enfin l'épaisseur de ce mur cyclopéen est de 38^m90 à la base.

— Est-ce une seule rivière qui fournit un si vaste contingent?

— Oh! non. Ce barrage est construit au-dessous du point de

jonction de l'Oued-el-Hamman, de l'Oued-Tézon et de l'Oued-Fergong au point où les trois prennent le nom d'Habra; car il faut vous dire que les Arabes changent à tout propos les noms de leurs oueds.

— Quels flots bleus sortent de ce pseudo-lac, remarqua Dampierre.

— Le plus étonnant, c'est que les eaux qu'apportent chacun de ces oueds sont troubles; en se reposant dans ce vaste bassin, elles se clarifient, paraît-il, et en ressortent transparentes et tranquilles.

— Quels désastres pourraient se produire si un accident survenait! se prit à dire Annibal pensif! car les merveilles de la nature, de l'art ou de l'industrie ne le laissaient jamais indifférent.

— En 1872 et en 1881, l'accident que vous paraissez redouter est arrivé, et il en a coûté cinq millions de francs à la société qui a l'entreprise de ce barrage, incontestablement un des plus beaux d'Algérie. Cependant à Saint-Denis-du-Sig, il en existe un autre qui mérite une mention, car bien que disposant d'une somme d'eau beaucoup moins forte, il fait mouvoir des usines importantes.

— Je croyais avoir entendu dire qu'il y en avait deux, remarqua Dampierre.

— Oui; le génie en fit construire un en 1843, et son débouché dans la plaine de Saint-Denis-du-Sig, présente un étranglement dont les Turcs eux-mêmes avaient eu l'idée de profiter pour établir un barrage; bonne pensée dont ils furent récompensés par la transformation complète de cette partie de la plaine qui devint en quelques années riche et féconde. Mais, hélas! ce fut un beau rêve, une inondation emporta le barrage et la plaine redevint inculte.

— Alors le second barrage n'est pas le barrage turc?

— Quelle idée! se récrièrent à la fois Dampierre et Roblochon.

— Non, continua ce dernier, c'est en 1858 que le service des ponts-et-chaussées en a construit un deuxième superposé à celui du génie, afin de retenir une plus grande quantité d'eau en approvisionnement.

— Et ces sacrifices sont-ils récompensés par les produits du sol?

— Quand donc as-tu vu la terre ingrate, ne pas rendre au centuple ce que l'on fait pour elle? s'écria Dampierre.

— Nous sommes dans un pays où toutes les cultures prospèrent, et où l'on compte déjà plus d'un établissement remarquable d'exploitation et d'industrie agricole. Si la gare n'était un peu éloignée de la ville vous eussiez pu juger par le développement qu'a pris Saint-Denis-du-Sig, du degré d'importance qu'a le commerce de cette région.

— C'est une jolie petite ville, interrompit madame Roblochon; elle a la forme d'un quadrilatère et est divisée en îlots rectangulaires bordés de maisons et de jardins. Comme partout les places et les rues sont plantées d'arbres et les eaux courantes y entretiennent la fraîcheur.

— Voyez, dit Roblochon, tandis que le train entrait en gare, comme la ville a une verte ceinture : ce sont des plantations publiques disséminées sur les anciens remparts de terre, qui lui donnent cette apparence de jardin de plaisance.

Peu après avoir quitté Saint-Denis, nos voyageurs se trouvèrent de nouveau sur les confins d'une vaste forêt de douze mille deux cent quarante hectares.

— De quelles essences se compose-t-elle? demanda Annibal.

— D'oliviers, de thuyas, de lentisques, et de sumacs thisgra. Mais comme toutes les autres elle a beaucoup souffert des déprédations des Arabes.

Dampierre réfléchissait depuis un moment.

— Quel est donc le nom de cette forêt? demanda-t-il enfin.

— Moulaï-Ismaïl.

— Il y a un souvenir historique qui s'y rattache; mais lequel? Il ne me revient pas. Ah! j'y suis; c'est bien là que don Alvarès de Bazan, marquis de Santa-Cruz.....

— L'aïeul ou le descendant du don César de Victor Hugo?

— Je ne sais trop; toujours est-il qu'il essuya une défaite complète au commencement du dix-huitième siècle.

— J'ignorais ce fait, répondit madame Roblochon; mais j'en connaissais un autre que la tradition qui en fait mention a fixé dans ma mémoire.

— Quelle tradition? demanda son mari, très flatté de voir les deux amis écouter avec déférence et plaisir la jeune femme qui, du reste, avait reçu une bonne éducation et était vraiment charmante.

— Moulaï-Ismaïl, prince marocain, venu pour s'emparer d'Oran, eut ici même le sort de don César de Bazan; et l'on montrait au milieu de la forêt un vieil olivier sauvage tout couvert de petits lambeaux d'étoffe et dont le pied disparaissait sous des amoncellement des pierres. Cet arbre était celui sous lequel s'arrêta le chef vaincu. Quelle vertu sa présence lui communiquat-elle? je l'ignore. Quoiqu'il en soit, la croyance populaire voulait que toute femme dont le mari était parti en guerre, vînt jeter en passant une pierre au pied de l'olivier et attacher à ses branches un morceau des vêtements de l'absent, afin de le préserver du mauvais sort.

— Es-tu venue y jeter ta pierre lorsque je fus en Tunisie? demanda Roblochon à sa compagne qui rougit.

— Il n'est point dit que cela eût efficacité pour les fiancés, répondit-elle en souriant; et puis, Monsieur, vous êtes un indiscret, ajouta-t-elle avec un petit air mutin qui fit rire nos trois voyageurs.

Cependant on approchait d'Oran.

On vit encore un barrage au Tlélat dont les terres fertiles ne demandent qu'un peu d'eau pour devenir d'une fécondité rare et où l'on compte plus de trois cents hectares de vigne. On passa à Valmy; Roblochon rappela à Dampierre le fameux camp établi là, dans les premiers jours de la conquête au lieu dit du Figuier; lieu remarquable, car cet arbre était unique sur un rayon de plus de dix lieues.

Enfin se profilèrent sur le ciel les contours du Djébel-Mourjadjo avec les forts de Santa-Cruz et de San-Grégorio et ceux de l'Aluseïda, couronnés par la koubba de Sidi-Al-el-Kader-ed-Djélani.

Là le jeune couple pressé de rentrer à Sidi-bel-Abbès prit congé de nos amis, mais sans vouloir entendre parler d'une fin de non-recevoir pour leur invitation. Dampierre et Annibal inscrivirent donc dans leur programme : le Aïnzertitas, la localité où monsieur et madame Roblochon avaient commencé à planter de la vigne.

VIII. — Des inconvénients d'aller au café et d'y être appelé par son nom.

Si fatigués que fussent nos voyageurs des 421 kilomètres qu'ils venaient de parcourir d'une traite, ils seraient repartis le soir même pour Mostaganem, s'il leur eût été possible de retenir deux places ; mais il y avait dans cette dernière ville un concours régional, c'est-à-dire des fêtes, et les diligences étaient au complet.

— Allons-y par mer, dit Annibal que son devoir trouvait toujours infatigable. Il y aura peut-être un bateau en partance à Mers-el-Kébir.

— Et pourquoi aller si loin? demanda Dampierre; ne sais-tu pas que le port d'Oran, aujourd'hui terminé, a supprimé celui de Mers-el-Kébir, réservé à la marine militaire?

— Non; je l'ignorais. J'avais même entendu dire qu'Oran avait un fort mauvais port.

— Oui; comblé par des éboulements à diverses reprises. Mais comptes-tu pour rien l'art des ingénieurs qui contrebalance même le mauvais vouloir de la nature? celle-ci vaincue à force de travaux, le port d'Oran va rendre de véritables services.

— Allons au port.

— Il n'y avait pas de bâtiment à destination de Mostaganem; le bateau était parti le matin.

— Donnons un coup d'œil à ce qui nous entoure, dit alors

Dampierre; j'espère que tu ne te feras pas scrupule d'employer les prochaines vingt-quatre heures à visiter la ville.

— Dans ces conditions, ayant tenté tout ce qui dépendait de moi pour faire passer les intérêts de ma maison avant ma satisfaction personnelle, je serais fort sot de ne pas jouir de mon voyage, et je suis enchanté de profiter d'une aussi bonne occasion de me former « l'esprit et le cœur, » comme l'on dit.

— Ne remarques-tu pas qu'Oran rappelle Alger par un point caractéristique : Sa forme générale qui est également celle d'un triangle un peu irrégulier dont la mer forme la base?

— Sais-tu d'où lui vient son nom?

— Roblochon prétend que c'est parce qu'elle est bâtie sur les deux flancs d'un ravin, auquel elle doit le nom de Ouahran-la-Coupure.

— Qui dit ravin, dit torrent; il y a donc de l'eau?

— Oui; un Oued-Rehli, je crois, qui est recouvert, paraît-il, par un large tunnel sur lequel s'élèvent le boulevard Malakoff, une partie du boulevard Oudinot, et le massif de constructions qui sépare la petite place Kléber de la place qui est en contrebas de la promenade de Létang, où est l'hôtel dont madame Roblochon nous a parlé?

— Mais ce n'est pas cet oued là qui a fait la fortune d'Oran; c'est la source de Ras-el-Aïn dont l'importance et la qualité ont fixé les Espagnols, et avant eux, les Maures et les Arabes.

— Oran était donc une ville espagnole?

— L'était et l'est encore jusqu'à un certain point. Les Espagnols y ont régné en maîtres de 1509 à 1791, c'est-à-dire pendant plus de deux siècles et demi, à l'exception d'une période de vingt-quatre ans, où la domination turque se rétablit au commencement du XVIIIe siècle.

— S'ils y étaient maîtres absolus, ils n'étaient point incontestés, à ce que je vois.

— Non; regarde ces beaux castillas bâtis sur les ressauts de la montagne! Ce sont eux qui les ont construits! quelle formidable ceinture de défense!

— Et les tremblements de terre les ont respectés?

— Oui. Le plus violent, celui qui culbuta la ville entière en 1790, ne les a point entamés.

— Oh! fit tout à coup Annibal s'arrêtant par un mouvement involontaire.

— Qu'y a-t-il? demanda Dampierre surpris.

— N'as-tu pas vu les deux femmes qui viennent de passer?

— Lesquelles?

— Ces deux vêtues de robes damassées d'or et de soie; quelle beauté! quel type admirable!

— Ce sont des juives, mon cher.

— Attends; je vais te faire voir le contraste : regarde ces trois vieilles qui causent là-bas, avec des châles rouges sang de bœuf.

— Ce sont les sorcières de Shakespeare!

— Pas du tout; ce sont peut-être les mères ou les tantes de tes idéales beautés !

— Ce sont des juives!

— Oui; il n'y a pas de milieu : ou elles sont belles et richement vêtues, comme tu les as vues tout à l'heure, ou laides à faire peur dans des costumes sordides.

— Quel coup d'œil magique, s'écria de nouveau Annibal qui, nous le savons, n'avait rien vu de la physionomie d'Alger; c'est un véritable Kaleidoscope.

— Nous voici à la promenade de Létang; arrêtons-nous cinq minutes pour observer.

Et, en effet, on voyait aller et venir des juifs reconnaissables à leur costume — la lévite, le pantalon à pied et le bonnet noir, — des zouaves, des turcos, des chasseurs à pied et à cheval, des Espagnols de l'Andalousie avec leurs grègues, leur couverture de grosse laine rouge et le mouchoir roulé autour de la tête; des Kabyles au port superbe, sales et déguenillés :

« Drapant leur arrogance avec leur gueuserie, »

la Mauresque cachée dans son traik blanc, derrière le mouchoir qui ne lui laisse voir que les yeux; l'Européenne outrant jus-

qu'au mauvais goût les modes de Paris; l'Arabe riche dans son
blanc burnous et sa gandourra immaculée, serrée à la taille par
une ceinture de soie éclatante; le Français circulant dans cette
foule bigarrée, avec ses vêtements noirs et son tromblon; des
Maures insouciants et fatidiques, des manolas vives et gaies, des
cavaliers indigènes faisant inconsciemment exécuter de la fantasia à leurs montures; des caïds au burnous rouge; des marins
et des matelots; c'était vraiment, comme l'avait dit Annibal, un
coup d'œil magique. Joignez à cela que la promenade de Létang,
plantée de vigoureux bella-sombra qui forment un abri impéné-
trable aux rayons du soleil, faisait à tout ce mouvement, à toute
cette vie, un cadre digne du tableau.

De la partie ouest on embrassait d'un coup d'œil la blanca ou
vieille ville espagnole, le port dominé par l'abrupte Mourdjadjo,
sur lequel s'échelonnent de la base au sommet le fort de la Moune
ou de la Guenon, ainsi nommé à cause des bandes de singes qui
en occupaient jadis les environs; le fort Saint-Grégoire qui a la
forme d'une étoile irrégulière; la chapelle des cholériques, hum-
ble bâtisse construite à la suite du terrible choléra de 1849 et le
fort Santa-Cruz, à quatre cents mètres au-dessus du niveau de la
mer.

Du côté nord, l'œil embrassait l'horizon sans limite de la
Méditerranée, et quand les allées et venues des deux amis les
amenaient à droite, ils admiraient cette partie du golfe d'Oran,
où l'on aperçoit Arcole, la pointe de Canastel, la montagne des
Lions, Christel et la pointe de l'Aiguille.

L'heure avancée put seule les arracher à cette charmante promenade que vient fréquemment animer la musique militaire.

Après le dîner, ils descendirent au café où se trouvait nombreuse société. Dampierre ne tarda pas à trouver des visages de
connaissance parmi les groupes, et alla frapper sur l'épaule d'un
capitaine de spahis, de retour du Tonkin comme lui; deux minutes
plus tard il appelait Annibal pour le présenter à son ancien
camarade.

— Or, comment faire pour l'appeler, sinon de prononcer son

nom? Hélas! il s'attendait peu aux conséquences qu'aurait cet acte si simple en lui-même.

Annibal se rapprocha donc de la table près de laquelle causaient les deux officiers. Après les présentations d'usage, la conversation s'engagea plus vive, plus animée que jamais, car on avait beaucoup à se dire de part et d'autre; mais un grand Espagnol au teint basané, aux cheveux noirs, aux yeux ardents qui accompagnait l'officier de spahis et faisait de fréquentes dévotions au flacon de rhum posé devant lui, avait eu un sourire railleur pour Annibal Passérieux.

Il semblait prendre à tâche de contredire tout ce que disait le jeune homme; celui-ci était exaspéré par la grossièreté provocante de cet individu, et s'étonnait quelque peu de le rencontrer en société d'un homme aussi charmant que le capitaine Belcastel.

Il se contenait depuis longtemps déjà, lorsque l'Espagnol mit, je ne sais trop comment, sur le tapis, la question des prêteurs d'argent. Cette question brûlante est toujours tant soit peu irritante en Algérie où les usuriers juifs sont prépondérants, grâce à leurs richesses. Annibal exprimait sa surprise, qu'il pût être permis à des gens devenus Français par la naturalisation en bloc de 1870, de faire ce qui est défendu à d'autres Français, de prêter en dehors du taux légal, surtout comme on le lui affirmait à 24 pour cent.

— Allons donc! c'est un taux modéré, puisqu'ils prêtent jusqu'à cent et cent cinquante pour cent aux Arabes, disait l'Espagnol.

— Il est d'autant plus étonnant que, sachant à quel point ils poussent l'abus, on le tolère; c'est une flétrissure que notre caractère national de générosité ne mérite assurément pas.

— M. Passérieux a raison, dit le capitaine frappé de la justesse de la remarque du jeune homme.

— Annibal, animal, avec sa générosité, dit l'Espagnol à demi voix, mais de manière à être entendu.

— Serait-ce de moi que vous parlez? s'écria Passérieux hors de lui.

— Et de qui d'autre? Qui donc est un animal ici?

— Vous me rendrez raison de cette insulte, Monsieur.

— Moi! un hidalgo du sang bleu, rendre raison à un blanc-bec comme vous? répondit l'Espagnol d'un ton hautain; non, assurément.

— Pourtant, fit Annibal en se levant, vous ne supposez pas que...

Le reste de la phrase se perdit dans une bagarre inattendue.

Tirant une dague de sa ceinture, l'Espagnol s'élança sur Annibal auquel le sang-froid était revenu devant le danger. Menacé en pleine poitrine, il para le coup de la main gauche qui fut traversée de part en part.

Les deux officiers s'étaient jetés sur le jeune homme pour le couvrir, et Dampierre surtout, furieux de voir couler le sang de son ami, voulait en dépit de sa faiblesse, faire un mauvais parti à l'hidalgo.

Il fut assez difficile de venir à bout du forcené dont la vigueur était décuplée par l'alcool qu'il avait absorbé; cependant on le désarma; on le conduisit au poste, puis on s'empressa autour du blessé. Le chirurgien-major des chasseurs à pied se trouvait là précisément, et l'on eût bien vite organisé un pansement pour mettre un terme à l'hémorragie qui s'était produite.

— Vous en serez quitte pour quelques jours de repos et pour porter le bras en écharpe, ce qui intéressera nos belles dames en votre faveur. Quant au grossier personnage auquel je dois le plaisir de votre connaissance, je suppose qu'il sera à l'ombre plus longtemps que vous ne serez en convalescence.

— Quelle sorte d'homme est-ce donc? demanda Dampierre au capitaine Belcastel.

— Je n'en sais trop rien; c'est un individu qui se prétend de sang noble et qui me talonne depuis quelque temps pour que je lui prête de l'argent. Il m'a été présenté par mon colonel, dont la femme est Espagnole et qui a toujours chez lui, une véritable colonie d'Andalous; cependant je dois me hâter d'ajouter, que c'est la première fois que j'ai à me plaindre d'aucuns de ces senors aux noms plus que multiples. Celui-ci se nomme : don José y Pédro y Miquel y Pérez y Blas... Oh! je m'y perds.

— Nous allons bien connaître les noms, prénoms et qualités dans l'instruction qui va être faite, dit le major.

En ce moment on vint prévenir Annibal que le commissaire de Police faisait demander s'il pouvait se rendre à son cabinet. Le major voulait s'y opposer, à cause de la perte de sang considérable que le blessé avait subie, mais le jeune homme faisant bon marché de ce qu'il appelait son égratignure, insista pour aller faire de suite sa déposition. Dampierre, Belcastel et le major l'accompagnèrent.

— Grande fut la surprise de ces derniers, lorsqu'aux interrogations du commissaire, il répondit qu'il avait eu le premier tort d'attacher aux paroles d'un homme, évidemment en état d'ivresse, une importance qu'elles n'avaient pas et déclara qu'il désirait ne donner aucune suite à l'affaire.

— C'est folie, lui disait Dampierre, il ne faut pas tolérer de semblables abus; ces Espagnols se croient tout permis; c'est encourager leur impudence. Il est bon de leur rappeler qu'ils ne sont plus les maîtres ici.

— Et puis enfin vous êtes blessé, disait le capitaine Belcastel; sans votre courage et votre sang-froid vous étiez ma foi bien perdu.

— Surtout sans votre intervention, répondait Annibal, avec un bon regard à l'adresse de Louis, et en tendant la main droite au capitaine.

— Nous serions arrivés trop tard, dit Dampierre.

— Et voilà précisément pourquoi il est nécessaire que ce malotru reçoive une leçon, ajoutait le major.

— Non, Messieurs, croyez-moi, il vaut mieux que cela se passe ainsi; il m'en coûterait de laisser derrière moi un homme dans la peine.

— Je vous demande pardon, Monsieur, intervint le commissaire; mon devoir est de transmettre mon procès-verbal à M. le procureur de la République, qui a seul qualité pour apprécier.

— Mais ce procès-verbal ne peut-il être supprimé? demanda

Annibal. Après tout, cet homme est en terre française, il est notre hôte et comme tel je voudrais l'épargner.

— Impossible, Monsieur ; je contreviendrais à la loi ; d'autant plus qu'il y a scandale public.

— Remarquez, insista le jeune homme, que je ne dispose pas de moi-même. Dans l'intérêt de la mission dont nous sommes chargés, mon ami et moi, rien ne doit nous retenir.

— Eh bien ! Monsieur, la seule chose que je puisse vous conseiller, c'est de vous rendre auprès de M. le procureur de la République, et si l'inculpé a des influences à faire agir, de leur demander d'intervenir en sa faveur.

— Je vous remercie, Monsieur, répondit le jeune homme en se retirant ; désolé que son désistement n'eût point eu un résultat plus favorable.

Il eut du mal à décider Belcastel à se rendre auprès du colonel pour obtenir que celui-ci tirât de peine son hôte, ou du moins l'hôte de sa femme.

Il était tard lorsque Dampierre et Passérieux rentrèrent dans leurs chambres ; ils étaient rendus de fatigue. Heureusement, se disaient-ils, que la diligence ne part que demain soir ; d'ici-là nous aurons le temps de nous reposer.

En s'éveillant le lendemain, Annibal était en proie à une fièvre assez ardente ; il ne se plaignait pas, redoutant qu'on voulût le retenir contre son gré ; mais le major ne fut pas dupe de sa force de volonté. La seule concession qu'Annibal en obtint fut de faire ses courses en voiture.

— Où nous conseillez-vous de promener nos loisirs, docteur ? demanda Dampierre.

— Où ? un peu partout ; mais tenez, si vous voulez donner encore un coup d'œil à la ville, à dix heures je serai libre et je me ferai un plaisir de vous servir de guide, d'autant plus que votre ami me paraît avoir un esprit d'indépendance et d'insoumission peu rassurant pour les ordres de son médecin. Je serai bien aise d'être là pour régler au besoin son ardeur.

Impossible de résister à une offre aussi aimable. Les trois

jeunes gens — car le major avait à peine trente ans, — sortirent donc ensemble en se donnant rendez-vous pour dix heures. Dampierre et Annibal prirent une voiture, et firent le tour des remparts qui renferment actuellement une superficie de six cents hectares, donnant un coup d'œil aux douze forts qui défendaient jadis la ville et qui ont été utilisés par le génie français ; puis, ils passèrent devant la cathédrale qu'ils eurent fantaisie de visiter lorsque leur cocher leur eût parlé des nombreuses vicissitudes qu'a traversé cet édifice religieux.

Ce fut d'abord une mosquée dont les moines de l'ordre de Saint-Bernard se firent une chapelle, qui redevint une mosquée ; lors de la prise d'Oran, le cardinal de Xaisénès la transforma en église sous le vocable de « Notre-Dame de la Victoire. » Plus tard, on en fit le « Saint-Esprit de la Patience. » De 1708 à 1832, sous Bou-Chélareux, elle servit de synagogue. Rendue au culte catholique par le comte de Montémar, elle tomba en ruines sous Mohamed-el-Kuber, et son abside subsistait seule encore en 1831 et a servi pour la réédification qui a été faite après la conquête.

Il subsiste quelques souvenirs de ces transformations. C'est derrière le chœur de la cathédrale qu'il faut chercher ce qui reste de l'ancienne chapelle de Saint-Bernard. Les armoiries de Xaisénès, sculptées sur pierre et surmontées du chapeau de cardinal, ont été retrouvées dans l'église espagnole ; on les a placées comme clef de voûte à l'arc qui précède le chœur.

En redescendant le double escalier, orné de statues, qui conduit à l'entrée principale, ils s'arrêtèrent pour regarder les armoiries de la ville d'Oran qui sont de gueules au lion d'or passant chargé d'un soleil rayonnant de même.

Comme l'heure avançait, il se dirigèrent vers le lieu du rendez-vous où le major et le capitaine Belcastel ne tardèrent pas à les rejoindre, et après un déjeuner très gai, car Annibal ne voulait même pas qu'on fit allusion à son bras en écharpe, le capitaine et le major engagèrent les jeunes gens à gravir le Mourdjadjo, d'où l'on jouit d'une vue magnifique.

— Nous vous ferons voir en passant le camp des planteurs,

leur dirent-ils, non seulement parce que c'est la promenade favo-
rite de nous autres Oranais, mais afin que si vous entendez
répéter l'absurdité qui a cours en Algérie, que le déboisement est
complet et irrémédiable, vous protestiez au nom de l'expérience
et de la logique. C'est en laissant circuler des bourdes pareilles
qu'on nuit à la colonisation, en faveur de laquelle il faudrait au
contraire combiner tous les efforts, toutes les bonnes volontés et
toutes les intelligences.

Les quatre jeunes gens partirent donc. On se dirigea d'abord
vers Santa-Cruz par un chemin bordé d'arbres et de grottes naturelles ou factices, servant de gîte à une population de mendiants
ou de chiffonniers espagnols, vivant on ne sait trop de quoi. Après
avoir dépassé ce lieu surnommé Madrid-Troglodyte, on obliqua à
droite, au pied du Mourdjadjo.

— J'aimerais que vous eussiez le temps de gravir cette montagne, dit le capitaine Belcastel; je raffole de la vue dont on jouit
au sommet, car il a 580 mètres de haut.

— Deux cents mètres de plus que le Bou-Zaréa d'Alger, dit
Dampierre.

— Pas tout à fait. Néanmoins lorsque le temps est parfaitement clair on aperçoit confusément la côte d'Espagne, entre Car-
thagène et Alméria. C'est de cette chaîne que les géodésiens
français et les Espagnols ont relié par des triangles la carte
d'Afrique à celle d'Europe.

— Et par quel moyen? demanda étourdîment Annibal.

— Au moyen de signaux optiques.

Pendant ce temps on était arrivé dans un massif de pins d'Alep.

— Voyez comme ils sont beaux pour n'avoir que 35 ans, dit le
docteur avec complaisance; ce qui amena le sourire sur les lèvres
des autres jeunes gens.

— Qui donc les a plantés? demanda Annibal, désireux d'être
agréable au major en l'intéressant aux plantations qui excitaient
si vivement son admiration.

— Le génie militaire; de même que c'est lui qui a tracé les
larges allées qui sillonnent le commencement de la forêt.

— Si nous poussions jusqu'à Mers-el-Kébir, dit Belcastel.

— C'est un peu loin; mais nous pourrions bien aller jusqu'au bain de la Reine.

— J'en serais enchanté, dit Annibal; on m'en a parlé et bien qu'on m'ait prévenu que ce n'est pas la plus belle station thermale de l'Algérie, à défaut d'autres, j'aurais du plaisir à visiter cette source.

Tandis qu'on rebroussait chemin pour gagner la route de Mers-el-Kébir, la conversation suivit son cours.

— C'est un marabout de la Yacoubia qui fit le premier usage de ces eaux, non pour lui-même, mais pour la guérison d'un haut personnage atteint de la lèpre, reprit le docteur, et bien qu'il y ait de cela quelques cinq ou six cents ans, et qu'il n'y eût ni télégraphe, ni réclames a la quatrième page des journaux, cette cure merveilleuse fit grand bruit. Les malades affluèrent de la Tunisie et du Sahara; à la prise d'Oran, en 1509, le cardinal Xaisénès ayant entendu vanter l'efficacité de ces eaux en fit usage. Elles ne tardèrent pas à être en grande vogue parmi la noblesse espagnole, surtout lorsque la reine elle-même leur eût accordé ses suffrages.

— Les Arabes les fréquentaient beaucoup, je crois.

— Nullement; une fois les Espagnols maîtres du pays, les indigènes les abandonnèrent absolument, quoiqu'à regret; si bien qu'a l'évacuation définitive d'Oran, en 1790, Mohamed-el-Kébir fit procéder à des cérémonies de purification pour effacer les souillures attachées à la présence des chrétiens. Depuis 1830, naturellement, nouvel abandon; les Arabes se rendent à Bou-Hadjar, dans la chaîne du Tessala.

— Dans la direction de Sidi-bel-Abbès? demanda Dampierre.

— Oui, dit Annibal; Aïn-Zertitas doit se trouver au pied de cette chaîne de montagnes.

— Nous voici arrivés, dit Belcastel en sautant à terre; si vous avez fréquenté Vichy, Plombières ou seulement Luchon, Barèges, Aix-les-Bains ou tout autre station thermale, vous n'avez qu'à établir des points de comparaison.

—En effet, dit Dampierre, l'installation est un peu sommaire.

— Si on juge par comparaison, cela paraîtra encore pire ; mais si vous jugez non ce que cela pourrait être, mais ce que cela était au temps où la noblesse espagnole s'en contentait, vous constaterez bien des progrès. Aujourd'hui vous voyez ces deux établissements qui se touchent à angles droits à l'endroit des sources : l'un contient 12 baignoires isolées et construites en maçonnerie, tandis que dans le second adossé aux flancs des rochers se trouvent une piscine assez grande pour 12 à 15 baigneurs et un appareil à douches qui correspond à trois petits cabinets séparés. Eh bien! autrefois une rampe assez douce conduisait à la source principale, située dans une grotte de trois mètres de hauteur, sur sept mètres et demi de large et sept de longueur ; c'était au fond de cette excavation, dont l'entrée n'admettait qu'une seule personne à la fois, qu'on prenait son bain. Un plancher jeté sur l'orifice du puits d'où sortaient les eaux qu'on faisait monter à l'aide d'une pompe à bras, avait permis d'établir quelques baignoires.

— Peut-on visiter encore la grotte ?

— Rien n'empêche ; venez.

Pendant cette visite, Annibal s'amusa à goûter l'eau qu'il trouva très claire, très limpide et inodore.

— Quelle singulière saveur! s'écria-t-il ; c'est du sel tout pur.

— Sans compter qu'elle est un peu âcre et vous prend à la gorge, dirent à la fois Dampierre et Belcastel qui avaient suivi l'exemple d'Annibal.

— Il eût fallu visiter Mers-el-Kébir, le port par excellence des Arabes ; le *Portus divinus* des Romains, disait le docteur. Pour avoir une juste idée des environs d'Oran, il eût fallu, aussi voir Aïn-el-Turk, la plage qui servait de point de débarquement aux janissaires d'Alger lorsqu'ils venaient assiéger Oran.

— N'est-ce pas là que le comte de Montémar culbuta les 40,000 Arabes qui voulaient s'opposer à son débarquement ?

— Oui ; en 1732, lorsque les Espagnols reconquirent leur empire sur Oran.

— Il y a non loin de là une source d'eaux thermales très efficaces pour les paralysies, remarqua le docteur.

— Aïn-Beïda où vous avez envoyé la mère du général.

— Précisément. J'eusse aimé également faire voir El-Anseux à ces Français de passage pour qu'ils pussent parler des vignobles de notre région; ils auraient goûté ce vin qui a déjà acquis une certaine célébrité et est appelé à un grand avenir.

— Et Misserghin? n'est-il pas intéressant, dit Belcastel; ils auraient eu une idée de la Sebkra d'Oran.

— Que dites-vous, Belcastel? demanda Dampierre.

— Je parle du grand lac salé qui avoisine Oran et au-delà duquel apparaissent déjà les contours vaporeux du bleu Tessala. Un peu plus loin se trouve le village de Misserghin, où les beys d'Oran possédaient une habitation de plaisance, perdue dans la verdure embaumée des orangers, des citronniers et des grenadiers.

— En reste-t-il quelque chose?

— Non; après 1830 on a eu le tort de laisser tomber en ruines cette délicieuse retraite.

— Alors qu'aurions-nous été y voir? demanda Dampierre.

— D'abord un pays charmant, puis un vignoble d'un millier d'hectares, divers établissements de charité — une maison de refuge et plusieurs orphelinats, dont un avec une destination des plus pratiques.

— Celui que le général Montauban avait créé et a cédé aux dames unitaires d'Oran? dit Belcastel.

— Oui. On y élève une centaine de jeunes filles, non pour briller dans le monde, ce qui est superflu, mais pour y tenir la place de bonnes ménagères.

— C'est là que j'irai prendre femme, dit Belcastel en riant.

— Et moi aussi, dit Annibal.

— En outre, comme c'est le pays des créations militaires, continua le docteur, vous y eussiez vu la première autrucherie créée en Algérie, et cela par un officier en retraite; une distillerie d'Asphodèle et une pépinière qui peut, chaque année, livrer aux services publics ou au commerce quarante mille pieds d'arbres d'essences les plus diverses.

— C'eût été fort intéressant, dit Dampierre, surtout pour moi qui caresse le rêve de devenir quelque jour un colon modèle.

— Alors il eût fallu pousser jusqu'à Temsaluset, ancien bourg du x⁰ siècle, aujourd'hui détruit, où vous eussiez pu admirer la ferme et la bergerie modèle de M. Bonfort.

Malheureusement il fallait songer au retour et la voiture ramena gaiement nos amis vers Oran.

— Oh! disait Annibal, je serai venu en Afrique et je n'aurai pas eu la chance de visiter une maison mauresque, mon rêve! J'avoue que je n'ai jamais donné beaucoup dans le vieux dicton populaire : « une chaumière et un cœur, » mais j'ai souvent soupiré pour un de ces palais des *Mille et une Nuits*, et je n'eusse assurément pas dédaigné d'y rencontrer...

— Un ange? demanda Belcastel en riant.

— Non ; je me serais contenté d'une femme. Les anges ont des ailes, et comme l'oiseau captif, ils peuvent s'envoler.

— Aimeriez-vous visiter la maison d'un de mes amis, un Arabe qui a eu la reconnaissance... de l'estomac. Je l'ai guéri d'une gastralgie et je suis pour lui un hôte toujours bien venu, ou tout au moins bien accueilli. Il habite le quartier de la Marine.

— Voilà qui fait joliment mon affaire, docteur ; j'avoue que j'eusse emporté un véritable regret de cette lacune dans mes souvenirs d'Algérie.

— La demeure de Sidi-Azézi-ben-Azig est tout à fait le type de la maison mauresque, qui, à l'inverse de la maison européenne, ne peut jamais être assez laide, assez pauvre, assez informe audehors, ni assez délicieuse au-dedans.

— Toutes les maisons mauresques sont bâties sur le même modèle, remarqua Belcastel; la seule différence consiste dans les dimensions plus ou moins considérables.

— Elles n'ont jamais de façades et sans quelques rares saillies de balcon, les murs extérieurs seraient tout unis.

— J'ai vu quelques-unes de leurs portes d'entrée, dit Annibal ;

comme elles sont massives! comme les clous à grosse tête dont elles sont garnies ont un aspect inhospitalier! Et cependant elles sont belles avec l'enchâssement à rosace dans lequel elles s'encastrent.

— Les maisons riches sont souvent précédées d'un portique garanti par un auvent, supporté par des poutrelles carrées en bois de cèdre, plus ou moins sculptées ou peintes. Mais nous voici arrivés. Je passe devant pour prévenir de notre visite.

Le docteur ne tarda pas à revenir.

— Vous serez les bienvenus, Messieurs, dit-il.

La porte de la rue ne communique jamais directement avec les appartements ; aussi Annibal pénétra-t-il dans la *skiffa*, sorte de vestibule où le maître de la maison vint les recevoir, car il est rare qu'on pénètre plus avant, sauf dans des occasions extraordinaires.

Agézi-ben-Aziz était un beau type d'homme ; droit comme le palmier du désert, mais sans raideur, il se drapait avec une grâce exquise dans un burnous de laine rouge fine et souple. Sous sa gandourra blanche à larges manches, se voyait une veste de velours bleu de ciel, toute garnie de boutons dorés ; une large ceinture de satin rouge s'enroulait autour de sa taille ; des bas de soie à coins à jour, laissaient voir une jambe nerveuse et bien faite, et un soulier découvert, brodé d'or serrait son pied cambré. Sa barbe de teinte claire indiquait qu'il était blond, grand sujet de surprise pour Annibal qui s'imaginait que l'Arabe devait forcément avoir le teint basané et les cheveux noirs.

Cet homme exprima le plaisir qu'il éprouvait à recevoir des amis dans un français presque élégant dans sa simplicité, car l'Arabe, que ce soit sous la tente ou ailleurs, est foncièrement hospitalier ; puis, il les introduisit dans une cour dallée de marbre blanc, qui rappela aux jeunes gens l'*impluvium* ou *cava œdium* des Romains. Autour de la cour régnaient quatre galeries soutenues par des colonnes en marbre blanc veiné de rose, à cannelures torses supportant des arcades en fer à cheval. Au milieu de la cour, une vasque en marbre blanc et rose garnie de poissons

rouges avec un jet d'eau qui dépassait la hauteur du premier
étage, entretenait la verdure de bananiers de trois mètres de hauteur, et d'autres plantes exotiques qui retombaient avec grâce
des balcons de l'étage supérieur. Sur ces galeries inférieures ouvraient des salles de bain, des cuisines, le lieu qui contenait la
citerne, etc., etc.

Au-dessus s'élevaient quatre autres galeries également soutenues par des colonnes reliées par des balustrades en marbre
alternant avec des colonnettes et des panneaux pleins délicate-
ment sculptés. Les portes des chambres ouvraient sur cette
seconde galerie que l'on atteignait par des escaliers de quelques
marches à peine, espacées par des paliers, le tout décoré de
faïences multicolores produisant un charmant effet. Ces portes
étaient à deux battants et faites d'une infinité de petits carreaux
unis ou sculptés.

Le maître de la maison fit pénétrer nos amis dans sa chambre
dont l'ameublement était des plus simples : Des nattes et des
tapis moelleux, vrais tapis d'Orient, couvraient le plancher.
Trois ou quatre glaces placées sans symétrie variaient la décora-
tion des murs ornés de faïence. A l'extrémité de la chambre on
voyait un divan servant de siège le jour et de lit la nuit. De
grands coffres en bois peint, historiés de clous, renfermaient sans
doute des hardes ou des bijoux. Quant au plafond il était en bois
sculpté offrant des rosaces, des fleurs, des fruits, des poissons
peints en couleurs voyantes et dorées.

En ressortant de cette pièce nos voyageurs trouvèrent que
quelque chose avait changé d'aspect. Agézi-ben-Aziz avait donné
l'ordre de déployer le vélum dont il est d'usage en cas de réception de couvrir la cour, soit pour éviter les rayons du soleil, soit
lorsque des nuages font redouter la pluie; aussi, la cour avait-elle
pris une teinte harmonieuse et douce, la lumière ayant perdu son
intensité et ses reflets brûlants. Une collation de fruits, de miel
et de laitage avec d'excellent café, attendait le docteur et ses compagnons dans une salle à manger à la française très richement
meublée, qu'on ne leur avait point montré jusqu'alors. L'heure

avancée de l'après-midi faisait désirer à Annibal de décliner cette politesse ; mais Dampierre et Belcastel lui firent comprendre que ce serait faire une sottise irréparable à leur hôte, tout heureux d'exercer sa vertu dominante : l'hospitalité.

Néanmoins on abrégea autant que possible le cérémonial d'usage et nos amis regagnèrent à la hâte la voiture qui les attendait à la porte.

— Convenez, dit alors le docteur, que les Maures ne s'entendent pas trop mal en architecture, et ont bien choisi celle qui convenait le mieux aux conditions climatériques sous lesquelles ils sont placés.

Annibal eût eu mille choses à répondre à tout autre moment, des questions à poser, des curiosités de détail à satisfaire, mais la diligence partait le soir même, et sans s'en rendre compte, il était plus inquiet, plus énervé qu'il n'eût voulu en convenir. Ses nouveaux amis l'accompagnèrent à l'hôtel, sous la porte cochère duquel ils trouvèrent le colonel.

— Que je suis donc aise de vous rencontrer, dit ce dernier, voilà trois fois que je viens vous demander aujourd'hui. J'ai vu le procureur de la République — c'est un de mes amis, — à propos de cette malheureuse affaire de don José, dont je déplore, Monsieur, que vous ayez été la victime. Je lui ai fait part de vos généreuses intentions à l'égard de ce pauvre fou, et il m'a en quelque sorte promis de laisser tomber l'inculpation si vous vouliez bien venir vous-même lui confirmer votre désistement ; c'est une simple formalité, très ennuyeuse du reste, mais que je vous serai vraiment obligé de vouloir bien remplir. Quant à don José, je vous garantis que dès qu'il sera en liberté, il reprendra le chemin de l'Andalousie, ou tout au moins je lui conseillerai d'aller se faire pendre ailleurs.

— Ne suffirait-il point d'écrire ? Il est plus de cinq heures, il n'est donc pas possible de se présenter si tard chez un magistrat, répondit Annibal, et je suis absolument obligé de partir à huit heures ; comment faire ?

— Que cela ne vous trouble pas ; j'ai prévu le cas où les hasards de votre promenade vous entraîneraient en-dehors des heures règlementaires. Il est convenu que mon ami vous recevra au premier moment dont vous pourrez disposer.

Annibal accompagna donc le colonel chez M. de Granfort qui l'accueillit avec une bienveillance marquée, et lui affirma que c'était à sa requête et à celle du colonel qu'il accordait l'impunité à un individu qui ne méritait qu'à demi l'intérêt dont il était l'objet.

Passérieux se sentit soulagé d'un grand poids. La pensée de cet homme, prisonnier à cause de lui, c'est ainsi du moins qu'il envisageait la chose, avait troublé la satisfaction que lui eût procurée cette journée tout entière consacrée aux plaisirs intelligents du touriste.

Il rentra heureux d'annoncer à ses amis la bonne nouvelle de la libération de don José; ceux-ci, moins philanthropes peut-être, ne partagèrent qu'à demi sa joie. Un dîner rapidement expédié acheva de cimenter cette rapide connaissance qu'une sympathie mutuelle eût aisément transformé en amitié, et ce fut à regret qu'on se serra la main une dernière fois dans la cour des Messageries.

IX. — Où notre héros touche du doigt la cause de l'infériorité de l'Algérie.

Mais à peine dans la voiture, Annibal se sentit plus fatigué qu'il ne l'avait encore été; une fièvre assez forte se déclara et Dampierre fut très heureux d'avoir à lui donner une potion que le major lui avait remise en prévision de ce cas.

Néanmoins la nuit fut mauvaise; on ne devait arriver qu'à six heures du matin; le blessé, qui d'ordinaire dormait en voyage comme on dort à vingt ans, ne put fermer l'œil, et Louis, trop inquiet de son camarade pour essayer de dormir, ne savait qu'imaginer pour lui faire trouver le temps moins long.

Il connaissait peu la province d'Oran et se trouvait à court

pour défrayer la conversation sur ce chapitre. Aussi jusqu'à
Arzew n'essaya-t-il pas d'exciter l'intérêt ordinaire de son ami
pour la riche portion de l'Algérie qu'ils parcouraient sans la voir.
Mais lorsqu'ils furent arrivés à « Arzew le port, » ainsi que disait
le conducteur de la diligence, Annibal parut sortir de sa torpeur
et de son abattement et demanda à son ami — heureux de ce
changement qui lui parut d'un augure favorable ; si Arzew était la
tète de ligne du chemin de fer qui conduit à la mer d'Alfa.

— Oui, répondit Dampierre ; c'est ici que commence la
fameuse voie ferrée qui a été enlevée si rapidement, peu après
l'insurrection de 1871. Le besoin s'en faisait sentir pour assurer
la tranquillité de ces régions lointaines et facilement soulevées.
Autrefois il fallait à la troupe quinze journées de marche pénible
pour se transporter du littoral à Mécherria ; c'est qu'aussi il n'y
a pas moins de trois cent soixante et douze kilomètres ; aujour-
d'hui, munitions, approvisionnements ou renforts, parviennent
d'Oran en seize heures et d'Alger en vingt-quatre.

— Les Arabes le savent bien, remarqua Annibal.

— Assurément, et c'est une bonne chose.

— Le port d'Arzew a-t-il quelque importance ?

— C'était le *portus magnus* des Romains, il y a une rade capable de contenir deux cents navires, et qui n'abritait guère que
quelques misérables barques de pêche avant le mouvement considérable que lui a communiqué la création du chemin de fer.
Pense donc que la compagnie Franco-Algérienne, concession-
naire de cette ligne a, à elle seule, une exploitation d'Alfa de
trois cent mille hectares. Juge les quantités de tonnes que trans-
portent ses wagons ! Tout cela arrive en gare d'Arzew ; les navires
attendent leur chargement pour les déverser sur les divers marchés de l'Europe.

— Belcastel me disait qu'aux environs d'Arzew existe une
saline d'une grande richesse. El-Mélah, où le sel se cristallise
par l'évaporation naturelle, sur un lac d'une étendue de quatre
mille hectares. On n'évalue pas à moins de trois millions de
tonnes le sel que l'on pourra transporter annuellement à Arzew,

sitôt qu'un chemin de fer dont les plans sont étudiés desservira cette localité.

— Arzew est-elle encore une ville romaine?

— Certes! nos maîtres en l'art de la colonisation n'étaient pas gens à négliger une rade aussi belle; seulement tu trouverais les ruines de leurs établissements à quelques kilomètres de l'Arzew moderne, à l'endroit nommé par les Arabes, Botiona.

— Ces ruines sont-elles importantes?

— Très importantes, paraît-il; bien qu'incessamment diminuées par les emprunts que leur font les Arabes établis dans le voisinage, et qui ne se gênent pas pour asseoir leurs misérables gourbis sur les débris de pierres arrachées aux aqueducs, aux bains, aux citernes qui témoignent de la civilisation romaine.

— C'est sans doute sur cet emplacement que se trouve la maison dont le major nous parlait. Je suis distrait, inattentif, et je ne me rappelle que d'une manière vague ce qu'il en disait.

— Tu ne te trompes pas; on a découvert les ruines d'une luxueuse villa de plaisance, sans doute, dont tout a disparu, excepté le rez-de-chaussée presque intact, avec les cloisons qui divisent les passages et les diverses salles dallées de mosaïques aussi variées que brillantes. Un peu au-dessus de ce point, on aperçoit une source dont un aqueduc conduisait les eaux dans l'intérieur de la maison, où se voient encore plusieurs réservoirs. De nouvelles fouilles ont amené la découverte d'autres mosaïques représentant des scènes mythologiques, dont les figures à deux tiers de grandeur naturelle sont parfaitement dessinées.

— J'aimerais bien les voir, dit Annibal d'une voix languissante. J'ai toujours eu un faible pour l'archéologie; ne te rappelles-tu pas qu'étant encore gamin, je découvris dans un coin éloigné de la propriété de ton père une vieille gargoulette et un pot à tabac qui étaient venus s'échouer à distance raisonnable de la propriété; et je l'apportai en triomphe, comme le résultat de mes fouilles. Je vois encore le sourire de ta mère, tandis que j'exposais mes théories sur les amphores.

— Comment ne t'ai-je pas avoué déjà que c'était moi qui t'avais joué ce tour-là?

— Toi! dit Annibal qui ne put s'empêcher de rire de l'air de componction avec lequel Dampierre confessait sa faute!

— Oui, j'avais bien longtemps hésité sur le choix des objets à enfouir. C'était en effet ma bonne mère qui avait mis un terme à mes hésitations; elle se prêtait de si bonne grâce à tout ce qui pouvait me faire plaisir!

Et pendant quelque temps les deux amis s'absorbèrent dans les réminiscences de cette époque heureuse de la première jeunesse dont les doux souvenirs nous suivent dans la vie comme un parfum aimé.

Tout à coup la voiture s'arrêta.

— Où donc sommes-nous? demanda Dampierre en descendant du coupé pour se dégourdir les jambes.

— A Stidia, Monsieur, lui répondit un voyageur de l'intérieur. Vous ne connaissez pas? C'est pourtant un village bien intéressant et qui prouve ce que peut le travail persévérant et intelligent.

— Qu'a-t-il donc de plus que les autres? fit Annibal appuyé contre la portière.

— C'est que les colons de ce village — entre parenthèses presque tous Prussiens, — ont commencé par défricher leur terrain pendant la nuit, afin de pouvoir aller vendre le lendemain à Mostaganem, distant de quatorze kilomètres, le bois qu'ils en retiraient, et cela afin de se procurer à manger, Monsieur, le pain de chaque jour dont ils eussent manqué sans cela.

— Et maintenant?

— Ils sont tous à leur aise; c'est un des endroits où règne le plus de bien-être. Ah! si partout les colons avaient travaillé avec cette volonté indomptable de parvenir, l'Algérie tant décriée eût changé d'aspect.

— Aïn? c'est encore une source, remarqua Annibal, comme Dampierre remontait auprès de lui.

— Oui, répondit ce dernier, il y a une source ferrugineuse fort abondante.

Les teintes roses de l'aube commençaient à empourprer le ciel quand nos voyageurs arrivèrent à Mazagran, à cinq kilomètres de Mostaganem.

— Les coquettes petites maisons! dit Annibal qui cherchait à rafraîchir son front brûlant à la brise matinale.

— Comme tout se transforme! Quand on songe qu'en 1840 c'étaient autant de masures d'où les Arabes assiégeaient la garnison du capitaine Lelièvre.

— Tu connais donc toutes ces affaires d'Afrique?

— Elles sont légendaires, mon cher; il y a encore des vétérans soit parmi les soldats, soit parmi les colons qui en ont été les témoins, et il faut leur entendre raconter cela! La prise de Mostaganem amena forcément celle de Mazagran. Les maisons et les jardins abandonnés par leurs premiers possesseurs furent concédés à ceux des Arabes qui avaient accepté notre domination. Comme en 1839 ces Arabes craignaient les razzias d'Abd-el-Kader, ils demandèrent du secours : il n'était que temps. Le 15 décembre 1839 la ville fut attaquée par un khalifa qui dût se replier sur Mascara, mais qui se présenta de nouveau devant Mazagran du 3 au 5 février. Attaqué dans un réduit en pierres sèches qui dominait la position, le capitaine Lelièvre repoussa pendant quatre jours, avec 123 soldats du 1er bataillon d'Afrique, alors connus sous le nom de zéphirs, l'assaut donné par 2,000 Arabes.

— Belle défense, assurément! cela vous remue le sang dans les veines d'entendre parler de cela.

— On en a du reste consacré la mémoire par l'érection d'une église et d'une colonne, situées à l'emplacement même du réduit où eût lieu ce fait d'armes. La colonne est surmontée d'une statue de la France tenant d'une main un drapeau et de l'autre une lance dont la pointe s'enfonce en terre. Il me semble encore entendre ce brave père Leblond sur l'esplanade de Milianah...

— Le coin des blagueurs?

— Oui, juste! nous répéter l'inscription gravée sur le socle de la colonne et ajouter avec fierté :

ICI LES III, IV, V FÉVRIER MDCCCXL

CENT VINGT-TROIS FRANÇAIS

ONT REPOUSSÉ DANS UN FAIBLE

RÉDUIT

LES ASSAUTS D'UNE MULTITUDE

D'ARABES.

— Moi j'en étais!

— Je le crois sans peine; c'est un souvenir qu'on ne répudie pas. Mais quel est donc ce vaste établissement là à notre gauche?

— Le haras de Mostaganem, je pense, et, là-bas du côté de la mer, voilà l'hippodrome.

Une demi-heure après nos amis mettaient pied à terre à l'hôtel du commerce. Leur première question fut pour s'informer si M. Rousselot n'était pas la veille descendu a l'établissement.

— Non, leur fut-il répondu, nous n'avons eu personne de ce nom.

— Et Montenotte?

— Pas d'avantage.

— Fort bien, dit Dampierre; reste à savoir combien il y a d'hôtels dans une petite localité comme celle-ci; il doit être facile de se renseigner.

— Il y a encore l'hôtel de France, lui dit-on; et extra-muros celui de Bellevue.

— Allons à l'hôtel de France, dit Annibal.

Là on leur dit qu'il y avait un Rousselot qui avait séjourné deux jours à l'hôtel, c'était un original, ajouta-t-on, étranger au pays et qui était parti la veille pour Tlemcem.

— Ce n'est pas notre homme, dit Dampierre. Maintenant j'exige que tu ailles prendre un peu de repos, tandis que je vais me rendre à l'hôtel de Bellevue pour voir s'il est possible d'obtenir quelques renseignements.

— Mais toi-même avec ta jambe malade, tu as besoin de plus de ménagements que moi, reprit Annibal.

Dampierre sortit vainqueur de cette lutte de générosité, aidé par la fièvre qui épuisait le pauvre Passérieux. Il revint bientôt radieux.

— Grande nouvelle, mon cher; il y a un nommé Rousselot, se disant voyageur de commerce, mais cela ne signifie rien, descendu à l'hôtel de Bellevue. Dès que tu seras pausé et que nous aurons réparé le désordre de notre toilette et quelque peu déjeuné, nous irons le voir. Voilà notre odyssée terminée!

— Pourquoi ne pas y aller tout de suite?

— Parce qu'on suppose qu'il n'est pas levé et qu'on m'a conseillé de ne venir qu'à l'heure du déjeuner. On ne l'a pas vu depuis hier.

— Bon. Ne faudrait-il pas maintenant nous assurer où se trouve la propriété de madame veuve Pouget, sa sœur?

— Ne t'inquiète pas, j'en fais mon affaire; nous n'en avons pas besoin d'ailleurs.

A tout événement, Dampierre se remit en campagne.

— Il est fort heureux que nous ayons mis la main sur l'oiseau, dit-il au retour, car il n'est pas certain du tout que nous l'eussions trouvé au nid. On n'a pas su me dire si madame veuve Pouget, qui a dû affermer sa propriété pour suivre sa fille unique, nommée institutrice à Tlemcem, était partie ou non. Les uns affirment, les autres nient; ce n'est pas clair.

— Nous pourrons nous en assurer.

— Ce n'est déjà pas si facile; on nous a envoyé à Mostaganem, tandis que la ferme est située sur le territoire d'Aïn-bou-Dinar, un peu au-delà de Tonnin, à 12 ou 13 kilomètres d'ici.

— Espérons que nous n'aurons pas besoin de faire la connaissance de l'estimable, mais lointaine madame veuve Pouget, répliqua Annibal.

Vers onze heures, les deux amis, après avoir bien discuté ce qu'il convenait de dire ou de ne pas dire à Rousselot, se rendirent à l'hôtel Bellevue. On les introduisit dans la chambre du voyageur absent, où ils croquèrent le marmot une bonne demi-heure. Enfin, un pas se fit entendre, Annibal s'élança vers la porte.

— Tiens-toi prêt à lui barrer le passage si en m'apercevant il cherche à prendre la fuite, glissa-t-il à demi-voix à Dampierre.

— Oui, sois sans inquiétude; nous en viendrons à bout.

Tout à coup la porte s'ouvrit et Rousselot entra souriant, rasé de frais, pommadé, aimable comme un véritable commis voyageur qu'il était. On juge de la stupéfaction de l'inconnu, lorsqu'il vit ces intrus postés ainsi, comme pour l'arrêter, et l'embarras de nos amis ne sachant trop comment expliquer leur étrange empressement.

— Qu'est-ce qui me procure le plaisir de votre visite, Messieurs? demanda Rousselot.

— Une coïncidence de nom qui nous a fait croire à la présence en ces lieux d'un vieil ami que nous comptions surprendre, répondit Dampierre.

On voit qu'en ces occasions il avait toujours beaucoup plus de présence d'esprit qu'Annibal.

— Ah! je comprends, fit Rousselot, une petite scène de famille, attendrissement, larmes et tout le tremblement, se terminant par un bon déjeuner comme au théâtre. Oh! j'adore ces choses-là; j'étais né pour la vie de famille; hélas! le sort contraire en a disposé autrement.

Ce fut à grand'peine que Dampierre arriva à faire comprendre au loquace bordelais qu'une affaire importante les obligeait à quitter Mostaganem au plus tôt.

— Quel type! s'écria Annibal dès qu'ils furent hors de la portée de la voix.

— Le vrai type du commis-voyageur, obligé par son métier à être hableur, à parler pour ne rien dire ou plutôt pour s'empêcher d'écouter les objections du client.

— Je ne ferai jamais un bon commis-voyageur, dit Annibal; je me laisse trop facilement interloquer.

Il fallait donc songer à se rendre chez la sœur de Montenotte. Les deux amis louèrent une voiture et furent bientôt lancés dans la campagne avoisinant Mostaganem; çà et là, ils voyaient onduler à la brise qui tempère toujours les chaleurs africaines, excepté les jours de sirocco, de maigres champs d'orge ou de blé; ce qui surprenait fort Annibal.

— Vois donc comme les céréales viennent mal dans ce pays, s'écriait-il à chaque instant; se peut-il qu'il ait été le grenier de Rome, une terre d'abondance?

— C'est de la culture arabe, répondait Dampierre. Penses-tu que la misérable charrue de l'indigène qui n'est qu'un soc de bois, suffise à retourner la terre pour la préparer à de riches moissons?

— Et ces immenses chardons, reprenait Annibal, que font-ils dans ces champs?

— Te figurais-tu, par hasard, que l'Arabe prend la peine de défoncer et d'arracher les touffes de chardons, de jujubiers, d'asphodèles, de scilles et autres grosses plantes qui se rencontrent devant sa charrue? Il se détourne afin de ne point compromettre leur existence; dans la région de la grande Kabylie, par exemple, où l'on rencontre encore des oliviers centenaires, des chênes liéges, des chênes blancs séculaires, ils procèdent autrement : ils brûlent l'arbre sur pied.

— Dans sa sève; dans sa beauté primitive?

— Peu leur importe; l'obstacle disparu, ils ne s'inquiètent point des racines de l'arbre qui occupent cependant au sein de la terre une place égale, si ce n'est supérieure, à celle que l'arbre occupait dans l'espace, et ils labourent autour.

— Quoi! depuis le temps que les Français leur donnent chaque année l'exemple d'un autre travail, ils n'ont point encore embrassé un système dont ils doivent pourtant reconnaître l'excellence?

— Ah! mon cher, je t'étonnerais bien si je te disais que ce ne sont point les Arabes qui cherchent à imiter les Français, mais

bien la masse des colons français qui juge à propos de se confor-
mer à la mode arabe.

— Tu ne veux pas dire que les Français travaillent comme les
Arabes?

Dampierre ne répondit pas; mais avisant une ferme entourée
des maigres moissons qui étonnaient si fort Passérieux, il demanda
au cocher qui les conduisait :

— A qui appartient cette ferme? le savez-vous?

— Oui, M'sieur, c'est aux Crouzemar; des gens comme ça qu'on
dit qu'ils sont riches; je ne les connais pas autrement.

— Tu vois, reprit alors Dampierre, voilà une ferme française,
bien française, possédée par des gens qui ont le moyen de la faire
cultiver dans de bonnes conditions; combien comptes-tu de pieds
d'asphodèles, de chardons, de scilles et autres dans ce lambeau
de terre que nous longeons depuis cinq minutes?

— C'est triste, profondément triste, répondit Annibàl; cependant j'admets que le voisinage de tous ces parasites nuise au blé
semé tout autour; mais dans les espaces libres, les tiges n'atteignent même pas la hauteur de nos blés français!

— Depuis combien de temps ces gens-là sont-ils établis dans
le pays? demanda encore Dampierre au cocher.

— Ah! je ne sais pas trop; ça doit faire comme qui dirait
neuf ans.

— J'en étais sûr. Eh bien! Annibal, je te parierais que si je
pouvais descendre et aller causer avec les propriétaires de cette
ferme, ils me tiendraient le raisonnement que j'ai entendu tenir à
quatre-vingt-dix pour cent des colons. Employez-vous du fumier?
Moi, Monsieur; vous n'y songez pas, nous n'aurions plus de
récolte du tout si nous avions le malheur de fumer nos terres?

— Tu plaisantes; qui ne connaît le rôle régénérateur et fécon-
dant des engrais? Ce nom seul indique l'effet qu'ils sont destinés
à produire.

— Je t'affirme que ce que j'avance est la pure vérité et je t'en
ferai la preuve quand tu voudras.

— Ainsi, non contents de ne pas retourner le sol comme il

devrait l'être, ils le privent encore des agents nourriciers qui pourraient le reconstituer! Je ne m'étonne plus de l'aspect désolé que je reprochais aux campagnes algériennes.

— Pas à toutes, cependant; car regarde sur le flanc de cette colline onduler cette riche moisson. Inutile de demander si le propriétaire de ce domaine est un véritable agriculteur. Pas un chardon, pas une asphodèle ne coupent la splendide monotonie de ces orges blondes, hautes et pressées.

— Je m'étonne que le contraste ne suffise pas à éclairer les voisins de cet homme dont j'aurais plaisir à serrer la main.

— Quel est cet oued que nous côtoyons?

— Le Chéliff, fleuve et non oued, s'il te plaît, car avec ses **665** kilomètres de cours, il est probablement le plus long du Tell berbère. Il est vrai que nous approchons de son embouchure, ce qui explique sa largeur de cent mètres au moins.

— Qu'est-ce que ce fameux pont du Chéliff dont j'entends toujours parler?

— Un village qui prend son nom d'un pont de soixante et dix-neuf mètres, construit par 4,000 Espagnols esclaves des Turcs, et restauré par nous depuis peu.

Ils entraient en ce moment à Aïn-bou-Dinar, bâtie sur des collines sablonneuses. Ils se dirigèrent vers l'auberge et demandèrent la ferme de madame veuve Pouget.

— C'est un fait exprès, répondit l'aubergiste, un bon gros homme à face rubiconde; voilà deux jours qu'on vient la demander et il y en a quinze à peine qu'elle a quitté le pays.

— Elle est partie?

— Oui, Messieurs. Ah! c'est une si bonne dame! elle ne pouvait vivre sans mademoiselle Clémence. Elle voulait louer sa ferme; mais ce n'était pas le moment, et elle avait pris son parti d'attendre après les vacances, lorsqu'il lui arriva une dépêche, *crac*, que sa fille est malade. Je le sais, ajouta le bonhomme avec un clignement d'œil significatif, c'est mon fils qui est le portier.

— Et elle a tout laissé au moment de la moisson?

— Ah! vous ne la connaissez pas; elle donnerait bien sa ferme et beaucoup d'autres choses avec, pour un doigt ae mademoiselle Clémence.

— Serait-il indiscret de vous demander quelle est la personne qui est venue hier pour la voir?

— Ma foi, Messieurs, je n'en sais rien; c'est un grand sec, qui a paru fort contrarié de ne pas la rencontrer. Peut-être venait-il pour louer; mais je l'ignore, ce n'est pas moi qui l'ai reçu. Et vous-mêmes, Messieurs?

— Nous sommes de passage dans le pays et nous venions lui apporter des nouvelles de sa famille de France.

— Oh! la pauvre dame! quel guignon! elle eût été si heureuse!

Après quelques minutes de conversation, Annibal inscrivait une nouvelle étape sur son carnet; Hanaïa, à 10 kilomètres de Tlemcem où mademoiselle Pouget avait été nommée institutrice à Pâqnes.

Tout en s'en retournant, nos amis discutaient le parti à prendre.

— Comment gagner Tlemcem?

— Si nous faisions mieux, dit Dampierre; tu es encore fatigué et ces longues étapes pourraient enflammer ta blessure; nous avons promis vingt-quatre heures à Roblochon et somme toute, je ne serais pas fâché de lui faire plaisir. C'est un brave garçon auquel j'ai fini par porter une véritable amitié. Allons jusqu'à Perrégaux; nous reprendrons le chemin de fer jusqu'au Tlélat et, de là, nous filerons sur Sidi-bel-Abbès; il ne nous restera plus que 90 lieues pour gagner Tlemcen et cela nous aura quelque peu reposés.

— Convenu, répondit Annibal.

En ce moment le conducteur du break attira leur attention sur un charmant petit centre dont ils approchaient.

— Voilà Pélissier.

— C'est le nom du maréchal, duc de Malakoff, remarqua Dampierre.

— Précisément, reprit le cocher; mais autrefois ce village

s'appelait *les libérés*, parce qu'il était effectivement peuplé de militaires sortant du service.

— Il paraît que ces libérés s'entendaient en agriculture, dit Annibal, car c'est un des plus jolis coins que j'aie encore vu.

— Ah! dame, répliqua le cocher, c'est que d'abord c'étaient des terres de choix, comme l'indiquait le nom Arabe du lieu : vallée des jardins, et puis on n'y a pas pleuré les norias, puisque chaque maison a la sienne.

— La vigne réussit-elle par ici?

— Si elle réussit? En bien peu d'années, voilà cent cinquante hectares de plantés, et ils fournissent de bon vin, je puis vous le garantir.

— Voyant le brave homme en si bonnes dispositions de causer, Annibal lui demanda des renseignements pour leur départ.

La diligence partait bien le soir même; néanmoins, Dampierre prétexta la fatigue de sa jambe pour obliger son ami à prendre 24 heures de repos.

— Qu'importe? disait-il; nous avons une quasi-certitude que Montenotte est auprès de sa sœur; à 48 heures près nous le rejoindrons toujours à temps; laissons le savourer les joies de la famille — style de notre Rousselot de ce matin.

Annibal se laissa convaincre. Nos deux amis se couchèrent de bonne heure et le lendemain Annibal souffrait moins de sa main. Ne partant que le soir, ils eurent tout le loisir de visiter Mostaganem, très jolie ville, fort animée, située sur un plateau de 85 mètres d'altitude, à un kilomètre de la mer, et qui se divise en deux parties bien distinctes, séparées par un ravin cultivé, nommé le Aïn-Senfra ou source jaune. Dampierre engagea Annibal à venir se promener au bord de la mer et en profita pour lui faire remarquer l'aspect abrupte de la côte.

— Ne semble-t-elle pas conserver les traces de quelque affreux bouleversement? s'écria Annibal.

— C'est en effet le cas. Sous le règne de l'empereur Gallien, le nord de l'Afrique fut désolé par d'affreux tremblements de terre.

Un grand nombre de villes du littoral furent submergées et des sources d'eau salée jaillirent en plusieurs endroits.

— Crois-tu que ce soit à cela qu'il faille attribuer la formation des lacs salés d'Arzew?

— Comme celle de la Sebkra d'Oran. Il est à peu près prouvé qu'une partie du rivage et le port qui avait précédé le Mostaganem arabe ont été engloutis par la Méditerranée.

En ce moment leur promenade les avait amenés au petit village arabe de Tijdit dont les maisons blanchies à la chaux se détachaient sur le fond vert grisâtre des cactus raquettes.

Les deux amis revinrent en passant par le jardin public, bien entretenu et dont les massifs sont presque toujours verts. Annibal s'amusa longtemps à regarder l'aquarium tout garni de plantes grimpantes, qui sert de baignoire à des mouettes et à des goëlands apprivoisés. Cependant il soupirait après l'heure du départ.

X. — Vrai chapitre d'aventures et mésaventures.

Les deux jeunes gens arrivèrent à Perrégaux dans la nuit et à Sainte-Barbe-du-Trélat dans la matinée. Ils purent jouir du coup d'œil de la plaine qu'ils traversaient pour se rendre à destination. Ils remarquèrent donc le village de Saint-Lucien, création toute récente, dont on apercevait de la route les grands et beaux vignobles. Ils virent le barrage du Tiélat, ce qui fit faire à Annibal la remarque que la province d'Oran possédait bien des barrages.

— C'est pour elle une condition absolue d'existence, et, assurément, elle n'en a pas assez encore. Ce n'est guère qu'une année sur cinq que la sécheresse épargne la récolte des pauvres travailleurs oranais.

Le soir nos amis entraient en gare de Sidi-bel-Abbès. Après une bonne nuit de sommeil réparateur, ils employèrent leur matinée à parcourir la ville toute française, qu'ils trouvèrent charmante dans sa corbeille de verdure.

— Quand on pense, disait Dampierre, qu'il y a à peine 40 ans, il n'y avait ici qu'un marécage.

— Quoi! cette jolie cité n'a pas d'antiquités romaines à rappeler?

— Non; elle est toute jeune; c'est peut-être pour cela qu'elle est si fraîche et si coquette. Ce fut la nécessité de maintenir les tribus remuantes, soumises à l'influence d'Abd-el-Kader, **qui** décida de sa création. Nos soldats débutèrent par l'érection d'une redoute qu'ils placèrent en face de la koubba d'un marabout vénéré. De là ce nom de Sidi-bel-Abbès.

— C'est ainsi qu'on arrive sans prévenir les amis? s'écria une grosse voix derrière Dampierre, et celui-ci en se retournant se retrouva presque dans les bras de Roblochon.

Après un échange de cordiales et affectueuses salutations, **la** conversation revint à son point de départ.

— Je m'étonnais, dit Annibal, de trouver ici une cité si absolument française, avec ses rues larges de 25 mètres et surtout sans histoire.

— Et qui vous a dit qu'elle n'avait point d'histoire? interrompit Roblochon; telle que vous la voyez, elle a reçu le **baptême** du sang.

— Vraiment? contes-nous ça, dit Dampierre.

— C'était en 1845, elle en était à ses premiers débuts, lorsqu'une forte colonne fut commandée pour se porter en avant sur un point où l'insurrection commençait à chauffer. Bon! on ne laissa dans le camp retranché que des malades, des convalescents, incapables de supporter les fatigues de la longue marche à entreprendre. Quelques jours après on voit arriver une troupe nombreuse de pèlerins qui, le bâton à la main, marmottant des prières, venaient, pensa-t-on, faire leurs dévotions à la koubba voisine. Ils sollicitent l'entrée de notre enceinte fortifiée; nos soldats sans défiance leur ouvrent les portes, attribuant à un mouvement de curiosité naturel ce désir de visiter quelque chose de si nouveau pour eux. Les cinquante-sept premiers avaient pénétré dans l'enceinte, lorsque le cinquante-huitième se jeta sur le factionnaire et l'abattit d'un coup de son terrible matraque. Ah! pardon, monsieur Annibal, je voulais dire gourdin, car les deux mots sont synonymes. Etait-ce un signal? sans doute, car tous les autres tirant de dessous leur burnous les armes qu'ils y tenaient cachées se précipitent sur nos soldats, surpris de cette attaque imprévue. Les misérables avaient bien compté sur cette surprise pour combiner leur affaire. Ils n'avaient oublié qu'une chose : c'est que le Français est homme d'impulsion. L'officier comptable de l'hôpital militaire, rallie ses hommes les plus valides, prend à son tour l'offensive et extermine l'ennemi jusqu'au dernier. Pas un ne repartit vivant de cette enceinte, et la tribu à laquelle appartenaient ces fanatiques fut traitée avec une sévérité destinée à exclure toute idée de récidive.

— J'aurais cru, disait Annibal, que la chaleur devait être horriblement forte dans une région aussi méridionale.

— Elle le serait, sans la brise presque incessante qui rafraîchit nos campagnes. Du reste, ne vous y trompez pas : Sidi-bel-Abbès est peut-être la colonie la plus prospère de la France d'Afrique. Certes, ce n'est point à dire que le climat n'y soit souvent très chaud; les étés fort secs et les sources peu nombreuses; mais qu'importe? les eaux de la Mékerra parfaitement aménagées, alimentent plusieurs canaux auxquels nous devons de pouvoir irriguer nos terres, ce qui est inappréciable. Dites donc, j'ai là ma voiture, voulez-vous faire un tour dans les environs?

— Nous les verrons en nous rendant chez toi, répondit Dampierre. N'oublie pas que nous disposons de très peu de temps, et que c'est bien le désir de passer quelques heures sous le toit d'un ami qui nous a fait faire un pareil détour.

— Eh bien! je suis venu chercher une jument blanche, bien fine et bien belle que j'avais laissé dernièrement chez un de mes amis. Qui de vous deux désire la monter?

— Je crois devoir me priver de ce plaisir, dit Annibal, ne disposant que d'une main et, montant rarement à cheval, je craindrais...

— Vous avez raison, M. Annibal; mais toi, Dampierre, qu'en dis-tu?

— Je ne demande pas mieux, pourvu que tu me répondes de la douceur de la bête.

— Elle n'a pas sa pareille à dix lieues à la ronde, répondit Roblochon avec un naïf orgueil de propriétaire; ma femme la monte, c'est tout te dire.

Il fut donc convenu que Dampierre escorterait la voiture pendant le temps que l'on mettrait à se rendre à Aïn-Zertita.

— Il y a une jolie forêt à traverser, dit Roblochon à Annibal, tandis qu'il lançait à un bon pas son excellent attelage de trotteurs, habitués à parcourir les 16 ou 18 kilomètres en moins d'une heure. Vous verrez ça, et vous m'en direz des nouvelles.

Quelques instants après, en effet, on pénétrait dans la forêt.

— Quelle singulière odeur on respire! dit tout à coup Roblochon; l'air vous manque; on est tout mal à son aise; il n'en était pas ainsi ce matin quand je suis passé.

— Et l'on entend comme des crépitements sourds, ajouta Annibal.

A peine finissait-il de parler qu'une traînée de flammes se fit jour à travers les arbres, un peu en avant de l'endroit, sur lequel se dirigeait la voiture. A cette vue les chevaux firent un bond de côté et rompirent un brancard en jetant la voiture et son contenu sur un talus gazonné, au pied des grands arbres. Pauvre Annibal! Les deux pieds en l'air, il avait grand'peine à reprendre son équilibre et se félicitait d'être au sein d'une forêt d'Algérie plutôt que sur la Canebière, d'autant plus que son pantalon... oh! son pantalon! Je laisse à deviner au lecteur quelle sorte d'accident en avait altéré la symétrie. Comment se présenter devant la charmante madame Roblochon avec une culotte assez indiscrète pour révéler une partie de son individu que l'on a l'habitude de cacher.

Toutefois, il n'avait guère le temps de s'appesantir sur sa ridicule situation, car celle de Roblochon était pire encore; projeté au milieu d'un buisson de jujubiers, il poussait des cris d'orfraie sans pouvoir s'extriquer de ces branches minces et flexibles qui étaient entrées dans ses vêtements comme autant d'hameçons. Il appelait Annibal à son secours; malheureusement celui-ci ne pouvait songer à lui venir en aide. Il avait aperçu Dampierre dont la jument effrayée par la flamme, s'était précipitée dans une sorte de chemin de traverse à peine tracé et était à une centaine de mètres d'un chêne dont les branches basses barraient le sentier. Le cheval seul aurait pu passer dessous, mais avec un cavalier, la chose devenait impossible, et, celui-ci devait infailliblement avoir la tête brisée contre cet obstacle. Annibal vit d'un coup d'œil le danger et le seul moyen de salut offert à son ami :

— Quitte les étriers... élance-toi après la branche que tu vas rencontrer et suspends-toi par les bras ou tu es perdu, Louis, cria-t-il de toute la force de ses poumons en courant vers Dampierre.

Quelques secondes de mortelle anxiété s'écoulèrent pour Annibal : Son ami avait-il entendu?... Avait-il compris?...

Tout à coup il le vit se redresser; les étriers ballotés par la course rapide du cheval, lui battaient les flancs et l'excitaient encore, et l'instant d'après il avait dépassé de vingt mètres l'arbre auquel Dampierre restait suspendu par les bras.

— Attends, je suis à toi, lui cria alors Annibal en redoublant sa course précipitée; ne saute pas, surtout ne saute pas!

Une minute plus tard, malgré sa main malade, il recevait dans ses bras le corps du lieutenant, à qui il évitait ainsi la secousse dont la pauvre jambe malade eût infailliblement souffert, et les deux jeunes gens par un mouvement spontané et en quelque sorte involontaire se tenaient étroitement enlacés.

— Tu es ma providence, lui dit Dampierre; c'est la seconde fois que tu me sauves la vie.

— Eh bien! qu'est-ce qu'il y a d'étonnant? n'en aurais-tu pas fait autant pour moi? Mais ne perdons pas notre temps en paroles. Ecoute les doléances de ton ami. Entends-tu comme il déblatère avec colère contre le jujubier qui le retient prisonnier? Il n'est que temps d'aller le délivrer.

7

— Courage, mon pauvre vieux ; nous arrivons, lui cria Dampierre ; je cours aussi vite que ma mauvaise jambe me le permet.

— Ce n'est pas trop tôt, murmura celui-ci avec humeur. On parle de saint Laurent sur son gril, je l'aurais bien voulu voir un peu là-dedans !

Les efforts combinés d'Annibal et de Dampierre ne parvenaient pas à retirer le pauvre Roblochon de la malencontreuse touffe où il s'agitait, et l'exaspération de celui-ci allait croissant. Tout à coup il s'écria :

— Prenez le sécateur qui est dans le caisson de la voiture ; le seul moyen de me tirer de là sans de trop grandes piqûres, c'est de couper une à une toutes les branches qui m'enlacent.

Annibal courut vers la voiture, rapporta l'instrument et de sa main valide coupa les tiges flexibles qui s'étaient enroulées autour du bras droit du captif. Ce dernier, agacé par les nombreuses piqûres qu'il avait dû supporter — non sans murmure, — s'empara du sécateur et se mit à tailler avec rage tout autour de lui.

Il fallait voir le pauvre diable, quand enfin, aidé de Dampierre, il put reprendre son équilibre !

— Quel hérisson ! s'écria Annibal qui ne put retenir un accès d'hilarité auquel l'ex-sergent répondit par un juron énergique.

— C'est commode de se ficher des gens, grommelait-il pendant que les deux amis l'épluchaient en riant de ses contorsions ; que faisiez-vous là-bas, tandis que j'étais écorché vif par ici et que je vous rappelais à mon secours ?

Dampierre commençait à le mettre au courant de ce qui s'était passé, lorsqu'ils virent la jument se rabattre vers eux comme affolée — cela détourna leur attention d'eux-mêmes sur la forêt. Un spectacle grandiose s'offrit à leurs regards ! Quelques minutes avaient suffi pour transformer les premières lueurs d'incendie qu'ils avaient aperçues dans le lointain, en un foyer incandescent qui grandissait à vue d'œil.

— La route est barrée, s'écria Roblochon, oubliant aussitôt ses misères ; hâtons-nous, le temps presse, avant que la retraite ne nous soit coupée; et il s'élança à la tête de sa jument blanche qu'il eût assez de peine à maîtriser tant son effroi était grand.

Puis on avisa à ce qu'il y avait à faire pour la voiture. Mais Roblochon n'était pas homme à s'embarquer sans biscuit, comme il le disait :

— Les accidents sont fréquents, et les ouvriers fort rares, un bon colonel doit donc savoir y remédier tout seul, expliquait-il à ses camarades en tirant de son caisson des cordes et des clous avec lesquels il répara tant bien que mal le dommage.

Annibal, contraint par la douleur qu'il éprouvait dans sa main gauche, à une inaction qui lui était pénible, avait été mis en vedette pour observer les progrès du feu, et ne pouvait s'empêcher de ressentir une véritable admiration pour ce désastre superbe. Il voyait les vieux arbres se tordre lentement sous la flamme qui les léchait d'abord, et peu à peu les dévorait en faisant craquer leurs grandes branches noircies. Des tourbillons de fumée et d'étincelles, s'élevaient vers le ciel dont ils obscurcissaient l'azur si pur. Les crépitements du feu, poussé par un vent violent qui soufflait par rafales, faisaient un bruit sourd et menaçant, et bientôt, quoique les premières flammes fussent encore loin, la position devint intenable à cause de la chaleur dévorante qui se faisait sentir.

— Avez-vous bientôt fini? cria Passérieux à ses compagnons; le danger devient pressant.

— Je m'en aperçois bien à mes chevaux, répondit Roblochon; voyez comme les pauvres bêtes hennissent et labourent le sol de leurs sabots. Allons, Mustapha, calme-toi, et toi, mon pauvre vieux, viens ici, tout beau ! il n'est que temps de partir. Passérieux, venez-vous?

Bientôt les trois jeunes hommes furent dans la voiture, et la jument attachée derrière, les chevaux partirent au galop.

— Ce n'est pas le tout, dit Roblochon, mais je me demande par où nous allons passer. Il est déjà tard, je vais couper au plus court.

Quand ces pauvres bêtes furent assez éloignées de l'incendie, pour qu'il fût possible de les laisser respirer, Annibal demanda à mettre pied à terre et à gravir une colline qui dominait le pays d'alentour, pour se rendre compte de l'importance du désastre. Bientôt on le vit agiter son mouchoir avec frénésie.

— Venez vite, criait-il à Roblochon qui se dirigeait vers lui au pas de course. Voyez, on dirait un océan de feu; il s'étend à perte de vue.

— C'est comme çà chez nous, répondit le sergent d'un ton indifférent; quand une forêt brûle, c'est toujours sur une étendue de plusieurs milliers d'hectares.

— Comme vous me dites cela! Mais c'est terrible; entendez-vous ces mugissements?

— Ce sont les sangliers surpris dans leurs bouges qui se sauvent par centaines. Oh! nous avons eu du bonheur que le feu ne nous ait pas trouvé. Que seraient devenus ma Marie et mon petit Léopold!

— Gagnons vite votre propriété alors, afin d'éviter à votre femme des inquiétudes inutiles, répondit Annibal

— C'est précisément pour cela que je coupe au plus court, dit Roblochon avec conviction. Aïn-Zertila est par-là, derrière ces montagnes; une demi-heure de marche nous y conduira.

Ce disant, les deux hommes rejoignirent Dampierre qui n'avait pu affronter cette fatigue superflue. On remonta en voiture, on excita l'ardeur des chevaux; mais au bout d'une demi-heure, loin d'être au village, Roblochon se trouvait dans un ravin aride en présence d'une montée dont la vue seule fit demander à Dampierre s'il était bien prudent de s'y engager.

— C'est la question que je me pose également; je ne me reconnais pas du tout, mais du tout.

— Essayons de retourner à notre point de départ, suggéra Annibal.

— Ce serait trop long; je tiens à couper au plus court; nous allons bien revenir sur nos pas jusqu'à l'entrée du ravin, et là, sans doute, je me reconnaîtrai.

Mais on eût beau aller et puis revenir, Roblochon ne trouvait plus de point de repère. Le soleil avait baissé à l'horizon, puis disparu derrière le Tessala, et comme il y a très peu de crépuscule, la nuit, une nuit sans lune allait surprendre nos amis dans ces solitudes sauvages. Une sueur froide perlait sur le front de l'ex-sergent.

— Maudit pays où il n'y a pas de poteaux indicateurs sur les routes, murmurait-il à chaque instant! Puis tout à coup et comme prenant son parti :

— Nous ne sommes pas des enfants et les loups ne nous mangeront pas puisqu'il n'y en a jamais eu en Afrique. Il ne s'agit que de camper à la belle étoile.

— Ce ne sera pas la première fois que cela nous sera arrivé, remarqua Dampierre en guise de consolation.

— Ah! s'il n'y avait pas là-bas la mère et le petit qui me tiennent à cœur, je rirais de l'aventure; mais que vont-ils penser?

— J'ai vu pas mal de paquets dans le caisson de la voiture, y aurait-il par hasard quelque chose à manger?

— Tiens, c'est vrai; tu penses au casse-croute, toi. Vous devez avoir faim.

— Allons voir si nous pourrons trouver quelque chose, dit Annibal.

— C'est inutile, répondit Roblochon; j'ai des clous, du plâtre, des ferrures, des graines et du savon.

— Maigres ressources, murmura Dampierre.

— Ah! mais j'y songe, j'ai du café. Il est vert, mais nous pourrons le brûler.

— Et à quoi cela nous avancerait-il?

— Tiens, cette bêtise! cela ne nous donnerait rien pour le faire.

— Il faut en prendre son parti et serrer sa ceinture d'un cran, dit Annibal.

— Et même de plusieurs, ajouta l'ex-lieutenant. Je n'ai jamais eu si faim, et toi?

— Moi aussi; trouverons-nous de l'eau, au moins?

— J'ai vu de la verdure par là, dans ce petit vallon; il doit y avoir une source.

— Allons voir avant qu'il fasse plus sombre.

Lorsque nos amis arrivèrent à l'endroit où ils espéraient trouver de l'eau, ils entendirent des aboiements de chiens.

— Il doit y avoir des tentes ou des gourbis par là; mais il est tard et nous ne saurions si nous avons à faire à des amis ou à des ennemis; nous sommes sans armes...

— Nous sommes trois, interrompit Annibal.

— Oui, mais sur trois nous comptons deux invalides; le mot d'ordre est : « faisons le mort, » puis nous regagnerons le campement sans bruit.

L'ex-sergent donna l'exemple d'un mutisme complet; malheureusement pour ses projets, il n'avait pas remarqué une grande ombre à peine visible qui du haut d'une éminence les surveillait depuis un moment. Les trois amis furent donc extrêmement surpris lorsqu'ils virent une silhouette blanchâtre se dresser à l'improviste devant eux.

— Berdou? demanda une voix d'un timbre doux et bienveillant.

— Oui, nous sommes perdus, répondit Roblochon, habitué au baragouin des indigènes, et il ajouta quelques mots en arabe.

— Toi, venir chez moi, fit alors l'Arabe avec politesse; toi, manger kouskouss, dattes, kermous.

— Des figues, expliqua Dampierre à Annibal.

— J'aime tout autant camper à la belle étoile, murmura Roblochon.

— Oh! pas moi, dit le jeune homme; c'est une occasion unique de voir ce que je n'ai jamais vu; la vie arabe prise sur le vif.

— Qu'à cela ne tienne, dit alors l'ex-sergent; du moment que vous le désirez, monsieur Annibal...

Et se retournant vers l'Arabe qui attendait impassible et calme le résultat de leur décision.

— Imché, dit-il.

— Bono ! leur répondit leur hôte improvisé qui les devança aussitôt pour leur montrer le chemin.

— Comment ferons-nous pour la voiture et les chevaux ?

— Je lui en parlerai dès notre arrivée.

Une dizaine de chiens maigres, hargneux, farouches, fondirent sur les nouveaux venus qui eussent eu bien du mal à s'en défendre, si leur guide ne les eût tenus en respect en leur lançant des pierres qui les faisaient reculer hurlants et tout penauds, pour revenir bientôt à la charge. Des cris étranges retentissaient à leurs oreilles ; des feux brillant dans l'ombre éclairaient à demi cette scène qui semblait fantastique à Annibal.

Ils arrivèrent ainsi devant une sorte de cabane basse, bâtie à hauteur d'appui avec des mottes de terre et au-delà de branches pressées de lauriers roses, retenues par des cordages de *diss*. La toiture était également en *diss* et reposait sur un tronc d'arbre planté au milieu de la pièce unique.

— Entre, fit l'Arabe, et donnant l'exemple, il courba à demi sa haute taille et pénétra dans le gourbi, nom consacré de ces pauvres demeures.

A la vue des étrangers qui l'accompagnaient, tout fut bientôt en mouvement. Des femmes, le visage découvert, les bras nus jusqu'aux épaules se redressèrent, des enfants couchés dans tous les coins se levèrent sur leur coude, les poules dérangées dans leur sommeil protestèrent par leurs gloussements. Ce fut un tumulte général.

Pendant ce temps l'Arabe avait prononcé deux mots de ce ton calme du maître qui ne redoute point de contradiction et du fond d'un sac remisé dans un coin, on avait tiré des tapis qu'il étendait sur la natte qui sert journellement à la famille, et deux ou trois coussins.

— Toi assis, fit-il d'un geste dont la noblesse frappa notre jeune observateur.

Mais cela ne faisait pas le compte de Roblochon qui procéda dans un jargon *sabir*, s'il en fut, à expliquer à son hôte que sa voiture et ses chevaux étaient restés en détresse.

— Il m'affirme qu'il n'y a rien à craindre pendant la nuit. Il va envoyer quelqu'un porter de l'orge aux chevaux. Au petit our, dit-il, il y sera; mais en tout cas, nous y serons, nous!

Un feu vif et clair brillait sur le sol même de l'habitation; une marmite était posée dessus, et non loin de là, une femme était assise par terre, tenant entre ses jambes, un grand plat de bois blanc dans lequel elle roulait de la farine qu'elle humectait avec un peu d'eau placée à côté d'elle, dans un vase.

— C'est la kouskouss qui se fait, dit Dampierre à Annibal.

Une autre pétrissait la galette, tandis qu'une maigre fillette de dix ans à peine, tournait la lourde meule avec laquelle la femme arabe moud tout le grain nécessaire à la subsistance de la famille.

Le sabir de Roblochon et de l'Arabe ne les menaient pas loin pour leur conversation; aussi, la plupart du temps, le silence se rétablissait-il dans le gourbi, troublé parfois par le rire sonore des femmes qui examinaient les étrangers à la dérobée et échangeaient quelques plaisanteries. Successivement Annibal vit apparaître l'outre en peau de chèvre retournée qui contient l'huile, celle du beurre, puis celle de l'eau.

Lassé par cette longue journée passée dans les bois, il se laissait aller à un demi engourdissement plein de charme, lorsqu'à sa grande surprise, son hôte lui toucha le coude en lui présentant de l'eau dans un plat et un savon rose parfumé. Il se crut l'objet d'un rêve; mais Dampierre lui dit :

— C'est un symptôme du temps; profite de l'occasion, car refuser l'offre d'un Arabe est considéré par lui comme un affront et c'est lui causer une vexation inutile.

— Qui donc a dit que l'on jugeait de la civilisation d'un peuple par le savon qu'il consomme? Je ne croyais pas rencontrer ici cet utile auxiliaire, dit Annibal en riant.

Chacun se lava les mains à son tour et aussitôt les mets du repas du soir commencèrent à circuler.

— Les femmes ne mangent donc point? demanda Annibal remarquant qu'elles s'étaient groupées dans un coin loin d'eux.

— Jamais en même temps que les hommes, répondit Dampierre. Où donc serait la dignité du sexe fort, s'il se commettait à manger avec des créatures inférieures?

— Mais ces créatures inférieures sont sa mère, la mère de ses enfants, ses filles !

— Qu'importe? Il peut les aimer tendrement, car il y a des exemples d'affections de famille très réelles chez les Arabes, mais il doit songer à se faire respecter. « La familiarité, dit-on, engendre le mépris. »

En ce moment l'Arabe Sidi-Ahmed-ben-Alé tendait à Annibal un gros morceau de mouton bouilli, que celui-ci ne put prendre sans se brûler ; ce que voyant, ben-Alé sortit de sa gaîne le couteau qne chaque Arabe porte sur sa poitrine et le planta dans la viande qu'il lui tendit de nouveau avec un bon sourire. Puis, ce fut le tour des galettes au beurre réellement excellentes ; puis de la kouskouss, tellement poivrée qu'Annibal se crut empoisonné, puis une sorte de crêpe un peu épaisse et nageant dans du beurre fondu, et enfin des dattes et des figues. Une petite jatte pleine de lait était incessamment posée devant les convives et remplie dès qu'elle était vide. Enfin un fort arôme de café remplit la pièce unique de la hutte et bientôt le breuvage odorant fut posé devant chacun ; dans de petites tasses ayant la forme d'un sucrier de ménage d'enfant, et l'on remua à tour de rôle avec une petite cuiller en métal à peine plus épaisse qu'une feuille de papier.

— Est-ce leur ordinaire... ordinaire? demanda Annibal.

— Non, certes ! la galette et la kouskouss leur suffirent amplement, lorsqu'ils ne se contentent pas de galette et d'un peu de laitage. Le reste est tout en notre honneur.

— Jusqu'à présent, ça va très bien, dit Annibal; mais s'il allait prendre fantaisie à ces braves gens de nous expédier dans l'autre monde pendant notre sommeil?

— Il n'y a pas de danger.

— Cependant nous avons trois montres et une certaine apparence de gens ayant de l'argent dans leur poche.

— N'importe, l'hôte de l'Arabe est sacré et il ne permettrait même pas à un autre Arabe de le molester sous sa tente.

— En revanche, ajouta Roblochon, si ce même homme qui vous traite si bien nous rencontrait demain séparément, hors de portée de tout secours, dans un des ravins de la montagne, son hospitalité d'aujourd'hui ne l'empêcherait peut-être pas de nous occire le plus dextrement du monde.

Mais il était tard; on veille peu chez ces peuples primitifs; il fallait procéder au pansement de la main d'Annibal. Dampierre s'en chargea comme à l'ordinaire. Mais lorsqu'il voulut enlever l'appareil, un flot de sang jaillit à nouveau. Il poussa une exclamation de terreur si vive, qu'Ahmed-ben-Alé, couché dans son burnous, se souleva malgré son flegme et regarda; il comprit de suite ce dont il s'agisssit.

— Moi marabout, dit-il en se levant et en prenant la main du blessé qu'il examina avec attention; moi soigner, Allah guérir.

— Annibal, toutefois, n'avait qu'une médiocre confiance en ce docteur improvisé et répugnait à la pensée de se mettre entre ses mains. Cependant Roblochon et Dampierre s'étant consultés du regard, le rassurèrent en lui affirmant que s'il s'agissait d'eux-mêmes, ils n'hésiteraient point.

— J'ai vu des cures si singulières, lui disait Dampierre, que je suis presque convaincu que ma carrière ne serait pas brisée, si j'avais pu consulter un certain Arabe que j'ai connu à Tablat. Il a guéri en quelques jours un de nos officiers supérieurs auquel tous les chirurgiens-majors avaient ordonné l'amputation.

— Tu réponds de moi, dit Annibal.

— Il faut toujours lui laisser arrêter l'hémorrhagie, car malheureusement je n'ai rien sur moi de ce qu'il faudrait. Si seulement j'avais du perchlorure de fer!

— Pendant ce temps Ahmed-ben-Alé avait tiré de la poche de sa gandoura une poudre blanche qu'il délaya dans un peu d'eau. Après quoi il broya entre ses dents des graines dont il s'appliqua à extraire de petites amandes qu'il écrasa entre deux pierres. Enfin, il y mêla une infusion de plantes aromatiques, le tout formant une sorte d'onguent qu'il appliqua sur la plaie; le sang s'arrêta presque aussitôt.

— Toi, fatigué, dormir, dit-il ensuite, et il disposa lui-même le coussin pour que le blessé fut mieux à son aise.

Dix minutes après un sommeil réparateur, comme Annibal n'en avait pas goûté depuis sa blessure, vint clore ses yeux, et il ne s'éveilla que le lendemain, alors que le soleil était déjà fort haut sur l'horizon.

XI. — Le plus court de Roblochon; nouvelle rencontre.

Dampierre seul était dans la hutte, n'ayant pas voulu quitter son ami, ni troubler son repos. Roblochon était depuis longtemps parti avec Ahmed pour rassurer sa jeune femme; mais il était convenu qu'il reviendrait avant midi avec des chevaux de main pour chercher les deux amis.

— Eh bien! comment te sens-tu? demanda Dampierre en se penchant sur Annibal qui s'étirait sans avoir l'air de bien savoir où il était.

— Tiens, c'est toi, Louis? Mais je suis particulièrement dispos ce matin; merci.

— Et ta main?

— Je l'avais oubliée; elle ne me fait aucun mal, et je puis maintenant remuer mes doigts comme si de rien n'était. Mais cela tient du prodige! vois donc.

— Ne fais pas d'imprudence.

La moukère ou femme de l'Arabe s'étant aperçue que son hôte était réveillé, s'approcha avec une galette appétissante, du lait fraîchement tiré, des dattes et des figues qu'elle déposa, sans mot dire, à côté de lui, puis elle procéda à la confection du café.

— Décidément je n'ai point à me plaindre de l'hospitalité de ces bonnes gens, dit Annibal en savourant le lait écumeux, dont il était très friand. Mais qu'est-ce donc? Aurai-je attrapé l'urticaire, dit-il en se grattant vigoureusement; c'est affreux.

— Sois sans inquiétude ; ce n'est point l'urticaire ; mais le par-
tage a été plus complet que tu ne l'eusses voulu, et nos hôtes
nous ont passé quelques-uns de leurs parasites.

— Oh! l'horreur, s'écria Annibal avec un frisson d'épouvante
qui n'était point simulé, en apercevant sur sa manche un de ces
petits êtres d'où est venu le verbe pulluler. Comment ai-je pu
dormir avec cela!

— Le remède était bon, dit Dampierre en riant de la triste
figure de son ami. Je vais te dire comme Rousselot : « Il faut de
la philosophie, plus de philosophie que cela, mon jeune ami ! » A
propos, si tu n'avais pas dormi de si bon cœur, tu aurais entendu
quelque chose de drôle ; ce pauvre diable de Roblochon a conservé la mauvaise habitude de rêver tout haut ; je pense que cette
nuit il s'expliquait avec sa femme, car il m'a réveillé en se débat-
tant et en criant : « J'ai pris par le plus court, je te jure que je
coupe toujours par le plus court. »

Annibal ne put s'empêcher de rire, car c'est, on s'en souvient,
avec cette prétention mal justifiée que Roblochon les avait si
complètement égarés.

— Allons faire un tour en attendant, dit-il en continuant à se-
couer ses vêtements avec plus d'énergie que de grâce.

Il fut surpris de trouver au gourbi de son hôte une certaine
apparence française. En effet, l'endroit où il avait couché occupait
un des côtés d'une cour fermée par une haute palissade en lauriers roses ; une autre hutte semblable à la première, était sur le
côté parallèle, tandis qu'une sorte de hangar placé sur le
troisième côté abritait quelques bêtes de somme.

— La femme arabe, dit Dampierre en passant devant une hutte
où des femmes filaient, loin d'être paresseuse comme son seigneur
et maître est toujours occupée, toujours active. Elle file le burnous
de son mari, qu'elle tissera elle-même. Sa mère ou sa belle-mère
qui prépare une laine plus grossière en fera l'étoffe de la tente
ou bien des tapis. Elles font en outre toute leur batterie de
cuisine, consistant, comme tu l'as vu hier soir, en marmites, pots
et plats de terre. Par exemple, il ne faut pas leur demander de

toucher l'aiguille, et si la gandoura se déchire, c'est l'homme qui la raccommode ou assemblera les morceaux de la prochaine.

— Cependant la femme arabe est intelligente.

— Dis donc fine et rusée ; au demeurant ayant les défauts de sa condition de dépendance, et beaucoup des qualités de son sexe.

— Est-elle susceptible d'instruction ?

— On en a fait la preuve : une dame française a fondé à Alger un pensionnat pour des jeunes filles musulmanes, elles étaient aussi ferrées sur l'histoire, la grammaire, la géographie et l'arithmétique que tout autre élève du même âge. Elles lisaient aussi couramment, et les ouvrages de couture, de broderie ou de tapisserie, leur étaient aussi familiers qu'à leurs contemporaines françaises.

— Quel malheur, s'écria Annibal rêveur, que tant d'intelligences soient ainsi perdues sans retour ! Mais à propos, qu'est-ce donc qu'un marabout ?

— C'est quelque chose comme un prêtre doublé d'un saint qui serait lui-même un savant.

— J'ignorais que les Arabes eussent des prêtres.

— Je te surprendrais bien davantage alors, si je te disais qu'ils ont des ordres religieux avec leurs rites, leurs règles et leurs statuts, ni plus ni moins que les trappistes, les bénédictins ou les jésuites.

— Tu plaisantes !

— Pas le moins du monde. Je puis te faire lire les noms des huit ordres auxquels les Arabes d'Algérie peuvent être affiliés.

— Ah ! volontiers ; je retiens cette promesse ; tu me montreras cela, et même alors j'aurai peine à le croire.

Tout en causant ainsi nos jeunes gens étaient sortis de la cour. Quelques gourbis plus misérables que celui qu'ils venaient de quitter, étaient disséminés aux alentours, ainsi que deux ou trois tentes.

— Notre hôte étant un marabout plus ou moins vénéré a groupé autour de lui une population de krammès.

— Qu'entends-tu par ce mot?

— Ceux qui prennent des terres au cinquième, c'est-à-dire en faisant tout le travail et en donnant le cinquième de la récolte au propriétaire, et, par extension, les fermiers.

— Quelle est donc cette montagne? demanda Annibal.

— Roblochon nous l'a dit hier; c'est le Tessala, la chaîne de montagnes a trois pitons principaux : Aïn-Zertila, l'endroit habité par notre ami, a pris son nom du mamelon que nous voyons là-bas et qui a 706 mètres d'altitude.

— J'aimerais gravir non celui-ci, mais celui-là. La vue ce me semble doit être magnifique.

— Un de mes chefs a fait cette ascension, répondit Dampierre, et je me rappelle qu'il en était enthousiasmé. Le panorama est immense. Il y a une plaine dont le nom m'échappe, sur le fond jaunâtre de laquelle le sel jette çà et là des couches d'une blancheur éblouissante. On distingue jusqu'au massif conique de Santa-Cruz, entre Oran et Mers-el-Kébir.

— Les chiens aboient avec fureur; serait-ce l'approche de Roblochon qui les mettrait dans cet état de rage?

— Je crois que oui; et voici notre hôte sidi Ahmed-ben-Alé.

— Que signifie sidi? cela fait-il partie de son nom?

— Du tout; c'est un titre honorifique correspondant à notre « monsieur » ou plutôt à notre « monseigneur. »

— Crois-tu qu'il appartienne à un de ces ordres dont tu parlais tout à l'heure?

— Je l'ignore; mais rien de plus facile que de s'en assurer.

En effet, l'Arabe surpris de n'avoir pas trouvé ses visiteurs dans le gourbi, les avait cherchés et se portait à leur rencontre.

— Mioux-mioux? demanda-t-il à Annibal dès qu'il fut à portée de la voix.

— Oui, oui, répondit le jeune homme, je te remercie; cela va mieux.

— Mezel randjar la main, fit l'indigène.

— Il dit qu'il te pansera à nouveau.

— Je ne demande pas mieux; je suis revenu de mes sottes appréhensions.

Dampierre posa alors la question au marabout qui répondit par quelques mots arabes.

— Que dit-il? demanda Annibal curieux.

— Il n'appartient à aucun ordre, et ce qu'il m'a dit revient à peu près à ceci : « Je suis un pauvre serviteur de Dieu et le prie pieusement: » c'est la réponse stéréotypée de tous ceux qui ne sont pas kouans ou frères.

— Mais les femmes?

— Elles ont également des ordres religieux dirigés par des femmes.

— Je ne l'aurais jamais cru, répétait Annibal surpris.

— Eh bien! les amis, que fait-on par-là? cria la grosse voix réjouie de Roblochon.

— On songe au départ, lui fut-il répondu.

— Devinez qui je vous amène?

— Pas madame Roblochon peut-être? demanda Dampierre.

— Si, Monsieur, en personne, répondit la jeune femme en sortant de derrière un rocher contre lequel elle s'était tenue cachée. J'ai voulu goûter à la cuisine arabe, car telle que vous me voyez je raffole de kouskouss.

— Cela ne vaut pourtant pas cher, remarqua Annibal.

— Oh! vous ne savez pas encore l'apprécier, mais vous y viendrez.

— J'ai connu un monsieur qui faisait quarante kilomètres pour manger ce plat national de l'indigène, dit Roblochon.

— Et moi je les ferais, je crois, pour ne point en manger, dit Annibal avec une moue significative.

Comme on l'avait pensé, Ahmed-ben-Alé ne voulut point entendre parler de laisser partir ses hôtes sans avoir encore partagé avec eux le pain de l'hospitalité. Il insista de même pour accompagner les voyageurs jusqu'à destination et fit présent à Annibal d'une feuille de scille remplie de l'onguent qui avait déjà à demi cicatrisé sa plaie.

— Hélas! disait Annibal, pourquoi ne m'a-t-il pas donné la recette!...

En retour Annibal offrit à la moukère un bracelet en argent dont madame Roblochon avait bien voulu se défaire en sa faveur; car on avait dit au jeune homme qu'une offre d'argent pour reconnaître l'hospitalité du marabout serait interprétée comme une insulte, et pourtant il lui en coûtait de s'en aller sans rien laisser qui témoigna de sa reconnaissance.

— Hâtons-nous, s'écria tout à coup Roblochon, car je crains la pluie.

— En voilà une idée! répondirent Dampierre et Annibal d'une haleine; le ciel est pur presque partout.

— Presque! on voit bien que vous ignorez que le Tessala est le baromètre du pays : « Quand il met son bonnet de nuit, comme va le dicton, la colonie de Sidi-bel-Abbès se réjouit, car il pleuvra. »

— Heureusement qu'aujourd'hui ce n'est pas toi qui es notre guide, remarqua Dampierre, autrement je te recommanderais, pour éviter que nous soyons mouillés, de ne point couper au plus court.

— C'est bien fait! s'écria la jeune femme en riant. Vous avez déjà pu apprécier la manie de mon mari. Grâce à elle, nous nous sommes déjà égarés une douzaine de fois.

— Oh! protesta Roblochon.

Mais personne ne voulut l'entendre et il resta établi dans les esprits que pour abréger, il fallait toujours prendre la route que dédaignait l'ex-sergent-major.

Que dirons-nous du séjour à la ferme, si ce n'est qu'il fut assez agréable pour paraître trop court à tout le monde? Le bâtiment en lui-même n'avait rien de remarquable, cependant il était dans une situation pittoresque, gardé par des tentes arabes, comme c'est l'usage; mais les moissons avaient l'aspect le plus réjouissant; Roblochon faisait de la véritable culture française, et comme il avait de l'eau en abondance, il estimait que son orge et son blé qu'il pouvait irriguer à volonté lui ferait, le premier cinquante pour cent, et le second au moins vingt-cinq ou trente.

Quant à tout ce qui était du domaine de madame Roblochon, cela portait un cachet tout particulier : Sa laiterie était d'une propreté scrupuleuse et tous les animaux de sa basse-cour la connaissaient et la suivaient comme une mère nourricière.

Le lendemain, de bonne heure nos voyageurs retournèrent à Sidi-bel-Abbès. L'incendie de la forêt durait encore; mais on avait fait la part du feu; la garnison des centres environnants, les hommes des douars les plus rapprochés avaient été envoyés d'urgence sur le lieu du sinistre, et les arbres abattus, les broussailles coupées sur un rayon de plus de cinq cents mètres, témoignaient de l'empressement que chacun avait mis à circonscrire le fléau. Tout danger paraissait conjuré ; mais plus de mille hectares de bois de hautes futaies, pour la plupart, avaient été brûlés. C'eût été un épouvantable et irréparable désastre si les secours étaient arrivés quelques heures plus tard.

Nos amis se séparèrent seulement à Bel-Abbès de M. et madame Roblochon et l'on se promit de part et d'autre que l'adieu qu'on échangeait ne serait point éternel.

Le soir même Dampierre et Annibal prirent la diligence pour se rendre à Tlemcen.

Un trajet de 88 kilomètres en diligence n'est pas une affaire pour un Algérien; nos voyageurs déjeunèrent à Aïn-Tellout où on leur dit que les Romains avaient eu jadis un poste de cavalerie parthe. Plus tard dans la journée un relai assez long leur donna le loisir d'apprécier la situation de Lamoricière, centre riche et prospère, situé dans un pays magnifique, et par conséquent largement arrosé. Comme ils témoignaient leur admiration de ces vergers fertiles et de ces plantureuses moissons, on leur signala comme étant plus beau encore, le site du petit village d'Hadjar-Roum, à quelques kilomètres, dont les Romains avaient tiré un parti splendide, et qui fut, à ce que les savants ont découvert après de longues et laborieuses recherches, un pays chrétien jusqu'après la domination des Vandales.

8

Annibal avec ses goûts d'archéologue ou d'antiquaire, eût voulu pouvoir donner des journées entières à ces lieux consacrés par de si anciens souvenirs, d'autant plus que les Romains savaient choisir leurs emplacements.

Celui que les Arabes nomment Hadjar-Roum — « les pierres romaines » — est un des plus beaux qui se puisse concevoir. Les deux chaînes de la vallée supérieure de l'Isser, arrivées à leur terme, s'écartent, et voient s'étendre à leur base une belle plaine qu'arrosent les eaux limpides de la rivière. Le regard s'étend jusqu'aux sommets arrondis du Tessala, à plus de cinquante kilomètres de distance, ou bien vient se reposer sur un bassin dont les terres sont toujours chargées de riches moissons. Au pied d'un mur de rochers que dominait jadis une vieille casba, on voit s'échapper d'une fissure profonde les eaux brillantes d'une admirable source qui arrose le vallon. Tout autour, des arbres, des jardins, derniers vestiges de la luxuriante végétation qui recouvrait autrefois ce site accidenté, témoignent de l'excellence du sol.

— C'est dans un endroit semblable à celui que l'on vient de nous décrire que je voudrais venir planter ma tente, disait Dampierre en remontant en voiture. Quoi qu'aimant l'Algérie pour laquelle on ne peut rester indifférent, et qui ne rencontre que des enthousiasmes ou des hostilités, je n'aurais pas de goût pour ses immenses plaines; je dois avoir du sang de Montagnard dans les veines. Il me faut un grand paysage, quelque chose de mouvementé, de vivant; des monts dardant vers le ciel leurs pics déchiquetés, et des bois où l'œil puisse, à l'automne, suivre la transformation de la verdure, enfin des eaux courantes, pailletant d'étincelles les gras pâturages dont elles sont la source première.

— Je suis comme toi, disait Annibal; fixe toi en Algérie, et plus tard, lorsque ma position me le permettra, je viendrai te rejoindre, et couler dans une existence toute pleine de devoirs et de plaisirs champêtres, les quelques jours qui me sépareront encore de la vieillesse.

Dampierre se prit à rire.

— Celui qui nous écouterait, dit-il, croirait vraiment que nous avons l'esprit porté aux bucoliques. Mais plaisanterie à part, je crois que c'est un devoir pour nous autres Français, qui avons déjà versé tant de sang sur ce sol conquis aux Arabes, de travailler à ce que ces sacrifices ne soient pas perdus pour la mère-patrie. Le seul moyen de légitimer la conquête, c'est de la faire servir, et aux intérêts des vainqueurs et à ceux des vaincus.

— Vous serait-il égal, Messieurs, de vous serrer un peu et de céder une place de coupé à ce monsieur très pressé d'arriver à Tlemcen? demanda le conducteur quand la voiture s'arrêta à Aïn-Fezzan pour permettre aux voyageurs de se rafraîchir.

Nos deux amis se regardèrent, ils s'arrangeaient généralement à retenir le coupé pour eux tout seuls, afin de pouvoir causer à leur aise.

— Il n'y a plus que dix kilomètres, dit le monsieur en avançant la tête.

C'était un beau vieillard dont la noble physionomie portait le cachet de la distinction et de l'intelligence.

— Montez, Monsieur, dit aussitôt Annibal.

La conversation ne tarda pas à s'engager.

— Je me suis attardé là-haut, à six kilomètres d'ici dans les magnifiques grottes des Hal-el-Oued dont on m'avait parlé fréquemment. Mais je suis docteur, j'ai un malade très intéressant à visiter ce soir, et je n'aurais pu, sans une extrême fatigue, faire à pied les dix kilomètres qui me séparent encore de la ville. — J'ai eu mon temps! — Je vous remercie donc beaucoup, Messieurs, de votre bonne grâce.

Après un échange de politesses, Dampierre demanda quelques détails sur les grottes dont le docteur parlait avec tant d'éloge.

— Apercevez-vous là-haut cet amphithéâtre dont les gradins sont formés par des couches de calcaire?

— Oui, répondirent les jeunes gens en penchant à tour de rôle pour voir le point qui leur était indiqué et que le premier tournant pouvait leur dérober.

— C'est dans cet amphithéâtre que se trouve l'entrée des grottes; ce n'est d'abord qu'un large et bas couloir qui mène en pente à la première salle; d'autres couloirs, étroits cette fois, donnent accès aux salles du fond. On m'avait conseillé de me munir de feu de Bengale, j'en avais pris de rouges, de bleus et de verts : Oh! Messieurs, je n'ai jamais rien vu de plus beau. L'ensemble des salles et des couloirs avec leurs stalactites et leurs stalagmites offre certainement le coup d'œil le plus féérique qui se puisse imaginer. Cette architecture naturelle est merveilleusement variée, grandiose et fantastique.

— Si nous pouvons en trouver le temps, dit Annibal, je ne serais pas éloigné de prendre une demi-journée au retour pour visiter ces grottes; qu'en dis-tu?

— D'autant plus, reprit leur aimable interlocuteur que si vous êtes amateurs de belle nature, nous passons en ce moment à un endroit qui vaut la peine d'être vu. Nous sommes à El-Ourit, ce qui en arabe signifie « la cascade. » Pour la bien voir il faut se placer sur le pont jeté sur le safsaf; de là, on l'embrasse tout entière; elle est composée d'un grand nombre de sauts de diverses hauteurs, séparés par de tout petits paliers où l'eau se calme un moment dans des gouffres profonds pour reprendre ensuite son élan et s'abîmer au milieu des arbres, des végétations folles et des roches à pic.

— Ce doit être splendide, s'écria Annibal facilement enthousiasmé.

— Oui, le cirque d'El-Ourit peut difficilement se décrire. Figurez-vous une muraille de rochers élevés, disposés circulairement, absolument comme dans un cirque. Tout le long des parois de ces rochers s'élèvent, grimpent et s'enlacent des fouillis de plantes, d'arbustes de toutes formes, de toutes sortes. L'eau se précipite en nappe du haut des rochers comme un grand fleuve qui aurait rompu ses digues, et la végétation qui recouvre les flancs des murs naturels de ce vaste cirque est tellement épaisse, que ces nappes d'eau filtrent, pour ainsi dire, au

travers de ce feuillage merveilleux et arrivent en poussière de
diamant à la base des rochers.

— C'est magnifique !

— Mais ce n'est rien encore : Une fois en bas de la plus haute
paroi et de la plus belle guirlande de verdure, au pied de la chute
la plus élevée du torrent, dite le « Saint-Mortel ; » vous croiriez
avoir admiré tous les bonds de la cascade. Pas du tout : cette
muraille porte un petit plateau où le safsaf, venant d'une vallée
supérieure, tombe par une autre échelle de cascades et de
cascatelles.

— Merci de ces renseignements si intéressants, si complets,
Monsieur ; assurément nous viendrons voir, dit Dampierre.

— Malheureusement la saison des cerises est passée, car c'est
la renommée d'El-Ourit. Et, vous savez, les cerises sont rares en
Algérie ! Le lundi de Pâques vous trouveriez ici la moitié de la
population de Tlemcen. C'est un rendez-vous annuel.

— Nous devons approcher, remarqua Annibal.

— Oui, nous voici à El-Eubad, vaste nécropole où s'amonce-
lèrent pendant des siècles les tombes des Tlemcéniens ; c'est
encore à voir. Regardez ! c'est par ce chemin montueux, raviné
qu'on parvient au village, situé dans une position des plus
pittoresques.

— On le dirait suspendu aux flancs de la montagne, fit
Annibal.

— Et immergé dans des flots de verdure, ajouta Dampierre.

— C'est ici que je demeure, continua le docteur, et je m'arrê-
terais si je n'avais un rendez-vous en ville. Apercevez-vous cette
blanche maisonnette, tout au sommet de cette éminence ?

— Au-dessus de ces jardins élevés en amphithéâtre et arrosés
par des courants d'eau vive ?

— Oui, dans ce massif d'oliviers, de figuiers et de grenadiers
qu'enlacent la vigne vierge et le lierre sauvage ; c'est là que ma
fille m'attend ; et permettez-moi d'espérer, Messieurs, que pour
prix de mon indiscrète intrusion parmi vous, vous me ferez le
plaisir de venir m'apporter votre pardon jusque chez moi. La vue

dont vous jouirez vous dédommagera amplement de vos peines; vous aimez le beau, nulle part la nature ne vous paraîtra plus prodigue de ses dons; sous ce ciel brûlant, vous trouverez en tout temps à El-Eubad l'ombre et la fraîcheur. Ce site enchanteur peut satisfaire, que dis-je? dépasser les aspirations les plus idéales du poète, les fantaisies les plus originales nées dans le cerveau du peintre.

— Vous en parlez vous-même en artiste, Monsieur.

— Oui, j'aime ce coin de terre; il me dédommage de ce que j'ai laissé en France. Du reste, outre l'attrait légitime qu'il excite chez le touriste, ce petit pays est curieux à d'autres titres. Il remonte à une très haute antiquité et a eu toute l'importance d'une ville; on y voit encore les ruines d'un *ribat* ou couvent de religieux guerriers qui florissait au temps des Almohades; mais je veux laisser quelque chose à désirer à votre curiosité, Messieurs, afin de conserver l'espoir que vous viendrez à moi pour la satisfaire.

Les jeunes gens déclarèrent qu'ils n'avaient besoin d'aucun stimulant pour être heureux de jouir d'une société aussi aimable, et comme l'on arrivait à Tlemcen et qu'il était tard, on se sépara en se promettant de se revoir.

XII. — Causerie du docteur.

Le lendemain, le premier soin de nos amis fut de s'enquérir du départ de la voiture pour Hanaïa; habitués aux services, rapides des chemins de fer, ils se doutaient peu que les diligences desservant ces localités ne partaient que tous les deux jours. Elles étaient en route depuis une heure; ils avaient donc près de quarante-huit heures devant eux.

— Comment employer nos loisirs? demanda Annibal.

— Ma foi, je crois que ce que nous aurions de mieux à faire serait d'aller chercher notre aimable compagnon d'hier, nous lui ferions plaisir. Ce que nous verrions en la compagnie d'un homme aussi érudit, nous profiterait doublement.

— Va pour cela.

Malgré la chaleur, les jeunes gens s'acheminèrent à pieds vers leur destination; ils sortirent par la porte de l'abattoir et ne tardèrent pas à arriver à Agadir, emplacement entièrement désert, mais couvert de jardins et de vergers. Voyant des vestiges de constructions antiques, ils crurent à des ruines romaines, s'étonnant toutefois de les trouver si avant dans la contrée; puis, ils s'engagèrent dans les sentiers ombreux d'un petit bois plein de la fraîcheur délicieuse qu'y entretiennent les sources abondantes qui se déversent en cascades dans l'oued Kâla.

Dampierre s'informa auprès d'un promeneur du nom de ce nid de verdure.

— C'est le bois de Boulogne, lui fut-il répondu.

— L'appellation est peut-être prétentieuse quant à l'étendue mais assurément elle est justifiée par le charme de l'endroit, fit Annibal.

— C'est une véritable oasis, ajouta Dampierre.

— Quels sont ces monuments d'une blancheur si crue dans la sombre verdure de ces arbres centenaires?

— Ce sont des koubbas.

— Elles ont l'air intéressant, il nous faudra les visiter en repassant.

Ils étaient maintenant au petit chemin creux ombragé de caroubiers, d'aloës et de cactus raquettes qui mène à El-Eubad; ils trouvèrent sans peine la demeure du docteur, nichée, comme ils l'avaient remarqué la veille, dans un massif d'arbres odorants et fleuris. Le docteur n'était pas rentré de sa tournée du matin; ils furent reçus par une belle jeune fille aux grands yeux bleus, à la bouche mutine, au sourire charmant qui fit à nos deux jeunes gens l'effet d'une délicieuse apparition; un rayon de soleil se jouait dans les folles boucles qui encadraient son front; la même expression de distinction, de douceur et de bonté qui caractérisait la physionomie du docteur, se retrouvait sur la sienne.

Un peu intimidés d'abord par tant de grâce et de jeunesse, Passérieux et Dampierre — Dampierre surtout — savaient à peine comment lier conversation ; mais ils ne tardèrent pas à être mis à l'aise par la simplicité et le naturel de la jeune fille. Elle leur raconta que son père les attendait presque et l'avait mise au courant du service éminent qu'ils lui avaient rendu.

— Service qui a été tout plaisir pour nous, dit Annibal ; la meilleure preuve que je puisse en donner, c'est notre présence qui, je rougis de l'avouer, est parfaitement intéressée.

— Vous ne pouvez, Messieurs, causer une plus vive satisfaction à mon père. Poète et artiste à ses heures, il est également épris de science et d'archéologie et dans le milieu où nous nous trouvons transplantés, il n'est vraiment pas à sa place. Aussi lorsqu'il lui arrive de se trouver avec des personnes capables de le comprendre, d'apprécier les choses comme lui, il ressent une jouissance véritable ; cette jouissance vous la lui avez fait éprouver, et je vous en remercie, Messieurs.

Ceci était dit sans afféterie, avec une bonne grâce d'autant plus séduisante qu'elle prenait sa source dans un cœur tout plein d'amour filial. On comprenait instinctivement que le père et la fille ne vivaient que pour le bonheur l'un de l'autre.

Peu de temps après le docteur rentrait ; l'accueil qu'il fit à ses visiteurs les rassura complètement quant à la crainte d'être importuns.

— Vous êtes mes hôtes, ou pour parler plus justement, mes prisonniers, leur dit-il ; nous n'avons pas trop du peu de temps dont vous disposez pour voir avec quelque détail Tlemcen et d'abord El-Eubad.

Nos amis déjeunèrent donc à la villa des fleurs, puis mademoiselle Théodora, jetant sur sa tête un de ces hauts chapeaux pointus à larges bords, dont l'usage est si répandu en Algérie, s'apprêta à accompagner son père.

— Nous avons vu beaucoup de ruines romaines en venant ici, remarqua Annibal ; vous devez en avoir pas mal à El-Eubad ?

— Des ruines romaines, Monsieur, non ; ce que les maîtres du monde ont laissé ici cet insignifiant comparé à ce que l'on trouve ailleurs. Tlemcen est une ville qui remonte à la plus haute antiquité; nous la trouvons mentionnée chez les géographes grecs comme devant servir de capitale aux chefs indigènes des Mahaoua. Sous quel nom? voilà un point que je n'ai pu approfondir encore. J'ai dit Tlemcen et j'ai eu tort, car sous les Romains c'était Pomaria, sans doute à cause des magnifiques bois d'oliviers, des arbres fruitiers de toute espèce, des sources et des jardins, qui ont de tout temps fait un vaste verger de cette localité privilégiée.

— Ce n'est qu'à l'époque de la conquête arabe que sur les ruines de Pomaria fut créée Agadir, berceau de la cité actuelle de Tlemcen. Je vous fais grâce de l'histoire de cette cité sous les nombreuses dynasties arabes qui s'y sont succédées. Le quinzième siècle marqua l'apogée de force et de puissance de la ville qui comptait alors, disent les historiens arabes 125,000 habitants. Décorée de monuments publics somptueux, elle était un foyer de lumière; la civilisation arabe y florissait à l'aise. A l'époque où le génie de l'Europe se réveillait à peine de son long sommeil, Tlemcen était une des villes les mieux policées du monde; et ce n'est plus aujourd'hui qu'une petite ville perdue de l'Algérie.

Le commencement du seizième siècle fut l'époque de la décadence de cette cité reine, et en 1553, conquise par Salah Raïs, pacha d'Alger, elle comprit d'elle-même qu'elle était perdue. Au contact brutal de la soldatesque turque qui détruisait, mais n'édifiait jamais, l'émigration de cette société industrieuse, lettrée et polie prit chaque jour plus de développement, et un beau matin il ne resta plus que des ruines; ces ruines, vous les avez aperçues; si vous le désirez nous les reverrons ensemble.

— Très volontiers, répondit Dampierre; mais d'abord pourriez-vous nous indiquer ce qu'est ce groupe de monuments, situés au point culminant de ce village?

— Ce sont des monuments, grâce auxquels le renom de sainteté d'El-Eubad n'est pas près de s'éteindre.

— C'est le tombeau du marabout sidi Bou-Médin, puis la mosquée et la médersa placées par les musulmans sous l'invocation de ce saint personnage.

— Qu'était-ce que ce saint ?

— Un maure venu d'Espagne qui vécut au xiie siècle et qu'une vocation irrésistible attira, paraît-il, vers la vie religieuse. Il débuta dans la vie mystique et contemplative sur la montagne qui est derrière nous, tenant à faire ses oraisons sur le tombeau de sidi Abd-Allah-ben-Alé, ouali ou saint encore en grande vénération dans toute notre région.

— Je m'étonne qu'un si saint homme n'eût pas préféré s'en aller à la Mecque que de rester ici, dit mademoiselle Théodora.

— Aussi, n'y manqua-t-il pas; il partit en pèlerinage et rencontra le fameux sidi Abd-el-Ḳader-ed-Djilali qui l'initia à l'ordre des Khrouans dont il était le chef.

— C'est encore aujourd'hui un des ordres religieux dont je te parlais dernièrement, observa Dampierre.

— Quand vous aurez achevé l'histoire de Bou-Médin, je vous demanderai quelques détails sur ces ordres religieux, dit Annibal.

— Très volontiers; je suis à votre disposition. Grande était l'humilité du saint, ce qui ne l'empêchait pas de se poser en apôtre et de s'affirmer comme maître ès-révélations divines. Mais affirmer n'est rien, il est quelquefois bon de prouver, aussi se mit-il à faire des miracles. Certain taleb que sa femme avait mécontenté et qui, à raison de ce cas, méditait de s'en séparer, sortit de bon matin pour aller consulter Bou-Médin sur le parti qu'il devait prendre. Il était à peine entré dans la salle où se tenait le cheikh que celui-ci, élevant la voix et apostrophant son disciple :

« — Garde ta femme et crains Dieu, » lui dit-il.

Cette citation du Coran, sourate 33, verset 37, répondait si à propos aux préoccupations du mari offensé, que la surprise le cloua sur place.

— Et comment as-tu su la cause de ma démarche? se hasarda

de dire le taleb, car, j'en jure Dieu, je n'en avais parlé à âme qui vive.

— Lorsque tu es entré, repartit Bou-Médin, j'ai lu distincte-ment ces paroles du livre sur ton burnous et j'ai deviné tes intentions.

Il est inutile d'ajouter que le taleb garda sa femme; mais l'his-toire ne dit pas si depuis ils firent meilleur ménage.

— Bou-Médin fut desservi par des ennemis, ou plutôt des jaloux, auprès du sultan Yakoub-el-Mansour l'Almohade. Appelé à Tlemcen par ce prince qui désirait le voir et l'interroger lui-même, le marabout se rendit aux ordres du sultan, et parvenu à Aïn-Tékalet, en vue de Tlemcen, il indiqua à ses compagnons de voyage le ribat d'El-Eubad et s'écria comme inspiré : « Combien ce lieu est propice pour y dormir en paix de l'éternel sommeil! » Puis arrivé à l'Oued-Isser, il mourut en disant : « Dieu est la vérité suprème, » sidi Bou-Médin avait environ 75 ans. Trans-porté à El-Eubad, il fut enterré dans un endroit où se trouvaient déjà les restes de plusieurs Oualis de distinction. Le successeur d'El-Mansour fit élever un magnifique monument à la mémoire de Bou-Médin et c'est ce monument embelli depuis par le sultan Mérinide-Aboull-Hassen-Alé que nous allons visiter. Mais nous y voici, chère enfant, va donc cueillir un bouquet en nous atten-dant, puisque ta qualité de femme t'exclut de la mosquée. En-trons, Messieurs.

Une porte en bois peinte d'arabesques multicolores leur livra passage; elle ouvrait sur une galerie dallée en petits carreaux de faïence. A droite était la mosquée, à gauche la koubba. Le doc-teur précéda nos amis dans l'escalier de plusieurs marches qui conduit à la koubba, située dans une petite cour carrée à arcades retombant sur des colonnes en onyx.

— Que signifient tous ses hiéroglyphes sur les murs? demanda Annibal.

— Ceci est destiné à représenter le temple saint de la Mecque. Voici ici les pantoufles du prophète; là-haut des oiseaux fantas-tiques portent des inscriptions arabes.

— Pourquoi ces cages suspendues aux murs et aux colonnes?

— Je l'ignore : tout ce que je puis dire, c'est que l'on entretient avec soin les oiseaux chanteurs qui les occupent et dont les gazouillements ont peut-être une signification symbolique qui nous échappe. Les tombes à droite de l'escalier sont celles de personnages privilégiés. Ne vient pas dormir qui veut auprès d'un saint de la trempe de Bou-Médin.

— Et là à gauche?

— C'est un puits dont l'eau salutaire entre toutes, a, au dire des musulmans, une merveilleuse efficacité.

— Comme cette margelle de marbre est usée!

— Je le crois bien ; c'est qu'elle remonte à une époque immémoriale et c'est le frottement de la chaîne qui l'a si fortement entaillée.

— Peut-on pénétrer dans la koubba?

— Nous autres. hommes, oui.

Et, donnant l'exemple, le docteur entra sous un dôme percé de fenêtres étroites, à travers lesquelles arrivait une lumière discrète, tamisée par des vitraux de couleur. Au milieu se dressait une châsse en bois sculpté, recouverte d'étoffes lamées d'or et d'argent, de drapeaux de soie brodés, d'inscriptions.

— Voilà où depuis plus de six siècles et demi repose sidi Bou-Médin, l'oualé, le k'obt, le r'out.

— Oh! docteur, de grâce ne nous traitez pas en savants, traduisez, traduisez.

— Ouali, signifie l'ami, l'élu de Dieu ou saint. K'obt, littéralement « le pôle, » veut dire dans le langage mystique : celui qui occupe le sommet de l'axe autour duquel, bon ou mauvais, le genre humain accomplit son évolution. Le r'out est choisi par Dieu pour prendre sur lui les trois quarts des maux de toutes sortes, chutes, blessures, maladies et morts tombées du ciel sur la terre au nombre de 380,000 pendant le mois de safar. Vous jugez que le r'out affecté de 285,000 maux ne saurait vivre longtemps, du jour où il a reçu cette lourde mission.

— Bien lourde, en effet, affirma Annibal.

— Sa vie ne saurait dépasser 40 jours et atteint rarement ce terme extrême. Par le fait c'est donc l'être unique, le recours suprême des affligés, le Sauveur.

— Comme la dévotion humaine revêt partout des formes identiques, remarqua Dampierre occupé à détailler les ex-votos réunis dans ce lieu. Voyez ces œufs d'autruche, ces cierges, ces lustres, ces lanternes historiées, ces étoffes suspendues au plafond, cela représente les mêmes sentiments de confiance aveugle, de vénération, de foi ardente dont nous avons pu voir les témoignages touchants dans telle église votive de la mère-patrie !

— L'humanité n'est-elle pas la même partout ? répondit le docteur.

Annibal de son côté examinait les murs de la koubba couverts d'arabesques richement ciselées, et ornés de miroirs et de tableaux. Il arriva ainsi à une autre châsse.

— C'est encore une tombe ? demanda-t-il.

— Oui ; celle du disciple aimé qui voulut finir ses jours près du tombeau de son maître. Et voyez, il n'en manque pas d'autres : jusqu'à celle de Mohamed-ben-Abd-Allah, notre ancien Agha, assassiné en 1850, sur la route de Tlemcen à Oran. Mais passons à la mosquée.

Celle-ci, en forme de rectangle, est d'une architecture remarquable, étudiée aux sources les plus belles et les plus pures de l'art arabe. Le portail qui a dû être restauré est en arcades et décoré de mosaïques en faïence. Parmi d'autres inscriptions, on y remarque celle-ci : « L'érection de cette mosquée bénie a été ordonnée par Alé, fils d'Abou-saïd-Othman 1338-1339, an 739 de l'hégire !

Nos touristes descendirent un escalier de onze degrés, taillé sous une coupole décorée d'arabesques, qui les conduisit devant une porte dont l'examen les retint un moment ; elle était en bois de cèdre massif, revêtue d'épaisses lames de cuivre dont les motifs losangés formaient l'ornement principal.

— A en croire la tradition, reprit alors le docteur, cette porte fabriquée, dit-on, aux frais d'un Espagnol pour prix de sa liberté,

aurait été jetée à la mer, et serait ensuite arrivée miraculeusement à El-Eubad.

— Par l'intervention de sidi Bou-Medin, au moins, s'écria
Annibal.

— Vous l'avez deviné. Mais pénétrons à l'intérieur.

C'était la première fois que Passérieux franchissait le seuil
d'un édifice religieux arabe ; comme il en faisait la remarque, le
docteur lui dit :

— Eh bien ! pour vos débuts vous avez de la chance ; car vous
êtes à même de voir ici quelques-uns des monuments les plus
beaux de l'islam africain : El-Eubad, Tlemcen et Mansoura sont
à cet égard privilégiés. Cette mosquée, sous ce rapport, rappelle
celle du Caire et les chefs-d'œuvre de l'Alhambra. La disposition
intérieure est presque celle des maisons mauresques : un portique, une cour et la mosquée proprement dite dans laquelle on
vient prier. Au fond de ce portique ou cloître en arcades soutenu
comme vous le voyez par douze colonnes, se trouve l'entrée du
minaret qui s'élève au milieu.

— C'est là, sans doute, que les Arabes viennent faire leurs
ablutions ? demanda Dampierre.

— Parfaitement, et maintenant venez.

Les trois hommes entrèrent dans la mosquée — formée par huit
travées d'arcades, quatre sur quatre, — à laquelle deux portes
latérales donnaient accès. Comme les murs du portique, ceux de
la mosquée était couverts d'ornements sculptés qu'Annibal con-
templait avec délices.

— Admirez plutôt ce mihrab dont l'arcade repose sur deux
colonnes en onyx. Est-il possible de voir un travail fouillé avec
plus de délicatesse, plus de fini ?

Annibal épuisait les formules de l'admiration la plus vive, et le
docteur jouissait de son enthousiasme. Cependant après lui avoir
laissé le temps d'examiner en détail tout ce qui sollicitait son intérêt, il reprit :

— Et maintenant ne nous attardons pas ; nous avons tant d'autres choses à voir ! Gravissons les 92 marches qui mènent en haut

du minaret; le coup d'œil qui vous attend vous dédommagera de l'ascension.

Dampierre déclina à regret l'offre du docteur; mais Annibal s'élança dans l'étroit escalier avec une ardeur juvénile, et arriva naturellement le premier au sommet. Il dut attendre son guide qui le suivait d'un pas plus calme.

— Oh! docteur, c'est splendide, s'écria-t-il lorsque la tête de celui-ci émergea sur la plate-forme.

— Ne vous l'avais-je pas dit? Là, tout près, voici Tlemcen, Agadir, Mansoura, et plus loin Hanaïa, Aïn-el-Tout, Négrier, Safsaf, le val de la Tafna; sans ce rideau de montagnes, votre vue irait jusqu'à la mer.

Il fallut arracher Annibal à la contemplation de ce magnifique panorama.

— Nous avons encore à donner un coup d'œil à la medersa ou collège pour les hautes études; malheureusement elle est si fort endommagée qu'on n'a pas pu la restaurer, ce qui est une perte pour l'art; l'eau qui suinte du rocher contre lequel elle est adossée en est la cause.

— Cet édifice doit remonter à la même époque que le reste?

— Evidemment. Il a été fondé par Abou-Hassein, le mérinide en 1347 ou 747 de l'égire. Je vous montrerai cette date dans l'inscription en l'honneur de ce sultan, qui décore les quatre faces intérieures du monument.

C'était à peu près la répétition de la mosquée. Elle se composait d'une cour, terminée au fond par la salle, servant à la fois de mosquée et d'école, et entourée à droite et à gauche d'un cloître sur lequel s'élèvent d'étroites cellules destinées aux tolba ou étudiants.

— C'est la première fois que j'entends parler des Médersa.

— Peut-être parce que celle-ci est un spécimen à peu près unique des établissements de ce genre, pourtant fort nombreux autrefois; c'est ce qui lui communique un intérêt d'autant plus grand.

— Connaît-on seulement les noms des savants qui ont professé ici le haut enseignement?

— On en cite deux : Mohammed-es-Senoussé, un grand savant en toutes sciences, comme dit son épitaphe, et Ald-er-Rhaman, Ibn-Khaldoun, l'historien des Berbères. — Voyez-vous cette koubba dont les murs blanchis à la chaux et crénelés se détachent sur le fond vert des lentisques et des caroubiers? C'est là que repose Es-Senoussé.

— Je n'aurais pas pris cela pour une koubba; il n'y a point de dôme, cette forme chère aux architectes arabes.

— En effet, le toit en tuiles qui le recouvre est une exception. Si nous avions le temps de pénétrer à l'intérieur, vous verriez le riche catafalque ou tsabout qui marque la place où furent déposés les restes de cet homme éminent. Comme dans la koubba de Bou-Médin, la châsse est recouverte d'étoffes et de bannières aux couleurs islamiques, vertes et rouges. Et maintenant rejoignons votre ami sur la terrasse du café maure où je l'ai vu se rendre, attiré sans doute par le joli coup d'œil qu'offre de là Tlemcen, assis, à huit cent seize mètres, sur un plateau, dans sa forêt d'oliviers. Comme les temps sont changés! Aujourd'hui on est en sécurité sur cette terrasse, jadis, il n'y a pas un demi siècle de cela, c'était un repère de bandits qui venaient s'inspirer auprès du tombeau du saint pour mieux assassiner ensuite les chrétiens qui se trouvaient sur leur route.

Mais Dampierre n'y était plus; il avait aperçu mademoiselle Théodora et s'était fait un devoir de chercher à lui abréger les longueurs de l'attente. Ils devisaient gaiement, tout en arrangeant le bouquet de fleurs dont la jeune fille avait fait une ample moisson.

— Nous accompagnes-tu à la ville, chère enfant? demanda le docteur à sa fille; nous allons nous y rendre à pied; je montrerai à nos hôtes ce qui reste de la mosquée disparue d'El-Mohamed-es-Séfi, et les ruines élégantes aux arcades dentelées de l'homme volant.

— Un voleur? demanda Annibal.

—Pas du tout; un savant marabout qui fut la gloire de son siècle par son savoir et sa piété, et qui entr'autres dons possédait celui de se transporter miraculeusement d'un endroit à l'autre, d'où le surnom significatif qui vous a trompé.

— Il vaut mieux que je n'aille pas avec vous, père, répondit la jeune fille avec un léger soupir; j'ai mes devoirs de ménagère à remplir; mais tu me dédommageras ce soir; nous ferons bien encore quelque autre promenade?

— Assurément. En tout cas, je m'engage tant en mon nom qu'en celui de ces messieurs à faire tous nos efforts pour revenir de bonne heure.

— Je prends acte de cette promesse... mais n'y compte qu'à demi, ajouta-t-elle malicieusement en souriant à son père; au revoir, Messieurs.

Et avec un gracieux salut aux deux amis, elle reprit le chemin de sa demeure.

Il sembla aussitôt au petit groupe que le soleil était moins brillant, la brise moins parfumée, l'ombre moins fraîche, et Dampierre en particulier ne répondit plus que par des monosyllabes, distrait aux remarques de ces deux compagnons.

— Nous voici à Agadir; je vais vous montrer de suite les inscriptions romaines qui ont fixé les archéologues sur le nom de la cité; allons vers ce minaret, échappé à la destruction de la mosquée dont l'érection remonte à l'an 789 de notre ère. Il a dû être réédifié, car il n'accuse point une antiquité aussi reculée; voyez : sa base repose sur des pierres taillées venant de Pomaria, et dont quelques-unes se trouvent placées en-dehors du côté des inscriptions dont elles sont couvertes. J'en ai compté jusqu'à huit, mais il y en a d'autres également visibles dans l'intérieur du minaret.

Annibal jubilait; ce que voyant, le docteur l'engagea à venir visiter le grand réservoir placé dans la partie méridionale d'Agadir.

— La conservation est parfaite, comme vous pouvez en juger, et il serait facile de s'en servir pour amener les eaux d'Aïn-Er-

9

Ribat ; cela irriguerait ces vergers et augmenterait leur fertilité. Nous trouvons encore des vestiges romains à la seule porte qui soit restée debout; ce sont les montants en pierre qui supportent cette élégante arcade mauresque bâtie en briques qui, assurément, ont dû autrefois être recouvertes de brillantes mosaïques vernissées.

— Où mène cette porte?

— A la koubba de celui qui fut le patron des Tlemcéniens, avant que Bou-Médin l'eût détrôné, sidi Daoudi. Poussons-nous jusqu'au petit monument dans lequel il repose? Voyez : il est carré, percé de fenêtres basses, grillées et d'une jolie porte ogivale surmontée d'un auvent recouvert de tuiles creuses.

— Ah! je m'y reconnais, dit Annibal; ici au moins la toiture est terminée en coupole.

— Quand on ne viendrait pas pour le monument, il vaudrait la peine d'y venir pour le paysage, remarqua Dampierre. Il est vraiment ravissant.

Nos promeneurs rentrèrent en ville par la porte de Sidi-Bou-Médin, en remontant le cours de l'oued Kâla. La conversation continuait.

— Voilà le Bal-el-Gharb des Arabes, c'est-à-dire « la porte du couchant. » Comme tous ces noms diffèrent des nôtres si indifféremment appliqués! Celui-là n'est-il pas significatif? La ville ne surveille-t-elle pas de près le Maroc que pendant longtemps elle eût à tenir en respect? Voyez : on la reconnaît de loin à ses blancs minarets, à la couronne de tours et de créneaux dont elle est ceinte.

Cependant on avait atteint la ville et l'on traversait le quartier arabe, où les Maures se logent comme dans des tanières, dans des maisons à moitié effondrées. Nos touristes ne tardèrent pas à arriver sur la place Saint-Michel.

— Voici le Musée : je ne vous conseille pas d'y entrer; votre temps est trop limité; autrement vous y auriez vu avec intérêt, j'en suis certain, des boulets en marbre ramassés dans les rues et dans les maisons de Tlemcen

— A quelle époque? demanda curieusement Dampierre.

— Lors d'un des siéges qu'a subi Tlemcen, de 1335 à 1337. Ces pierres de catapulte désignées sous le nom de Hadjar-el-Medjanek, mesurent jusqu'à deux mètres de circonférence, pèsent de cent à cent trente kilogrammes.

On y voit encore la *coudée royale* de Tlemcen, décrite par Abou-Tachfin, en 1328, mesurant 47 centimètres au lieu de 48, afin de favoriser le commerce des indigènes et des Européens; des épitaphes translucides...

— Quelle est cette muraille crénelée et flanquée de deux tours au nord-est? demanda tout à coup Dampierre.

— C'est avec la mosquée que vous apercevez par là tout ce qui reste du Méchouar.

— Et le Méchouar lui-même?

— Fut le palais merveilleux où se succédèrent toutes les dynasties qui ont régné sur Tlemcen. C'est là que les Béni-Zeiyan et les Mérinides, nouveaux Mécènes, attiraient à leurs cours brillantes et polies les poètes, les savants et les artistes. Si nous en croyons les historiens arabes, tous d'accord sur ce point, rien n'égalait la splendeur de ce palais. Mohammed-el-Ténessé, traduit par M. Bargès, nous a laissé des descriptions comme celle-ci :

« Abou-Tachfin possédait au Méchouar un arbre d'argent sur
» lequel on voyait toutes sortes d'oiseaux de l'espèce de ceux qui
» chantent, un faucon était perché sur la cime. Lorsque les
» soufflets qui étaient fixés au pied de l'arbre, étaient mis en
» mouvement, et que le vent arrivait dans l'intérieur de ces
» oiseaux, ceux-ci se mettaient à gazouiller, et faisaient entendre
» chacun son ramage, qui était facile à reconnaître à cause de sa
» ressemblance avec le naturel. Lorsque le vent arrivait au fau-
» con, on entendait l'oiseau de proie pousser un cri, et à ce cri,
» les autres oiseaux interrompaient tout à coup leur doux
» gazouillement... »

C'est encore au Méchouan que le sultan Abou-Hamou-Houssa II célébrait — avec beaucoup plus de pompe et de solennité que toutes les autres, la fête du Mouloud — naissance du prophète.

Pour cela il faisait préparer un banquet, auquel étaient invités indistinctement les nobles et les roturiers. On voyait dans la salle où tout le monde était réuni, des milliers de coussins rangés sur plusieurs lignes, des tapis étendus partout, et des flambeaux dressés de distance en distance, grands comme des colonnes. Les seigneurs de la cour étaient placés, chacun selon son rang, et des pages revêtus de tunique de soie de diverses couleurs circulaient autour d'eux, tenant des cassolettes où brûlaient des parfums, et des aspersoirs avec lesquels ils jetaient sur les convives des gouttes d'eau de senteur, en sorte que, dans cette distribution, chacun avait sa part de jouissance et de plaisir. Ce qui excitait surtout l'admiration des spectateurs, c'était la merveilleuse horloge qui décorait le palais du roi de Tlemcen. Cette pièce de mécanique était ornée de plusieurs figures d'argent, d'un travail très ingénieux et d'une structure solide. Au-dessus de la caisse s'élevait un buisson, et sur ce buisson était perché un oiseau, qui couvrait ses deux petits de ses ailes. Un serpent qui sortait de son repaire, situé au pied même de l'arbuste, grimpait doucement vers les deux petits qu'il voulait surprendre et dévorer. Sur la partie antérieure de l'horloge étaient dix portes, autant que l'on compte d'heures dans la nuit, et, à chaque heure, une de ses portes tremblait en frémissant ; deux portes plus larges et plus hautes que les autres occupaient les extrémités latérales de la pièce. Au-dessus de toutes ses portes, et près de la corniche, on voyait le globe de la lune qui tournait dans le sens de la ligne équatoriale, et représentait exactement la marche que cet astre suivait alors dans la sphère céleste. Au commencement de chaque heure, au moment où la porte qui la marquait faisait entendre son frémissement, deux aigles sortaient tout à coup du fond des deux grandes portes, et venaient s'abattre sur un bassin de cuivre, dans lequel ils laissaient tomber un poids de même métal, qu'ils tenaient dans leur bec : ce poids, entrant par une cavité qui était pratiquée au milieu du bassin, roulait dans l'intérieur de l'horloge. Alors le serpent qui était parvenu au haut du buis-

son, poussait un sifflement aigu, et mordait l'un des petits
oiseaux, malgré les cris redoublés du père qui cherchait à les
défendre. Dans ce moment, la porte qui marquait l'heure présente,
s'ouvrant toute seule, il paraissait une jeune esclave, douée
d'une beauté sans pareille,, portant une ceinture en soie rayée.
Dans sa main droite, elle présentait un cahier. ouvert, où le nom
de l'heure se lisait sur une petite pièce écrite en vers; elle tenait
la main gauche appliquée sur sa bouche, comme quand on salue
un kalife.

— C'est vraiment curieux. — Et servirait à prouver que l'horloge arabe a précédé de plus de deux siècles celle de Strasbourg,
faite par Conrad Dasypolius en 1574.

— Cela n'a rien d'étonnant, n'était-ce pas le kalife Aroun-el-
Raschid qui avait déjà introduit la première horloge en Europe,
fit observer Dampierre.

— Quant à la mosquée du Méchouar, devenue un magasin an-
nexe de l'hôpital militaire, on raconte ainsi son origine : « Le
sultan Abd-el-Onadite, Abou-Hammou-Moussa Ier s'étant fait
donner des ôtages dans une expédition entreprise contre les
villes et les tribus de la partie orientale de ses Etats, 1317-1318
ou 717 de l'hégire, leur assigna pour demeure la citadelle même
du Méchouar, et leur permit de s'y construire des habitations
particulières, de prendre femme et d'élever une mosquée pour y
célébrer la prière du vendredi. Ce fut là, dit naïvement la chronique, une des prisons les plus extraordinaires dont on ait ouï
parler. »

— Mais il se fait tard; donnons un coup d'œil d'ensemble à la
ville, et retournons à El-Eubad où notre retard placerait ma fille
dans les cruels embarras d'une ménagère obligée de servir un
dîner réchauffé; évitons un échec à son jeune amour-propre.

—Si nous retournions de suite, dirent simultanément les deux
amis qui eussent été désolés d'occasionner le moindre déplaisir à
leur charmante hôtesse.

— Non; montons au minaret de la Djama-Kébir, la grande
mosquée. C'est un peu haut, 130 marches; mais nous ferons en

demi-heure autant de besogne qu'avec une journée de marche.

— Viens-tu? demanda Annibal à Dampierre.

— Ma foi, oui ; je me risque ; c'est une occasion unique pour moi de connaître une des villes les plus intéressantes de l'intérieur; je n'aurais garde de la manquer.

Un moment après les trois hommes débouchaient sur la plateforme.

— Que c'est beau ! murmura Annibal.

— N'est-ce pas? S'il est dans ce pays de contrastes, des sites dénudés où l'œil attristé cherche en vain à l'horizon, un arbre, une broussaille sur lequel il puisse, comme l'oiseau lassé, se reposer un instant, en revanche on compte ici des forêts d'oliviers, de figuiers, de noyers, de térébinthes et d'autres arbres. Mais faisons notre revue : Commençons par ces vieux remparts crénelés, coupés de dix portes qui se ressemblent toutes et n'ont rien de monumental. Elles ont été bâties par le génie militaire, à l'exception de la porte Zivi et de celle dite Bal-el-Djead, la porte des coursiers. Remarquez cette dernière : elle est intéressante comme spécimen de l'architecture militaire du moyen-âge. Elle est encore telle qu'on la construisit jadis. C'est un massif de dix-huit mètres cinquante de largeur, sur neuf de profondeur et neuf de hauteur, percée d'une ouverture de trois mètres et fermée autrefois par une double porte à herse. On arrivait à la plate-forme par un escalier placé à l'angle intérieur.

— C'est de là qu'on jetait sur les assiégeants les projectiles qui ont précédé l'usage de la poudre, dit Annibal.

— Oui, surtout ce fameux feu grégeois qui ne pouvait s'éteindre et dont on n'est pas sûr encore d'avoir retrouvé le secret, ajouta Dampierre.

— Aujourd'hui cette entrée n'est plus défendue que par une simple porte en bois, continua le docteur. Maintenant examinons les divers quartiers de la ville. Là-bas, le quartier des juifs, avec ses rues sales et dégoûtantes, ses maisons basses et obscures, dans lesquelles on descend comme dans une cave par un escalier de plusieurs degrés, ses murs lézardés revêtus de bouse de vache et percés de deux ou trois trous en guise de fenêtres.

— Quelle horreur! dit Dampierre; comment laisse-t-on subsister un pareil état de choses!

— Ah! ce n'est rien encore. Il faudrait voir de près et être obligés de traverser ces longs passages couverts où l'on doit, pour marcher, quitter son chapeau et se courber presque jusqu'à terre, si l'on ne veut pas se briser la tête contre les poutres et les solives des maisons superposées.

— Et vous vous êtes aventuré là-dedans, docteur?

— Que voulez-vous, ne faut-il pas aller où le malade nous appelle? J'ai soigné une jeune juive poitrinaire dans une de ces rues presque inaccessibles. Le misérable intérieur dans lequel elle ne tarda pas, du reste, à s'éteindre, ressemblait plutôt à une caverne de brigands qu'à la demeure d'un être civilisé!

— Et pourtant ces gens sont riches, puissamment riches!

— C'est précisément la cause de l'aspect repoussant de la partie de la ville qu'ils occupent. Ce que les juifs ont en tout temps souffert de la part des Turcs est inimaginable! En 1517, si je ne me trompe, le quartier dans lequel ils s'étaient parqués comme des bêtes fauves, fut entièrement saccagé, et les pertes qu'ils subirent à cette époque les vouèrent pour longtemps à une misère sordide. Si par hasard quelques-uns d'entre eux avait échappé à ce pillage, vous vous figurez si plus que les autres encore ils affectèrent les dehors de la pauvreté.

— Mais les temps ont bien changé?

— Oui; toutefois des habitudes aussi invétérées sont longues à déraciner, continuons : Au-delà nous trouvons le quartier des maures que nous avons traversé, et qui fait contraste avec la ville européenne, bien éloignée d'avoir atteint tout son développement.

Plus loin encore le quartier marchand indigène, avec les longues rues à petites boutiques et ses foudouks, puis enfin la ville arabe, avec ses rues étroites, mal percées, souvent voûtées, dont quelques-unes pourtant sont couvertes de vigne et rafraî-

chies par des fontaines. En 1846, Tlemcen comptait encore
soixante et une mosquées, dont beaucoup tombaient en ruines.
Ce sont les alignements qui en ont fait disparaître un grand
nombre.

— Quel malheur que nous n'ayons pas le temps de visiter
celles qui restent !

— Oui, car elles méritent une étude attentive, surtout celle où
nous sommes, puis celle de Bou-Hasseim, puis... Mais si je n'y
prends pas garde, je vais vous les citer toutes! Tenez, allons
dîner, ou nous serons encore ici demain?

XIII. — Où notre héros est échec et mat.
(Retour à Alger,)

La matinée du lendemain fut consacrée à Mansourah qu'un
sultan du Maroc qui depuis quatre ans assiégeait Tlemcen,
donna pour rivale à cette dernière, en 1302. Voici comment le
docteur raconta la création de cette seconde Tlemcen d'après
l'histoire Abn-Kahldoubn :

« A l'endroit où l'armée avait dressé ses tentes, s'éleva un
palais pour la résidence du souverain. Ce vaste emplacement fut
entouré d'une muraille, et se remplit de grandes maisons, de
vastes édifices, de palais magnifiques, de jardins traversés par des
ruisseaux. Ce fut en 702 de l'hégire, que le sultan fit bâtir l'enceinte des murs, et qu'il forma aussi une ville admirable, tant
par son étendue et sa nombreuse population, que par l'activité
de son commerce et la solidité de ses fortifications. Elle renfermait des bains, des caravansérails et un hôpital, ainsi qu'une
mosquée, où l'on célébrait la prière du vendredi, et dont le
minaret était d'une hauteur extraordinaire. Cette ville reçut de
son fondateur le nom d'El-Mansourah, c'est-à-dire la Victorieuse. De jour en jour elle vit sa prospérité augmenter, ses
marchés regorger de denrées et de négociants venus de tons les

pays; aussi prit-elle bientôt le premier rang parmi les villes du Mar'reb. »

— Mais la prospérité de la ville élevée comme par enchantement ne fut pas de longue durée. Témoignage d'une sanglante défaite, elle offusquait les regards des Mérénides qui avaient reconquis Tlemcen et après moins de deux siècles d'existence, « la Victorieuse » frappée d'un arrêt de destruction, dût disparaître sans retour.

— Cinq siècles ont donc passé sur ces ruines! observa Annibal pensif.

— Oui; aussi ne reste-t-il debout qu'une partie de son enceinte et le minaret de la mosquée. L'on peut cependant, là-bas vers l'ouest, étudier le système de murailles qui reliaient de quarante en quarante mètres des tours bastionnées et à créneaux.

— La mosquée a complètement disparu?

— Non; ce mur en pisé en marquait l'enceinte. Des fouilles ont été faites à l'intérieur et amené la découverte de ces magnifiques colonnes en marbre translucide dont on a transporté des spécimens jusque dans les musées de Paris.

— J'en ai vu également au musée d'Alger, remarqua Dampierre.

— Montons à l'extrémité du village. Un vaste espace entouré de murs, une tour à demi écroulée et d'autres vestiges nous révèleront l'emplacement du palais du sultan.

— Qu'est-ce qui prouve que c'était cela plutôt qu'autre chose? demanda Annibal.

— Les fouilles exécutées par les autorités et dont le résultat a été la découverte de socles, de fûts, de carrelages émaillés, de débris de mosaïques et de cette inscription : « La construction de cette demeure fortunée, palais de la Victoire, a été ordonnée par le serviteur de Dieu Alé, émir des musulmans, et a été achevée en 745 de l'hégire — 1344-45.

En s'éloignant de Mansoura, qu'Annibal quittait à regret, on passa sous une porte monumentale, bâtie en briques rouges d'une belle conservation, que nos touristes prirent pour un arc

de triomphe, bien qu'elle fît autrefois partie du mur de circon-
vallation, élevé par Abou-Yakoub autour de Tlemcen, dans le
fameux siége de 1399; puis devant des koubbas dont chacune a
sa tradition, sa légende intéressante; mais il serait trop long de
les rapporter toutes.

Après le déjeuner, mademoiselle Théodora proposa une promenade en voiture jusqu'à Aïn-el-Hout, petit village arabe dans
un site charmant.

Enfin, vint l'heure du départ; le docteur fit promettre à ceux
qu'il se plaisait à appeler ses jeunes amis que, si leurs affaires
le leur permettaient, ils reviendraient passer quelque temps chez
lui à leur retour d'Hanaïa.

—Il y a encore tant à voir ici, leur disait-il, tant en curiosités
archéologiques qu'en beautés naturelles!

Annibal craignait de ne pouvoir s'engager, car il se disait
qu'une fois qu'il allait tenir Montenotte, il le tiendrait bien et ne
s'exposerait pas à l'ennui de le voir glisser entre ses doigts.

En ce moment on vint annoncer au docteur qu'on le demandait
dans son cabinet.

— Je crois que c'est madame Pouget, dit mademoiselle
Théodora.

— La mère de l'institutrice d'Hanaïa?

— Oui; la connaîtriez-vous, par hasard?

— Du tout, cependant c'est chez elle que nous avons affaire
pour un renseignement important.

— Je croyais, hasarda Annibal, que ces dames étaient depuis
fort peu de temps dans cette région. Etes-vous en relations avec
elles depuis longtemps?

— Non; mais lorsque mademoiselle Clémence s'est rendue à
son poste, à Pàques, nous revenions d'Oran et nous fîmes route
ensemble; mon père et moi nous sommes pris d'amitié pour cette
charmante fille; elle nous a payés de retour, et souffrante depuis
son arrivée ici, elle n'a pas voulu entendre parler de recevoir les
soins d'un autre docteur. Voici la raison de la présence de sa
mère chez nous.

— Si nous pouvions parler à cette dernière ici, dit Dampierre, nous n'aurions peut-être pas à aller à Hanaïa.

— C'est très faisable, Messieurs ; je vais guetter sa sortie et vous amènerai au salon la mère de mon amie.

— Aussitôt dit, aussitôt fait ; et un quart d'heure après à la suite d'une conférence avec madame Pouget, fort intriguée, conférence dans laquelle Annibal ne fit pas preuve d'une grande diplomatie, les deux amis très vexés, acquerraient la certitude que depuis leur départ d'Alger, ils étaient lancés sur une piste fausse.

— Mais alors c'était l'homme des Messageries qui avait raison, disait Annibal ; triple sot que je suis de m'être obstiné ! Si j'avais suivi ton conseil, nous nous serions maintenant acquittés de notre tâche à notre honneur, au lieu de n'avoir à communiquer qu'un déplorable fiasco à ces messieurs.

— Qui te dit que nous aurions mieux réussi ? disait Dampierre pensif. Les trous aux coudes ne sont-ils plus une objection ?

— Avec un faux nom.

Ce fut en vain que le docteur insista pour garder les jeunes gens vingt-quatre heures encore.

— Non, disait Passérieux ; autant je prenais de plaisir cet après-midi à ces excursions qui n'empiétaient en rien sur mes devoirs envers ma maison, autant j'ai hâte d'aller réparer mon échec ; j'aurais maintenant l'esprit préoccupé. Mais voyons, qu'allons-nous faire ? Evidemment nous devons tourner nos regards vers Laghouat ; c'est là qu'est allé notre homme. Comment nous y rendre ?

— Le chemin le plus direct est d'aller d'ici à Saïda et de Saïda à Laghouat.

— Ce serait folie que d'entreprendre cette route ; à peine s'il existe un chemin qui n'est pas carrossable, mais seulement muletier. Ce serait vous lancer dans le désert ; il n'y a point de stations ; de loin en loin quelques caravansérails, peut-être, voilà tout ; en outre, des chotts et de hautes montagnes à traverser ou à tourner vous feraient perdre beaucoup de temps.

— Alors que faire?

— Retourner à Oran, de là à Alger et de cette ville filer sur Lagouaht par Médéah.

— Que ce sera long!

— Ce serait autrement plus long de nous exposer à nous perdre avant même d'avoir atteint la mer d'Alfa, dit Dampierre, et, à supposer que nous arrivassions sains et saufs, ce qui n'est nullement démontré, nous aurions mis au moins six semaines avant de parvenir à notre destination. Je te le répète, mon cher ami, il n'y faut pas songer.

— Eh bien! la diligence d'Oran part, je crois à minuit, je vais retenir le coupé.

Jusqu'au matin la route que suivaient nos voyageurs fut pour eux lettre close, la nuit étant orageuse et fort sombre. Au jour ils se trouvèrent à Aïn-T'ekbalet où une fontaine élevée par les soins de l'autorité française, consacre par une inscription le souvenir de la halte faite en ce lieu par Bou-Médin, il y a 700 ans.

A gauche de la route, un postillon plus observateur que ses pareils, leur fit remarquer la carrière de marbre translucide, blanc, rose, jaune clair, orange, vert maritime, bleu foncé, où les sultans de Tlemcen faisaient tailler les colonnes, les vasques et les dalles pour leurs mosquées et leurs palais.

D'un plateau qui domine l'Isser par cette pure et transparente lumière du matin, qui donne tant de relief à toutes choses, nos amis jouirent d'un coup d'œil splendide; la chaîne des monts de Tlemcen dont les rayons du soleil levant éclairaient les flancs mystérieux. Les blancs minarets de l'ancienne capitale du Mar'reb se détachant en relief au milieu des teintes vaporeuses qui enveloppaient encore leur ceinture verdoyante. Ces messieurs reverront Tlemcen à Aïn-Safra, à sept kilomètres d'ici, remarqua le postillon. On la distingue encore fort nettement à vol d'oiseau, bien qu'avec les détours de la route, il y ait une distance de 51 kilomètres.

— Comme cet homme s'exprime correctement, fit observer Annibal.

— C'est probablement un de ces déclassés, si fréquents en Algérie, surtout autrefois. Il est certain qu'il n'est point à sa place dans le milieu où il se meut.

— En tout cas, c'est un homme courageux et probablement honnête, car il a accepté là un rude métier.

— Mais un de ceux où l'on gagne le plus d'argent. J'ai remarqué dix-neuf fois sur vingt que ceux qui possèdent quelque aisance dans ce pays ont été rouliers, conducteurs de diligences, se sont occupés de transports en un mot. Et il en sera ainsi tant que l'Algérie ne sera pas mieux cultivée, puisque la terre ne rend qu'en raison du travail qu'elle reçoit.

Vers onze heures, Annibal et Dampierre déjeunaient sommairement à Aïn-Témouchen, l'ancienne Timici des Romains, poste militaire important, situé dans des plaines fertiles et appelé à un grand avenir agricole. C'est qu'avant de songer à leur repas, ils avaient voulu *voir de leurs yeux* un des glorieux souvenirs de la période militaire de notre occupation, afin de pouvoir dire : *J'ai vu.* C'était encore leur postillon qui leur avait signalé la présence de l'inscription suivante : « Cette maison a été construite sur l'em-
» placement de l'ancienne redoute d'Aïn-Témouchen ; défendue,
» du 28 septembre au 5 octobre 1845, contre 1,500 Arabes com-
» mandés par Abd-el-Kader. Le capitaine de zouaves Safranée,
» commandant supérieur, ayant sous ses ordres 65 hommes du
» 15° léger et 14 civils requis par lui. Les ressources étaient de
» 60 cartouches par homme et une charrue braquée sur l'ennemi
» figurait l'artillerie. »

A sept kilomètres de là, ils admirèrent un centre de viticulteurs dont les vignes avaient l'aspect le plus prospère.

Apres avoir quitté ce village, la voiture s'engagea dans le bois Chabet-el-l'Hacer, littéralement le « défilé de la chair. » Annibal sachant que les dénominations arabes ont toujours un sens pratique, demanda à l'individu qui avait su captiver son intérêt, à quoi ce nom faisait allusion.

— Au massacre des Espagnols qui se portaient au secours de Tlemcen en 1543, lui fut-il répondu. Treize hommes seulement s'échappèrent, et portèrent à Oran la nouvelle de ce sanglant désastre, dû à la trahison des Arabes.

— Quelle est l'étendue de cette forêt? demanda à son tour Dampierre.

— Deux mille hectares, Monsieur ; et quoique ce ne soit pas grand, on y trouve encore la panthère, on en a tué deux l'hiver dernier.

Avant d'arriver à Lourmel, future station du chemin de fer qui doit relier Oran à Aïn-Témouchen, on suivait déjà depuis quelque temps la Sebkhra ou grand lac salé d'Oran que d'aucuns voudraient dessécher, tant pour livrer au commerce le sel que ces eaux basses tiennent en dissolution, que pour rendre à l'agriculture 32,000 hectares de terre de qualité supérieure qui produiraient au-delà du rendement du sel. Nos voyageurs hésitèrent s'ils prendraient la voie ferrée, mais comme il fallait attendre au lendemain, ils préférèrent continuer leur route en diligence. Ils y gagnèrent qu'en approchant de Bou-Tlélis, village prospère, presque tout peuplé d'Alsaciens qui se livrent à la viticulture, le digne postillon se crut obligé de leur raconter la tradition qui est l'explication surnaturelle de son nom. « Un jour un envoyé d'un prince Mérédine, en guerre avec le roi de Tlemcen, vint demander une certaine quantité d'orge à Alé — marabout qui vivait au quatorzième siècle, et qui opéra pendant sa vie et après sa mort de grands miracles, entre autres celui qui lui fit donner le surnom de Bou-Tlélis, — c'était pour les chevaux de son maître. Le bonhomme, qui était un pauvre diable, entra chez lui et reparut un instant après, conduisant un lion sur le dos duquel était un petit sac rempli d'orge. Il y en avait à peine pour le repas d'un cheval. A la vue du lion, l'envoyé du prince voulut prendre la fuite ; le marabout l'arrêta et lui dit : « Conduis-moi à la tente du sultan. » Ils partirent, pénétrèrent dans le camp et arrivèrent en présence du sultan.

Celui-ci à la vue du peu d'orge que lui présente Alé, entre dans une violente colère, il injurie le pauvre homme et le menace de le faire écorcher vif avec son lion. Le marabout, pour toute réponse, prend le sac qui est sur le dos du lion et verse au pied du prince l'orge qu'il contient. Déjà un gros tas était formé, il y en avait assez et le sac n'était pas désempli. On cria au miracle, et Alé ne fut plus connu que sous le nom de *Bou-Tlélis*, l'homme au petit sac. »

En passant à Misserghin, il faisait nuit, mais nos amis cherchèrent à surprendre dans l'air quelques-unes des senteurs embaumées du palais des sultans dont on leur avait parlé. Enfin ils arrivèrent à Oran horriblement fatigués.

Le lendemain en se rendant au port, pour savoir s'ils pourraient s'embarquer pour Alger, au lieu de refaire par terre ce long et fastidieux voyage, nos amis rencontrèrent Belcastel et le chirurgien-major qui les accompagnèrent au bureau de la compagnie transatlantique.

Le major fut enchanté de voir Annibal si bien remis de sa blessure et cria au miracle. Mais lorsque le jeune homme lui eût naïvement raconté son accident dans le douar, près de Bel-Abbès, et la manière dont le marabout l'avait instantanément soulagé, le docteur hocha la tête gravement, et déclara que c'était un malheur, et que son client pourrait bien se repentir toute sa vie de son aveugle confiance.

C'était précisément le jour du départ pour Alger — car ce service n'existe que deux ou trois fois par semaine — et nos jeunes gens eurent à peine le temps de revenir au restaurant prendre un déjeuner hâtif. Enfin, ils furent a bord.

— Singulière chose que la force du préjugé ! remarqua alors Dampierre.

— Tu penses à notre ami le docteur?

— Oui. On ne saurait nier que ce soit un homme intelligent et fort large d'idées, et néanmoins vois avec quelle versatilité il a changé d'opinion au sujet de ta main.

— Dès qu'il a su que ce n'était pas absolument à lui que j'attribuais ma prompte guérison.

— C'était fort amusant, en effet; j'ai vu le moment qu'il chercherait à te persuader que l'aisance avec laquelle tu remues les doigts et tu fermes la main, était un symptôme pernicieux.

Dans son évolution de départ, le bâtiment occupait une position telle que toute la côte était visible. On apercevait le fort de la Marine et celui de Mers-el-Kébir, qui s'avance comme un môle vers l'est.

— On aura beau faire, dit Dampierre, c'est toujours cette rade qui offrira un des meilleurs abris qu'on puisse trouver sur tout le littoral de l'Algérie. Mers-el-Kébir restera le port où les grands bâtiments viendront chercher un refuge en hiver.

— La côte commence à se relever en falaise, dit Annibal.

— Oui, cela dure jusque bien au-delà de la pointe de Canastel, au-dessus de laquelle se dresse la Montagne des Lions ou de Saint-Augustin. As-tu vu le Vésuve ?

— Non, jamais.

— Eh bien ! tu peux t'en faire une idée par ce cône isolé qui le rappelle d'une manière frappante.

— Serait-ce donc un ancien volcan ?

— Pas que je sache.

— Comme cette jeune verdure est jolie !

— Oui, on travaille au reboisement de cette montagne ; et c'est assurément en Algérie, une des questions les plus intéressantes. Lors de la conquête, les Arabes comprirent vite l'avantage que les Français retiraient des endroits boisés. Dès lors, le déboisement entra dans leur système de défense. Il y a tel pays, où sur un parcours de trente à quarante kilomètres, on n'apercevrait pas un seul arbre.

— Le sol n'est peut-être pas favorable, remarqua Annibal.

— Allons donc ! c'est une des raisons que donne le colon inintelligent et imprévoyant, pour se dispenser de créer une pépinière qui deviendrait plus tard une source de richesse pour sa propriété et lui assurait une plus value considérable. Au surplus, la preuve que l'Algérie a été jadis un pays de bois et d'ombre, c'est qu'il existe un ancien proverbe qui dit qu'on allait de Tanger à Tunis sans souffrir des rayons du soleil.

— Quelle est cette anse, pleine de barques de pêcheurs ?

— La baie de Canastel.

— Et cette pointe là-bas?

— La pointe de l'Aiguille.

— Ainsi nommée parce qu'elle a l'aspect d'un bâtiment à voile? demanda Annibal en riant.

— Je ne sais si c'est absolument pour cela; mais ce rocher qui la forme est tout de même singulier; il n'a pas moins de 54 mètres de haut, et perché ainsi sur un amas da roches escarpées, son isolement semble doubler sa hauteur. Nous allons tourner le cap Férat et, là-bas, nous commençons déjà à apercevoir le cap Carbon. A partir de cet endroit la côte est dentelée et toute remplie de débris de roches.

Tout en devisant ainsi de l'aspect de chacune des localités devant lesquelles ils passaient, nos voyageurs arrivèrent à Arzew qui offre en toute saison un excellent mouillage, surtout aux bâtiments qui sont au-dessous de la force d'une frégate. On a repris le prolongement d'une ancienne digue pour créer un abri aux navires de la marine militaire et marchande.

Au-delà d'Arsew, ils virent le Mers-ed-Djeddah ou *port aux poules* des Arabes, l'église et la colonne monumentale de Mazagran, qui à distance produisent un assez bel effet, puis Mostaganem, dont le mouillage est situé à deux milles de la ville, puis Karouba qui domine les dunes, puis l'embouchure du Chélif, le plus grand fleuve d'Algérie. Dampierre fit remarquer à Annibal que grâce à l'étranglement que lui font subir les rapprochements de la montagne, ce fleuve qu'ils avaient vu en plaine avoir une largeur de cent mètres finit par n'en plus avoir que soixante.

Au-delà du Chélif la côte longe le Darah qu'il ne faut pas confondre avec le Dirah, massif voisin d'Aumale dans la province d'Alger. Elle est triste et presque déserte. On double le cap Ivi, d'où un beau phare projette au loin une vive lumière. Entre le cap Khramis et le cap Magraoua, la province d'Oran fait place à la province d'Alger dont le premier port est Ténès, tellement battu de tous les vents qu'il ne mérite même pas ce nom de port. Des travaux importants de jetées exécutés dans cette anse lui

10

permettront toutefois de rendre plus tard des services en faisant un port de refuge pour les navires surpris par les mauvais temps entre Alger et Oran. Du reste, la ville, une fois reliée par le chemin de fer en voie d'exécution à la riche vallée du Chélif, est appelée à prendre un développement commercial très grand. On n'en dira pas autant de Cherchell, l'antique Julia Césaria des Romains. A défaut d'avenir — car son port très petit ne lui permet de recevoir que des bricks de 100 à 150 tonnes — cette petite ville de trois mille âmes, dont on a pu dire avec juste raison, qu'on y admirait jadis plus de monuments bâtis par les Romains que l'on n'y compte aujourd'hui de baraques administratives, ne vit que de son passé. L'archéologue peut s'en donner à cœur joie, malgré que le vandalisme des colons peu érudits qui en habitent les environs, ait profané des fûts de colonnes antiques, des frontons de temples, des frises, des débris d'autel, pour les faire servir comme matériaux de leurs misérables maisonnettes.

— Une chose m'étonne, remarqua Annibal : Comment les Romains, nos maîtres en tout point, eussent établi une ville aussi importante dans un endroit qui ne présente, somme toute, qu'un port insignifiant.

— C'est fort simple ; ce port excellent à l'époque de la domination romaine a été comblé par des tremblements de terre ; ce n'est qu'après 1843 que les travaux de déblaiement ont commencé. Ces travaux ont amené des découvertes fort intéressantes au point de vue de l'art, car au milieu de débris confus on a retrouvé une statue phénicienne, une barque romaine longue de onze mètres, large de quatre mètres cinquante, encore toute chargée de poteries. Tu aurais visité avec intérêt l'hôpital militaire qui fut la grande mosquée du temps des Arabes ; sa toiture est soutenue par des arcades en fer reposant sur cent colonnes.

— Quel aspect attrayant que celui de cette petite ville se détachant sur ce fond magnifique de verdure !

— Vois-tu là-haut ces deux koubbas et cet ancien fort Turc? Pendant quelque temps la côte va être intéressante, car elle permet d'admirer à l'intérieur un paysage accidenté et charmant. Les collines augmentent, sont plus belles, plus soignées et quand nous allons être entre le cap Cafine et le Ras-el-Amouch, nous distinguerons fort bien la coupure de la Chiffa, entre les pics de Béni-Sala et des Mouzaïa, et plus à l'ouest, le Soumata et le Zakkar.

— Comme tu connais tout cela !

— Je te l'ai dit : J'ai travaillé au relèvement des côtes avec un de mes officiers, homme aimable et bienveillant, s'il en fut, qui joignait à un savoir véritable, cet esprit d'investigation qui tire parti de toutes choses.

— Quelle est cette montagne ?

— Le Chenona ; beau mont de 861 mètres, dont la population kabyle est renommée par ses élégantes poteries, et où se trouve une carrière de marbre en pleine exploitation.

— Et là-bas ?

— C'est Tipaza qui tend à se relever de ses ruines romaines.

— Ces ruines ont-elles donc quelque importance ?

— Juges-en : Il y a celles d'une église, d'un théâtre, d'un quai, de citernes voûtées, d'un prétoire, d'un gymnase, de nombreuses maisons particulières, de tombeaux parmi lesquels un sarcophage en marbre...

— Mais ce méchant village français était donc une grande ville ?

— J'ai oublié de te mentionner les ruines les plus intéressantes pour la colonisation : ce sont celles d'un aqueduc dont on retrouve les restes jusqu'auprès de Marengo. Une étude récente a démontré qn'il serait facile de le restaurer.

— Il serait en effet curieux que nos paysans français appropriassent à leurs besoins actuels un véritable travail de Romain, exécuté pour les maîtres du monde !

— Tel est le cours des choses d'ici-bas. Tiens, je vais t'en citer un autre exemple : Vois-tu ce mont couronné par un autre mont ? C'est le fameux tombeau de la chrétienne dont je t'ai parlé pendant notre voyage à Oran.

— Il paraît, entre parenthèse, que tu n'es pas destiné à le voir
de près !

— Eh bien ! il y a quelques années, il existait au pied de la
colline, un lac, le lac Halloula, de formation récente au dire des
Arabes, célèbre par ses chasses aux cygnes et aux canards sauvages. Les Hadjoutes y pêchaient des sangsues dont ils faisaient
un assez grand commerce.

— Eh bien ?

— Eh bien ! là où dormaient les eaux miasmatiques de
l'Halloula, son dessèchement à rendu au labour 1,500 hectares
de terres supérieures où ondulent aujourd'hui les moissons du
village de Montebello. Mais voici Zévalda avec les vignobles,
puis le Mazafran, la rivière de l'eau jaune.

— Oh ! là-bas je reconnais Sidi-Ferruch.

— Oui, nous approchons de la pointe Pescade, le Mers-el-
Debbau, ou « port aux mouches » des Arabes. Bientôt nous
apercevrons la pointe des Consuls, sur laquelle est bâti le charmant village de Saint-Eugène, dont les villas éclatantes, les
blanches maisonnettes et les jardins fleuris, aux haies d'aloès,
couvrent, de la base au sommet, les montagnes qui forment l'ensemble du Bou-Zaréa.

XIV. — Nouvelle mésaventure.

Bien que n'étant pas sujet aux angoisses du mal de mer,
Annibal avait une violente migraine en arrivant à Alger. Aussi
nos amis s'empressèrent-ils de se livrer à un repos bien gagné.

Mais au milieu de la nuit grande rumeur ! des cris : au
secours, au meurtre, à l'assassin ! retentissaient dans les longs
corridors de l'hôtel mêlés au fracas de portes ouvertes et brusquement refermées ; des têtes effarées surmontées de bonnets de
coton. Chose horrible — pudique Albion voile-toi la face ! — on
vit une Anglaise, une Anglaise en jupon court. Elle errait de corridor en corridor comme une ombre, la pauvre femme ! en quête

du numéro de sa chambre, qu'elle avait quittée dans son trouble et qu'elle ne retrouvait plus!

Ce n'est point une calomnie; Dampierre nous a certifié le fait.

Sorti de sa chambre pour se rendre compte de ce qui se passait, il se trouva au détour d'un palier, où, emportée par son impulsion, arrivait également une autre personne, et avant qu'il eût pu se garer, il recevait en pleine poitrine, le choc d'une tête si dure qu'il en recula effrayé; tandis qu'une voix qui n'avait rien d'angélique, s'écriait:

— Oh! Monsieur, Shocking?

Dampierre, on le conçoit, n'avait pas pris le temps de se vêtir beaucoup; mais il ne s'attendait pas à être en butte, de ce chef, à la sévère réprobation d'une miss anguleuse, à demi couverte d'une chemise et d'un jupon rouge. Toutefois, sur le moment, l'instinct de sa politesse d'homme du monde, l'emportant sur le sentiment très vif du ridicule de sa situation, il s'esquiva en murmurant quelques mots d'excuse.

Mais la rumeur augmentait; malgré l'heure tardive, des groupes s'étaient formés et chacun avait sa version : On parlait d'une femme assassinée par son mari, d'un nabab étranglé par son domestique, d'un colonel poignardé par son ordonnance. Quelques femmes avaient des attaques de nerfs. Les garçons de l'hôtel ahuris, ensommeillés, allaient et venaient sans savoir auquel entendre. Les cris avaient cessé, mais des gémissements douloureux rappelaient à tous moments la cause de cette veille lugubre. Le médecin et un agent de police de garde dans le quartier arrivèrent ensemble, et, bientôt, nouvelle impression de terreur! on supposa que l'assassin avait dû se cacher dans l'hôtel même, car personne ne l'avait vu sortir, bien qu'on fût accouru aux premiers cris.

— Qu'on ferme les portes! cria une voix mâle habituée au commandement.

Les investigations commencèrent.

Ce fut à qui demanderait qu'on visitât sa chambre; ce fut pour le coup que les évanouissements eurent beau jeu! Les dames seules croyaient à chaque instant se trouver aux prises avec l'assassin, qu'elles se figuraient tapi tout sanglant sous les blanches courtines de leur lit.

Tout à coup le bruit se répandit qu'on venait de s'assurer de sa personne.

— Le misérable! il faisait semblant de dormir, disaient les uns.

— C'était le voyageur du 16; qui l'aurait cru! reprenaient les autres.

— Dire qu'il a peut-être diné auprès de moi! s'écriait une dame.

— Avec une figure d'ange comme la sienne, peut-on être un si parfait scélérat! soupirait une sombrette qui avait apporté au voyageur du 16 une tasse de thé.

Néanmoins, on se rapprochait de la chambre où l'on entendait une vive altercation.

— Je vous répète que ce sommeil n'est point naturel, disait la voix de l'agent de ville. Levez-vous et suivez-moi.

— Vous suivre? où? demandait-on.

— Suivez toujours.

— C'est ce que je n'ai guère envie de faire, continuait l'individu en étouffant un bâillement; laissez-moi tranquille, c'est tout ce que je vous demande.

— C'est bon, ça; laisser monsieur tranquille! levez-vous, vous dis-je; du reste, vous n'en êtes pas à votre coup d'essai : nous avons déjà eu maille à partir ensemble; votre physionomie ne m'est pas inconnue.

— Eh bien! je n'~' dirai pas autant, reprenait la voix qui s'animait et, de plus, j'ajouterai que je tiens fort peu à lier connaissance et que je vous prie de sortir de ma chambre.

En ce moment un homme qui traînait légèrement la jambe, accourait en toute hâte, bousculant les groupes : c'était Dampierre.

Si Annibal, surpris dans son premier sommeil, n'avait point

reconnu l'agent, Dampierre lui, reconnut au premier coup d'œil à qui il avait affaire : c'était celui qui leur avait demandé leur carte le premier jour de leur arrivée à Alger. Malheureusement si l'habit ne fait pas le moine, il le pare : notre lieutenant en chemise de nuit à col lâche n'était pas aussi correct que lorsqu'il était bien sanglé dans sa redingote noire, avec sa rosette à la boutonnière. Il ne fit donc pas à l'agent une aussi bonne impression que la première fois.

— Vous ne prenez pas monsieur pour un assassin, je suppose? dit-il en se précipitant dans la chambre.

L'agent s'élança au devant de lui et lui barrant le passage :

— N'approchez pas, dit-il, cet homme appartient désormais à la justice, c'est à elle qu'il rendra compte de l'assassinat qu'il a commis.

— Moi, j'ai assassiné quelqu'un! s'écria Annibal. Ah! ça, Dampierre, je rêve ou je suis fou?...

— Tu es la victime d'une erreur qui ne tardera pas d'être constatée, mon pauvre ami; mais je suis là. Je cours m'habiller et je m'adresserai à qui de droit.

—Monsieur le commissaire ne tardera pas à arriver; vous vous expliquerez devant lui. En attendant, je veille sur cet homme.

Connaissant la susceptibilité un peu morbide d'Annibal, vous jugez dans quelle situation d'esprit l'avait jeté ce singulier réveil. L'indignation et la colère se disputaient son cœur, tandis que Dampierre passait à la hâte quelques vêtements et réunissait leurs papiers.

En ce moment une nouvelle rumeur se produisit : le commissaire de police, escorté de plusieurs agents et d'un médecin, venait de faire son entrée dans l'hôtel. Le maître d'hôtel était accouru.

— Le meurtrier est arrêté, dit-il.

— Comment? Quel meurtrier? répondit le commissaire; conduisez-moi immédiatement vers lui.

En arrivant à la porte du numéro 16, gardé par le sergent de ville, il trouva Dampierre qui s'avança vers lui en s'écriant :

— Monsieur le commissaire, il y a erreur; la personne qui est en état d'arrestation ici, est honorable entre toutes; je m'en porte garant.

A la vue de cet homme à la tenue martiale, à la noble physionomie, le commissaire s'inclina :

— S'il y a erreur, comme tout le fait supposer, Monsieur, soyez tranquille; votre protégé ne sera point inquiété.

— Qu'y a-t-il, Bertol?

— Il y a, monsieur le commissaire, que j'ai trouvé là un homme qui pendant que l'hôtel tout entier était bouleversé par le meurtre qui a été commis, n'avait rien trouvé de mieux que de se faufiler dans un lit où il faisait semblant de dormir. On ne dort pas dans un pareil moment sans de bonnes raisons.

— Votre zèle vous a entraîné trop loin; le coupable s'il y en a un, est venu se constituer prisonnier; par conséquent, la personne qui habite cette chambre n'est point un assassin.

Cela dit, le commissaire de police, suivi par Dampierre, pénétra chez Annibal et lui dit courtoisement ces mots :

— Je suis désolé, Monsieur, de ce qui vient d'arriver, et vous prie de vouloir bien agréer mes excuses pour l'ennui qui vous a été causé.

— Mais enfin, Monsieur, de quoi s'agit-il? demanda Annibal dont la pâleur était extrême; on n'a pas seulement voulu me le dire.

— Voici sommairement ce que j'en sais : Un homme s'est introduit dans la chambre d'un voyageur qu'il savait porteur d'une somme importante; mais celui-ci, comme le lièvre de la fable, ne dormait que d'un œil. Il s'était jeté tout habillé sur son lit et couvrait de sa personne le porte-feuille renfermant ses valeurs. Un poignard était placé à portée de sa main. Quand le voleur — le blessé d'en bas, — vint pour l'attaquer, une lutte très vive s'engagea, paraît-il, entre les deux hommes et le voleur a dû recevoir plusieurs coups de poignard. Enfin le voyageur ayant mis son adversaire hors d'état de lui nuire, est immédiatement venu à mon bureau faire la déclaration de ce qui s'est passé. Je n'en sais pas plus long pour le moment. Quand on m'a parlé d'une arrestation faite dans l'hôtel même, je me suis douté qu'il y avait erreur, et je suis accouru. Maintenant je descends auprès de la victime qui me paraît fort peu intéressante.

— Pauvre Annibal! Emu, défait, épuisé, il n'était plus que l'ombre de lui-même. Lorsqu'aux premières lueurs de l'aube naissante, Dampierre vint le rejoindre, il fut effrayé de l'état dans lequel il le trouva.

— Quittons d'ici, mon cher; allons-nous-en, répétait-il sans cesse. Il ne manquera plus qu'on accole à mon nom l'épithète d'assassin! qu'on me montre au doigt dans la rue! Partons, partons.

Le pauvre garçon avait la fièvre. Néanmoins pour lui donner satisfaction, Dampierre régla le compte de l'hôtel et à cinq heures à peine les deux amis se rendirent au chemin de fer.

— Nous n'irons pour aujourd'hui que jusqu'à la Chiffa, dit l'ex-lieutenant en prenant les billets.

Comme il l'avait espéré, le grand air et le mouvement du train, finirent par effacer un peu les impressions de la nuit dans l'esprit d'Annibal; lorsqu'on descendit à la Chiffa, il commençait à en rire.

— Il n'y a qu'à moi qu'il arrive des affaires aussi ridicules que celle-là, disait-il. Je ne reviens plus à Alger; cette ville m'est fatale. Deux prises avec la police en moins d'un mois, c'est trop! qui sait ce que me réserverait la troisième!

— Lorsqu'on descendit de chemin de fer à la Chiffa, Annibal ne voulut pas entendre parler de s'arrêter en si beau chemin; on résolut, en conséquence, d'aller coucher à Médéah.

Avant de s'engager dans cette gorge de la Chiffa qu'il lui avait si souvent décrite, Dampierre qui connaissait le pays, et cherchait tous les moyens de distraire son ami, lui fit mettre pied à terre pour donner un coup d'œil au chemin parcouru. Annibal fut ébloui par le tableau magique que présente la Mitidja si verte, si embaumée dans sa parure d'orangers en fleurs, les longues collines du Sahel et la mer Bleue et pailletée des lumières qui se montrent par la coupure de Mazagran. Puis, vint le spectacle de la gorge elle-même si sauvage, si pittoresque. Et comme s'ils eussent voulu être de moitié dans les bonnes intentions de Dampierre, les singes se mirent de la partie et amusèrent longtemps de leurs états joyeux le jeune voyageur. Un peu plus loin, le lieutenant signala à son ami une grotte dont les stalactites éclairées par des feux de Bengale, sont, lui dit-il, admirables. Puis la roche Pourrie dont les blocs éboulés viennent quelquefois intercepter la route.

— Cette roche a-t-elle jamais causé des malheurs? demanda Annibal.

— Je crois bien; le 26 septembre 1859, paraît-il, à la suite de pluies torrentielles, elle s'éboula en grande partie. Pour éviter une catastrophe plus grave, le génie a fait sauter le reste, et cent mille mètres cubes de roches et de terres furent précipitées dans le torrent.

A quelques kilomètres de là se trouvent de riches mines de fer et de cuivre.

On arriva ensuite au Djebel-Nador où surgissent de nouveaux horizons.

— Comme la végétation se transforme subitement! remarqua Annibal. On se croirait revenu en France.

Cela paraît en effet singulier de voir succéder sans transition à la végétation des pays chauds, cactus, lentisques, aloès et oliviers; celle du nord, saules, ormeaux, églantiers et vigne.

— Voilà l'avantage des pays de montagne, fit observer Annibal. On peut à chaque tournant, s'attendre à quelque chose de nouveau, tandis que la plaine a une monotonie désespérante dont on se lasse vite.

Tu vois cette longue allée de peupliers dans laquelle nous nous engageons, continua Dampierre, quand nous arriverons à son extrémité, nous apercevrons l'aqueduc de Médéah, qui lui communique un aspect tout à fait monumental.

— Oh! je suis las! répondit Annibal.

— Nous arrivons, cher, du courage ; il n'y en a plus pour bien longtemps.

Le lendemain, Annibal se levait tout reposé, tout content; ce que Dampierre reconnut aussitôt au vif intérêt qu'il prit à visiter Médéah, située comme on le sait à une hauteur de 920 mètres, ce qui explique sa végétation si différente de celle du Sahel ou de la Mitidja. Les environs de la ville avaient déjà paru la veille charmants à Annibal, avec leurs vignobles étendus, si bien soignés, si bien entretenus.

— A combien d'hectares évalue-t-on le terrain consacré à la culture des vignes? demanda Annibal.

— A plus de 800; et comme tu as pu en juger à déjeuner, le vin produit est excellent et jouit d'un commencement de réputation, du reste légitime.

— Et les céréales y viennent également?

— Aussi bien, comme le dit un dicton arabe : « Médéah est une ville d'abondance, si la famine y entre le matin, elle en sort le soir; en outre une ville commerçante; le principal entrepôt des laines, des bestiaux et des grains de la subdivision.

— Encore une ville romaine! fit Annibal d'un ton dubitatif.

— Assurément. Cependant on n'est pas encore bien fixé sur le nom qu'elle porta jadis.

— Qu'est-ce que Mouzaïa-les-Mines? la localité dont parlait tant notre voisin de table, demanda Annibal.

— Comme son nom l'indique, il y existe des ruines, et aussi une source gazeuse, au moins égale en volume à celle de Saint-Galmier. On lui attribue une propriété fébrifuge. Ce qui est certain, j'en ai fait l'expérience, c'est qu'elle est fort agréable au goût, apéritive et qu'elle relève les forces digestives déprimées par les ardeurs de l'été.

— Quel est ce pic si haut?

— Le Mouzaïa; il a seize cents mètres et a été maintes fois témoin de nos luttes contre Abd-el-Kader.

— Et il n'y a point de légende?

— Point de légendes en Algérie? Ce ne serait plus une terre

arabe, et si les légendes te tentent, en voici une qui t'apprendra
les causes de la fertilité du pays environnant.

« Pendant plusieurs siècles, les Mouzaïa ne firent que se
défendre contre leurs voisins, dont ils avaient envahi le territoire.
Ces guerres constantes avaient tellement diminué la population,
que le plus vieux des Mouzaïa n'avait pas encore *de barbe entre le*
nez et le menton. Ils allaient être exterminés, lorsqu'ils virent
venir de l'ouest, un vieillard à barbe blanche, qui ne marchait
que sur les crêtes des montagnes, en franchissant les vallons. Ce
saint homme se nommait Si-Mohammed-Bou-Chakour (l'homme
à la hache). A sa volonté et par la puissance divine, tous les ennemis des Mouzaïa se trouvèrent réunis au pied de la montagne.
Si-Mohammed conduisit les Mouzaïa au milieu de cette assem-
blée. A sa voix, toutes les haines disparurent. Pour récompenser
leur soumission, Si-Mohammed promit à tous de fertiliser leur
pays; prenant alors sa hache, il fendit la montagne, et un torrent impétueux inonda la Mitidja. Cette rivière qui surgissait fut
appelée la rivière de la guérison, Oued-Chéfa, parce que ses
eaux eurent la vertu de guérir instantanément les blessures
reçues par les combattants des deux partis.

» Lorsqu'il eût accompli ce miracle, Si-Mohammed retourna à
la montagne, accompagné des Mouzaïa. Rentrés chez eux et tout
en le remerciant de la paix qu'il leur avait donnée, les Mouzaïa
demandèrent à Si-Mohammed de faire en leur faveur un miracle
pareil à celui de la plaine, pour fertiliser leurs coteaux. Alors Si-
Mohammed alla s'installer sur Tamez, guida (le pic des Mouzaïa),
en ordonnant aux Mouzaïa de lui monter chaque matin une
cruche d'eau, et, chaque jour, il inondait le pays, en versant sa
cruche d'eau sur le sommet du piton. Le tombeau de Si-Mohammed-Bou-Chakour est à l'extrémité du pic, à côté du point
géodésique que l'on y a établi. Les Mouzaïa l'ont encore en
grande vénération; tous les ans, avant les labours et les moissons, ils vont, en pèlerinage, lui faire des ovations. Autour du
tombeau il y a environ 500 cruches, et c'est une œuvre pie de

les remplir d'eau. Dans les années de sécheresse, on y va faire des rogations pour la pluie. »

Tout en causant, nos voyageurs se promenaient dans les sentiers montueux et ombragés qui avoisinent la ville.

— Nous voici, dit Dampierre, dans une région de forêts séculaires. Vois les splendides revêtements des chênes de toute nature, des arbres aux essences variées couvrant les flancs des montagnes du Mouzaïa.

— Toute cette verdure fait plaisir à voir, après l'aridité de la plaine dont rien ne vient troubler la monotonie.

Mais l'heure du départ était arrivée, bien avant la tombée de la nuit les jeunes gens avaient salué Birouaghuia qui renferme des ruines romaines très importantes. Dampierre signala à son ami le pénitencier agricole, la bergerie, et l'école d'agriculture établis dans les environs. A quelques kilomètres de là se trouvent des sources thermales sulfureuses.

Quand la diligence eut dépassé Birouaghuia, on arriva sur le territoire de la tribu des Chorfa, dont le rôle historique en Algérie, remonte à une époque fort reculée.

A ce propos, Dampierre raconta à Annibal comment il avait une fois accepté l'hospitalité d'un Chorfa et ce que celui-ci lui avait raconté de la meilleure foi du monde : « qu'un Yahya quelconque — tous les Chorfa se nomment Yahya ou Knelfa — allait en guerre avec son chapelet seulement ; lorsqu'il était en présence de l'ennemi, il prenait ce chapelet, et, à chaque grain qui glissait sous ses doigts, au nom d'une épithète de Dieu, l'âme d'un ennemi quittait son corps pour aller s'engloutir aux enfers. Il terminait en regrettant que son chapelet ne se composât que de 99 grains, ajouta Dampierre, car ils ne comptent pas les grains des Fatha, qui sont ceux de la miséricorde. Le chapelet existe encore : il est appendu à la châsse de Si-el-Khelfa, dans la koubba qui s'élève à six kilomètres de Bérouaghuia. »

— Cette tribu est-elle nombreuse?

— Elle compte à peine 300 âmes ; mais c'est une population

intelligente et laborieuse. Ce dernier point est assez rare chez les Arabes.

A partir du relai suivant Aïn-Makhlouf, nos voyageurs commencèrent à ne plus rencontrer que des caravansérails. Annibal eût naturellement fantaisie d'en voir un de près.

— Je me les étais figuré différents, dit-il, et avec plus de couleur locale.

— Patience, lui répondit Dampierre, dans une demi-heure tu changeras d'avis. Si je ne me trompe, j'ai aperçu dans le lointain, une caravane arabe, et le gardien vient de me dire qu'il attend une colonne française.

— Mais où logera-t-on tout cela? Je compte à peine une vingtaine de portes, et encore ces portes ne laissent-elles voir dans les chambres basses où elles donnent accès que de la paille, ou ce qui est pire encore, rien du tout.

— Celles où il n'y a rien sont pour les officiers et pour les richards comme toi et moi; s'il n'y a pas d'auberge dans le voisinage, l'officier y fait dresser son lit de camp par son ordonnance et disposer son petit matériel de voyage; nous, nous n'aurions, en payant bien entendu, qu'à demander qu'on nous en garnisse une — sommairement et absolument sans luxe.

— Oui, je m'en doute.

— C'est le bénéfice de la femme du gardien. Quant aux soldats, ils s'estiment encore heureux lorsqu'ils ont de la paille à discrétion.

— Et les Arabes, où les met-on?

— C'est le cas de dire, à la porte. Dès qu'ils ont déchargé leurs bêtes, on leur octroie le droit d'aller camper au-dehors.

En ce moment, la colonne attendue arrivait; tout s'anima comme par enchantement.

Les vestes bleus et les calottes rouges des zouaves qui allaient et venaient, préparant les logements des chefs, les chants, les sifflements joyeux de toute cette jeunesse heureuse d'être arrivée à l'étape, les appels du clairon retentissant au loin, les piaffements des chevaux, toute cette vie, tout ce mouvement communiquaient une sorte de poésie sauvage aux grands murs blancs du caravansérail, doré par le soleil couchant. C'était naguère une cour banale, mais en quelques instants, tout cela avait changé d'aspect.

A peine un calme relatif s'était-il établi qu'arriva une caravane d'Arabes, les uns montés sur des mulets, les autres sur des dromadaires. C'étaient des marchands qui apportaient des laines de l'intérieur. Les jeunes gens assistèrent au déchargement qui se fit sans bruit, les bêtes dociles, ou peut-être rompues de fatigue se laissant faire sans résistance, et les premiers rayons de la lune éclairaient déjà le paysage de leur sereine clarté, lorsque les Arabes sortirent par la grande porte cochère du caravansérail qui se referma.

— Il s'agit maintenant pour eux d'établir le campement, dit Annibal.

— Ce sera vite fait, répondit Dampierre.

En effet, chacun se coucha à la place où il se trouvait, sortit de son capuchon une poignée de dattes ou de figues qui furent promptement absorbées, puis s'enroula dans son burnous et s'endormit du sommeil du juste.

— Pas faiseurs d'embarras ces Arabes! remarqua Annibal pensif.

— Ni gourmands, ajouta Dampierre; mais ils ont assez de leurs autres défauts. Parfois, au lieu de se coucher ainsi, ils se groupent autour d'un marabout, et là, suspendus à ses lèvres, écoutent les récits des légendes du passé; mais le plus souvent ils jouent, et avec tant d'acharnement, qu'on en a vu par le froid le plus vif, s'en retourner chez eux avec leur gandoura, ayant joué leurs bestiaux et jusqu'à leur burnous!

Depuis un moment Annibal paraissait vivement préoccupé; tout à coup il s'écria :

— Mais en cas d'insurrection, que deviennent les pauvres Français exilés dans ces contrées sauvages et perdues, loin de tout secours et de tout centre pour renouveler les provisions de bouche?

— Le cas s'est présenté souvent, et sans aller chercher plus loin, en 1871. Mais les caravansérails sont reliés aux postes militaires par le télégraphe, et, à la moindre alerte, des troupes sont envoyées pour les défendre. En outre, ils sont largement approvisionnés, les cantiniers qui les occupent, sont obligés d'avoir toujours dans leurs magasins, pour deux ou trois mois de vivres de toutes sortes, afin qu'en cas de passage d'une colonne à l'improviste, les soldats ne risquent pas de manquer des objets qui leur sont nécessaires.

Le soir nos amis couchèrent à Boghari, petit village fortifié et d'aspect tout Saharien, cramponné sur le dos d'un mamelou aride. Boghari sert de comptoir et d'entrepôt aux Européens et aux nomades, et sa position au centre des affaires qui se font entre cette partie du Tell et le Sahara, lui assure un avenir toujours plus prospère.

Ayant appris qu'un service d'omnibus relie Boghari à Boghar que Dampierre ne connaissait pas, les jeunes gens ne purent résister à la tentation de s'y rendre, et furent, du reste, amplement dédommagés de leur peine.

Ce poste militaire d'une grande importance, bâti sur la pente rapide d'une montagne, à une élévation de 970 mètres, jouit de tous côtés d'une vue admirable, aussi, l'a-t-on surnommé le « balcon du sud. »

Au nord, il domine Médéah, la Mitidja, le Tell ; au midi, la steppe sur un espace de 80 kilomètres. Une route de montagne qui n'a que 54 kilomères, rapproche Boghar de Médéah ; mais elle serpente au sein de forêts splendides de pins et de chênes.

— Il y a ici une redoute et un village, fit remarquer Dampierre à son ami. La redoute renferme un hôpital, une caserne, la demeure des officiers, la manutention, la maison du commandant supérieur, celle du génie. Elle est d'autant plus considérable et mieux fortifiée qu'elle domine les hauts plateaux de la province d'Alger, et surveille les mouvements des tribus nomades.

— Je comprends : elle garde, pour ainsi dire, une des portes principales de la province.

— Nous allons retrouver le Chéliff, dit l'ex-lieutenant, comme ils reprenaient place dans le coupé de la diligence, pour continuer leur route ; nous l'avons vu dans la plaine, nous l'avons vu à son embouchure, nous allons maintenant le voir ici, ruisseau tortueux, encaissé, dont l'hiver fait un torrent, et que les premières ardeurs de l'été épuisent jusqu'à la dernière goutte.

— C'est sans doute pour cela que le pays que nous traversons semble avoir subi l'action du feu? Vois ; pas une trace de culture, pas une herbe, pas un chardon !

— Même au moment des plus fortes crues, il traverse sans l'arroser cette vallée misérable et qui périt de soif.

— Ailleurs ses bords ont au moins des ajoncs, une verdure quelconque, mais ici!...

— A peine y voit-on accrochés à l'intérieur de ses bords taillés à pic, l'inévitable laurier rose réduit à quelques pieds rares, poudreux, languissants, salis, qui agonisent lentement, dévorés par les ardeurs du soleil répercuté par les flancs desséchés de cette étroite ornière.

— Quels brusques changements dans cette nature africaine ! Il y a une heure à peine, l'œil se reposait sur des horizons doux, verdoyants, pleins d'attraits et à présent...

— La perspective n'est assurément pas moins vaste, car devant nous se développent 24 ou 25 lieues de terrain plat, sans accident, sans ondulation visible. Du reste, il ne faut pas oublier que nous allons vers le Sahara.

— C'est une idée à laquelle je ne puis me faire, dit Annibal en souriant. La première fois que sur une observation que je faisais, on m'a répondu : nous ne sommes plus en Europe, mais en Algérie, j'avoue que j'ai tressailli ; je ne m'étais pas rendu bien compte du changement ; de même l'idée d'être près du désert, me paraît si singulière que je ne peux m'y habituer. J'aurais au moins voulu voir le mirage.

— Qui te dit que nous ne le verrons pas? Mais nous voici à Aïn-Saba ; nous entrons par conséquent dans la région de l'Alfa, beaucoup moins importante que celle du sud oranais ; elle

11

n'a, dans la province d'Alger que 126 kilomètres de profondeur. Nous ne tarderons pas à voir onduler au vent ces vastes plaines à perte de vue, au milieu desquelles se dressent de misérables petits villages, pour la plupart espagnols.

— Comme ces pauvres travailleurs d'Alfa doivent avoir de peine à venir s'enterrer ainsi!

— Je ne l'ai pas vu; c'est un ouï dire, mais loin de se trouver si malheureux que cela, tu les verrais le soir, lorsque la longue journée de travail est finie, groupés autour d'un des leurs, devenu ménétrier, et danser au son de la guitare, avec la même verve, le même entrain que s'ils étaient dans les plaines de l'Andalousie.

— J'ai un violent mal de tête; n'as-tu pas soif? Je languis d'arriver au prochain relai pour prendre, non du café qui ne me désaltère pas, mais un bon verre d'eau fraîche.

— Tu as peut-être bien un retour de la fièvre qui t'a prise la nuit de ton arrivée; nous sommes au troisième jour, cela se peut; nous arrivons à Bouhésoul, je crois; voici les murs du caravansérail.

Annibal se hâta de demander de l'eau.

— Elle n'est pas bonne chez nous, Monsieur, lui fut-il répondu, prenez plutôt autre chose.

— Non, c'est de l'eau que je désire et bien fraîche, s'il vous plaît.

— On va la tirer.

Mais jugez quelle fut la stupéfaction d'Annibal quand, au lieu de l'onde cristalline sur laquelle il comptait, on lui versa une eau bourbeuse et saumâtre.

— Mais pas possible que vous n'ayez pas autre chose à boire? dit-il en repoussant le verre.

— Faites excuse, Monsieur, répondit la femme qui tenait la buvette; je vous ai prévenu; il n'y a rien de plus clair à quatre lieues à la ronde.

— Oh! malheureux, s'écria le jeune homme, et comment faites-vous?

— Nous avons pas mal de fièvres dans le pays, mais voilà tout, répondit l'hôtesse avec une insouciante philosophie. Nous ne sommes pas les seuls, du reste.

Annibal tendit sa main fiévreuse pour s'emparer du verre, afin de goûter cette eau, mais il ne put prendre sur lui d'en avaler plus d'une gorgée ; il se fit donc servir deux tasses de café coup sur coup et regagna sa place.

Bientôt on quitta les bords du Chéliff qu'on avait suivis jusqu'alors. La route contournait de vastes marais ; la soif tourmentait toujours le jeune homme. Tout à coup, il s'écria :

— Vois donc, Louis, cette grande rivière bordée de saules qu scintille là-bas au soleil ! Cette femme nous a trompés ; nous y arriverons bientôt, et cette eau fraîche éteindra le feu qui brûle dans mes veines.

— Je ne me serais jamais figuré qu'il y eût de si grands cours d'eau dans cette région, remarqua Dampierre surpris. Quel peut-être son nom ?

— Peu importe ; je la bois d'avance cette eau bienfaisante qui apaisera de suite ma fièvre. Je voudrais qu'il y eût un relai pour aller me promener à l'ombre de ces saules.

Mais la voiture avançait toujours, et l'onde pure après laquelle nos deux voyageurs soupiraient, ne semblait pas se rapprocher. En ce moment le conducteur mit pied à terre et dit à ses voyageurs.

— Eh bien ! qu'en dites-vous ? Est-ce un bel effet de mirage, ça !

— Le mirage !

— Quoi, ce paysage dont ils escomptaient depuis si longtemps la fraîcheur, n'était que cette décevante illusion qui a entraîné à la mort tant de caravanes perdues dans le Sahara ! Quoi ! eux, des Français intelligents et d'une éducation raffinée, ils s'étaient laissé duper par cet effet d'optique, qui trompe tant d'enfants du désert.

— Et point d'eau ! s'écriait Annibal, quand on la voit là-bas miroiter au soleil.

— Messieurs, Messieurs, cria le postillon, qui de **vous** veut **voir** la gazelle?

— Oh! le beau troupeau qu'il y a là-bas! s'écria Dampierre dont le regard perçant avait de suite aperçu la gracieuse silhouette de ces êtres si frêles, si élégants, si agiles.

— Oh! comme leurs bonds sont souples! Quels élans! reprenait Annibal.

— Ah! si vous les voyiez quand elles n'ont peur de rien et qu'elles se jouent entre elles! fit le conducteur avec admiration, je les ai vues ainsi et je puis en parler.

— La différence est grande entre l'animal à l'état libre ou en captivité. J'avais vu des gazelles au jardin zoologique de Marseille; c'était doux, joli, inoffensif; mais avec de grands yeux languissants et tristes, qui semblaient rêver au désert perdu! Assurément cela ne donnait pas une juste idée de ces ravissantes créatures.

— Quel malheur qu'elles aient sitôt disparu! s'écria Dampierre qui les cherchait encore à l'horizon.

Cette apparition avait un peu distrait Annibal de sa déconvenue et peu à peu, la conversation aidant, sa fièvre se calma.

Vers le soir on arriva à Bou-Sédraïa, où nos amis, touristes malgré eux, se trouvèrent en pleine mer d'Alfa. C'était curieux de voir cette scène d'animation et de vie, sous ce soleil encore incandescent, quoique déjà baissant à l'horizon. Des Espagnols vêtus et coiffés de couleurs vives et variées, fourmillaient au milieu du blanc sale des Arabes; ici, l'on coupait, plus loin on bottelait, là-bas on chargeait. Les dromadaires agenouillés se levaient à la voix de leur maître, et tout cela se faisait au milieu des cris, des commandements, des chants, des imprécations, du sussurement monotone des indigènes, des rires bruyants des nègres.

Quelques femmes espagnoles, aux cheveux noirs, aux yeux de velour, circulaient parmi les divers groupes, échangeant un mot ici, une plaisanterie ailleurs, cherchant dans la foule leur mari ou leur père pour lui verser un rafraîchissement désiré. Çà et là on voyait de jeunes poulains sauter autour de leur mère ; des vaches arabes aux flancs maigres, mugissaient comme pour appeler la moukère qui lui amène son veau pour qu'elle lui donne un peu de lait.

Devant la porte des nombreux gourbis, on voyait les feux du soir s'allumer en faisant monter vers le ciel une mince colonne de fumée. La jeune indigène tournait en chantonnant, la lourde meule où se broie l'orge grossier de sa galette ; l'Européenne épluchait, en bavardant gaiement avec sa voisine, les légumes de sa soupe, tandis que les M'zabis, la race commerçante par excellence, pilaient au mortier comme une fine farine, le café qu'ils allaient bientôt débiter à leurs clients.

— Et dire qu'il y a des gens qui se croiraient perdus, s'ils étaient à dix lieues de l'asphalte de leurs boulevards, tant à Paris qu'à Marseille ! disait Dampierre.

— Comme on se fait à tout ! Vois donc ces mouchachous suspendus à la gandoura de leurs mères. Ne sont-ils pas beaux, forts et bien portants ?

— Ce climat si dur, est sain par la sécheresse de l'air et l'altitude des sites. Fais circuler dans ces plaines desséchées l'eau, ce trésor visible ou invisible, que la nature tient toujours à la disposition des travailleurs, et tu verras cette région se transformer, se couvrir de jardins, de fermes opulentes et fournir à la métropole un vin généreux qui le disputera un jour à nos meilleurs crûs.

— C'est peut-être beaucoup dire, reprit Annibal en souriant.

— Mais, non ; que faut-il au raisin pour nous verser à flots sa liqueur régénératrice et délicieuse, si ce n'est le rayon créateur qui lui communique la force de nous infuser une nouvelle vie ? Un jour viendra où les mamelons se couvriront de riches vignobles, et les trains de chemin de fer sillonneront ces plaines avec leurs blancs panaches de fumée.

Il n'y avait plus que 21 kilomètres pour gagner l'étape où l'on devait dîner et coucher, et où, grâce à un puits artésien,

Annibal, qui n'avait jamais tant apprécié l'eau pure, put en savourer de l'excellente.

Le lendemain de bonne heure on repartit ; il restait encore 183 kilomètres à franchir avant d'arriver à Laghouat.

Dampierre qui avait mal dormi, sommeillait dans son coin, quand soudain une exclamation d'Annibal l'arracha à sa quiétude :

— La neige ! oh ! la neige là-bas !

— Ce n'est pas vraisemblable, répondit l'ex-lieutenant en avançant la tête à son tour.

— Oui, mais le vrai n'est pas toujours vraisemblable, reprit Annibal triomphant ; vois plutôt.

— Je vois que tu te trompes, mon pauvre ami ; il est vrai que j'ai oublié de te prévenir que nous entrions dans ce que l'on nomme le bassin des deux Zahrez.

— Qui sont ?

— Des lacs salés, mon cher, et le plus curieux, c'est qu'ils se trouvent à plus de 850 mètres au-dessus du niveau de la mer. La route passe entre les deux, mais comme nous sommes en été, l'eau s'est évaporée ; il n'est resté que ces nappes de sel d'une blancheur éblouissante qui t'ont trompé.

— C'est immense !

— Oui ; le maître de l'auberge me disait que celui de droite a 32,000 hectares et celui de gauche 50,000 hectares.

— C'est le pays des surfaces grandioses, s'écria Annibal. Comment veux-tu que nous autres habitants des villes, qui nous déclarons satisfaits dans des appartements de dix mètres de côté, nous appréciions des étendues semblables. Mais parlons de choses plus pratiques. Où donc déjeunerons-nous ?

— Au Rang-el-Mélah ou « rocher de sel. »

— Alors je n'en suis pas. J'aimerais mieux à l'enseigne du Pain de sucre.

— Il faut se contenter de ce que l'on peut avoir ; en Algérie tu trouveras plutôt des salines qu'autre chose. Du reste nous causerons plus tard ; laisse-moi dormir encore.

En attendant le déjeuner, Annibal proposa d'aller examiner les environs du Rang-el-Mélah qui après la monotonie d'une longue route lui paraissait, quoi qu'il en eût dit, un splendide spectacle.

— A quoi attribue-t-on la formation merveilleuse de ce dépôt de sel? demanda Annibal.

— Sans doute à une éruption de boue argilo-gypseuse et de sel gemme. Ce dernier y est très abondant; vois donc : il y forme des talus abruptes qui atteignent 35 mètres de hauteur. Assurément il y en a là une provision qui suffirait pour longtemps.

Pour longtemps! Rien qu'une exploitation à ciel ouvert faite sur une grande échelle durerait plus de cent ans!

— Ce sel n'est pas blanc comme celui des deux Zahrez. En masse, il est gris bleuâtre et zoné de diverses nuances, à peine distinctes les unes des autres.

— Oui; et comme la face supérieure de l'amas est irrégulière! De quoi donc est-elle recouverte?

— D'un magma composé de fragments à angles vifs, et d'une roche silicatée de couleur variable.

— Quoi! ces tons verts, rouges, violets, jaunes, réunis par un ciment grisâtre proviennent de la même roche?

— Assurément.

— Mais ces vastes entonnoirs que l'on voit au milieu de la matte, comme s'il s'était produit de gigantesques effondrements, d'où proviennent-ils?

— De la dissolution du sel par des eaux souterraines. Du reste, tu le comprends, tout cet ensemble d'argile et de sel se ravine avec la plus grande facilité, sous l'action des agents atmosphériques. De là, ces accidents bizarres, fantastiques qui aux rayons du soleil font de ce rocher un spectacle unique en son genre.

— Viens donc voir, Louis; du côté où je suis il y a deux ou trois sources qui émergent du rocher même.

— Ici aussi; j'étais même en train d'examiner les travaux que le gouvernement fait exécuter : ce sont des bassins où les eaux salées viennent s'emmagasiner.

— Prête-moi ta canne que j'essaie de briser la croûte cristallisée qui garnit le fond de ce bassin; je suis curieux de connaître l'épaisseur qu'elle a.

— Dix à douze centimètres, répondit Dampierre. Comme il est pur! Malheureusement il ne doit pas fournir assez pour satisfaire aux besoins d'un grand commerce. Les arabes préfèrent encore le sel en roche.

— Et comment se le procurent-t-ils?

— A l'aide de scies.

— Ce doit être horriblement dur?

— D'une dureté incroyable...

A ce moment un petit Arabe accourait pour avertir les voyageurs que le déjeuner les attendait.

— Allons, dit Dampierre, je meurs de faim.

XV. — Où l'amour de l'archéologie joue un mauvais tour à notre héros.

Du rocher de sel à Djelfa, la prochaine station, la route côtoie la rive droite de l'oued Mélah. Djelfa était un point intéressant pour Dampierre, qui pensait y rencontrer un ancien camarade de chambrée. Cette station, située à 1167 mètres d'altitude, sous un climat extrême de froids vifs et de fortes chaleurs, a été surnommé le « Versailles de Laghouat. »

Elle se compose d'un bardj et d'un village placés sur une pente peu inclinée, à l'est du Djebell-Senalla, revêtu de vastes forêts de pins d'Alep. Les environs étaient couverts de marais miasmatiques, qu'on a desséchés. Dès 1855, des rigoles conduisaient les eaux de ces marais dans l'oued Djelfa, et livraien ainsi de vastes surfaces de terrain à la culture.

La fatigue gagnait nos voyageurs. Cette route de cent onze lieues, coupée de loin en loin par de rares et maigres hameaux commençait à leur peser. Ils furent bien aise de s'arrêter pour dîner à 100 kilomètres de là, à Sidi-Maklouf.

Annibal ayant avisé dans le ravin qui domine le caravansérail des Arabes penchés sur un trou, eût la curiosité d'aller s'assurer de ce qu'ils faisaient. Il vit qu'ils pêchaient. Pour une pièce de monnaie il obtint que l'un d'eux lui céda sa place et son attirail pendant quelques instants, ce qui fit que Dampierre le vit revenir à l'improviste porteur de trois truites qui furent déclarées excellentes.

— Comment donc ce poisson qui adore les eaux vives, les torrents impétueux, se rencontre-t-il dans des trous? demanda tout à coup Dampierre, auquel ses réflexions du reste n'avaient point fait perdre un coup de dent.

— Parce que ces trous communiquent à un oued souterrain et rapide qui coule là-bas, près du bouquet de palmiers, répondit l'hôtelier en posant un nouveau plat sur la table.

— C'est bien une koubba qui s'élève auprès de ce même bouquet? Elle n'a pas la forme en coupole de celles du Tell.

— Dans le Sahara vous les verrez toutes se terminer en pain de sucre. Mais ces messieurs qui sont Français ne devraient point s'exposer sans de grandes précautions; notre région peut devenir mortelle à celui qui ne la connaît pas, à cause des scorpions, des lefas, des bou-lekar et des ourens.

— Je vous remercie infiniment de votre avertissement, puisque, dit-on, un homme averti en vaut deux, remarqua Annibal en riant, mais j'avoue qu'en-dehors du scorpion, que je connais bien, je n'ai guère compris de quoi il est sage de se méfier.

— Tu ne connais pas la lefas? C'est la vipère cornue, ainsi nommée à cause de deux cornes qu'elle porte sur le front.

— Elle est dangereuse?

— Extrêmement. Sa morsure est presque toujours suivie de mort. Mais il en est une plus redoutable encore : c'est la *vipère minute;* on ne la rencontre guère que dans la province d'Oran. En revanche ici, on doit se défier de la tarentule et des gros lézards, qui ne sont, au dire de certains naturalistes, que des crocodiles terrestres.

De Sidi-Maklouf à Laghouat, le chemin passe dans des ter-

rains plats couverts d'alfas et de broussailles épineuses. La vue
d'abord bornée par la montague Bleue à la crête accidentée, se
repose ensuite sur la petite montagne connue sous le nom de
« chapeau du gendarme, » puis arrive enfin à une plaine couverte de belles cultures, où sur deux monticules, séparés par une
ligne droite de palmiers, s'étend la ville de Laghouat. C'est entre
ces deux mamelons que les canaux d'irrigation amènent les eaux
de l'oued Mzi qui alimentent la ville, que des jardins verdoyants
et des oasis de palmiers ombragent du nord au sud.

Si intéressant que fut ce paysage, nouveau pour nos deux
amis, nous connaissons trop aujourd'hui Annibal pour n'être pas
certains que sa première pensée fut pour le devoir qui l'appelait
en ces lieux. Sitôt donc qu'il eût remis de l'ordre à sa toilette, il
se rendit à l'administration et demanda à parler à *M. Ferrari*,
l'administrateur adjoint.

— Il est parti, Monsieur.

— Parti! répéta Annibal avec stupéfaction, c'est jour de malheur, et depuis quand?

— Depuis quelques jours ; voyons! nous sommes mercredi,
c'était la semaine dernière.

— Pourriez-vous me dire s'il avait eu dans ces derniers temps
la visite d'un vieux monsieur, son parent?

— Parfaitement ; c'est même la raison de son départ. Il est allé
l'accompagner à Biskra, où il a un oncle, M. Montenotte.

— Et pourriez-vous me dire si le monsieur qui a motivé le
voyage de *M. Ferrari* n'était pas lui-même un Montenotte?

— Ah! pour ça, non ; je ne saurais vous le dire. Il n'est pas
resté longtemps ce monsieur ; huit jours tout au plus et malade
tout le temps ; on l'a à peine vu.

C'était un grand, maigre, chauve.

— Non, dit un des employés de l'administration, il n'était pas
chauve.

— Je vous dis que si.

— Je vous dis que non.

Une véritable dispute ne tarda point à s'établir sur le point intéressant de la calvitie réelle ou présumée du visiteur de *M. Ferrari* et quels que fussent les efforts d'Annibal peu diplomate, du reste, de sa nature, il ne put obtenir d'autres renseignements.

Il retourna communiquer cette nouvelle à Dampierre qui, par mesure de précaution avait dû laisser sa jambe dans la position horizontale.

— Preuve incontestable que cette fois nous sommes dans la bonne voie.

— Tu aviseras, sans nul doute, des gens mieux renseignés que tes employés rageurs; va voir.

Mais ce fut en vain qu'Annibal chercha des données plus positives à l'hôtel où le jeune administrateur prenait pension, et même chez l'administrateur; nul ne put lui en dire plus long.

— Si nous étions venus ici, au lieu d'aller à Oran, notre tâche serait terminée, disait Annibal, prêt à s'arracher les cheveux de désespoir. Que va-t-on penser de moi dans la maison Cauvière?

— Que tu remplis ta mission en conscience, voilà tout. Sais-tu, mon cher, que si tu additionnais les distances parcourues, tu arriverais déjà à un fameux total! Vois : 800 kilomètres de Marseille à Alger; d'Alger à Oran 441; d'Oran à Mostaganem 90 — j'ai la liste sur mon calepin, — de Mostaganem à Sidi-bel-Abbès par Perrégaux et le Tlélat 150; de Bel-Abbès à Tlemcen 90, de Tlemcen à Oran 138, d'Oran à Alger 441 et d'Alger ici 444. Total : 2,594 kilomètres en 15 jours. Vraiment tes patrons ne seraient pas équitables, s'ils t'accusaient d'avoir perdu du temps!

— Et quelle distance nous sépare de Biskra?

— Tu veux y aller?

— Il le faut bien; je dois ramener Montenotte mort ou vif, je le ramènerai.

— Alors c'est une étude à faire; voyons! de Laghouat à Boussada 250 kilomètres. Le pire c'est que nous avons à faire ce trajet à dos de mulets, de Boussada à Constantine 278 kilomètres, de Constantine à Biskra 239.

— Soit ?

— 767 kilomètres.

— Encore ?

— Oui, encore. Eh bien ! tu pourras te vanter d'avoir à **vol d'oiseau** acquis une connaissance superficielle des trois provinces.

— Connaissance à laquelle je ne songeais pas, assurément, il **y** a trois semaines. Je me demande ce que je serais devenu sans **toi**, mon cher Louis ! Je serais mort d'ennui sur les routes monotones qui fussent restées lettre close pour moi !

— Crois-tu donc que je ne t'aie pas la même obligation ? C'est un plaisir de refaire en amateur et en bonne compagnie, certains de ces trajets que j'ai faits jadis sac au dos ; ce qui, entre parenthèse est très différent. Seulement Annibal, je te demande une faveur : Prenons vingt-quatre heures de repos ici. Il est **bon** d'avoir en sa personne un serviteur docile, mais il ne faut jamais surmener la nature.

— Je serais désolé de te mettre sur les dents, mon cher compagnon ; ainsi, c'est entendu, nous repartirons après demain matin ; en attendant...

— La ville me paraît assez intéressante pour mériter **un** examen. En réalité avant décembre 1852, où elle fut prise d'assaut, elle formait deux villes — et deux villes ennemies **qui** plus est ! — dans la même enceinte, chacune ayant sa vie à part, son organisation intérieure et ses rancunes propres.

— D'où cela provenait-il ?

— Des luttes intestines des Oulad-Serrin à l'ouest, et **des** Hallafs à l'est.

— Il est singulier de trouver une ville ayant en certaines parties ce cachet européen, dans cet encadrement de palmiers, sous cet azur si profond, dans ce paysage ensoleillé d'une lumière si crue, si intense ! Car la place rectangulaire que **nous** avons traversée, la place Randon, ne déparerait pas nos grandes villes de France. As-tu remarqué qu'elle est terminée par **deux** bazars indigènes dont l'un est surmonté d'une coupole mauresque qui renferme l'horloge ?

— Oui, et ce que j'ai également remarqué, c'est qu'entre l'hôtel du commandant supérieur, le cercle militaire, le pavillon du génie et le bureau arabe qui occupent deux des côtés de la place. On a laissé des vides qui permettent à la vue lassée par la blancheur de ces édifices passés à la chaux, de s'égarer dans les profondeurs des jardins verdoyants.

— L'église doit être une ancienne mosquée à en juger par son style?

— Oui; on a utilisé les monuments déjà existants; c'est ainsi que l'école occupe une maison mauresque, et que la casba toute en roches plates de l'ancien khalifa s'est transformée en un hôpital, un casernement et des magasins.

— Quel singulier coup d'œil offre la fenêtre de ta chambre! Pendant ton absence, je me suis amusé à l'examiner : de ce côté c'est moderne, civilisé, presque Parisien! De l'autre c'est une voie accidentée comme un torrent à sec, au bord duquel s'élèveraient des maisons. Celle du coin, à droite, est en saillie; celle de gauche est en retraite ; mais toutes ont en commun de grands murs blancs, de petites fenêtres noires, semblables à des judas, des portes basses qu'on ne saurait franchir qu'en se courbant, et un air de mystère qui fait songer aux contes des *Mille et une Nuits.*

La causerie de nos amis fut interrompue par l'annonce du dîner; après quoi la chaleur étant un peu tombée, ils allèrent faire un tour en-dehors de la ville. C'était le cas ou jamais de voir l'*oasis.*

— Que c'est beau! s'écriait Annibal, s'extasiant devant cette luxuriante végétation, à laquelle il ne s'attendait pas. Mais vois donc, Louis, tous les arbres à fruits du midi de la France, mêlés a la vigne, aux figuiers, aux grenadiers.

— C'est égal, conviens que le roi de ce merveilleux jardin, égaré sur la limite saharienne, est bien encore le palmier. Cet arbre à la tige svelte et élancée, au feuillage toujours vert, est comme la gazelle : transporté, il perd de son cachet, de force et de beauté naturelle. Pour le bien juger, il faut le voir dans le sol qui lui convient où il a crû spontanément, alors quelle venue! quel port majestueux!

— Il y en a beaucoup, ce me semble.

— On m'a dit à l'hôtel qu'on en comptait quinze mille. Vois donc ces champs avec ces plantureuses moissons? se croirait-on à la limite du grand désert?

— C'est justement ce que je ne m'explique pas. Ces céréales sont belles, et pourtant nous avançons vers le sud!

— Il n'en était point ainsi, il y a une vingtaine d'années, cette plaine dont tu admires la fertilité était inculte et desséchée; c'est le grand barrage construit sur l'oued Mzi qui a valu un millier d'hectares à la grande culture. Du reste, il ne faut pas s'y tromper, tu ne trouverais pas ces splendides palmiers dans cet état prospère, s'ils n'étaient arrosés.

— Arrosés! répéta Annibal surpris.

— Parfaitement, mon cher; de là vient le dicton arabe : « le dattier veut avoir sa tête dans le feu et ses pieds dans l'eau. » Il faut compter par chaque palmier au moins cent mètres cubes d'eau soigneusement répartis dans ces fossés circulaires que tu vois à leur pied. Chacun de ces fossés peut contenir deux mètres cubes d'eau et sont remplis par des rigoles qui les mettent en communication.

— Que de soins!

— Ce n'est pas étonnant; l'indigène a une sorte de culte pour cet arbre qui est l'âme de l'oasis et sa principale source de richesses.

— Cela rapporte donc bien, un palmier?

— Soixante-douze kilos de dattes par arbre bien soigné; mais outre cela, il offre d'autres ressources à l'indigène. Les branches servent à faire des toitures, des clôtures; ses folioles servent à tresser des cordes assez solides, des nattes, des paniers, des coussins. Les stypes, car tu le sais, le palmier n'a pas de tronc proprement dit, servent aux charpentes des maisons, bien qu'ils fléchissent aisément si on les employait à une trop grande longueur. On les utilise pour boiser les puits, établir des ponts sur les canaux d'irrigation. Lorsque l'arbre est vieux on l'incise pour recueillir une liquenr dite « vin de palme. » Ou bien l'on sacrifie le bourgeon naissant qui, préparé d'une certaine façon, constitue pour l'indigène un régal, d'autant plus parfait, qu'il y revient moins souvent. Le fruit pourrait donner un alcool de bonne qualité ; mais il entre trop dans la consommation pour qu'il en reste beaucoup pour cet usage. En Egypte on en fait du vinaigre. Il n'y a pas jusqu'au noyau de la datte qu'on ait imaginé de ramollir dans l'eau et de concasser pour le bétail.

— Je conçois.

— Et puis il y a des dattes de luxe, vendues beaucoup plus cher, car tu ne te doutes peut-être pas que les Arabes ont fait pour leur palmier, ce que nous faisons pour nos arbres fruitiers les mieux cultivés, et sont arrivés à produire plus de 78 variétés de dattes.

— Bahi ! ce n'est bon que confit.

— Confit ! tu te trompes, mon cher ; j'en ai mangé aux environs d'Aumale de superbes, succulentes, juteuses, sucrées et parfumées, qui défiaient le talent de tous les confiseurs du monde ; seulement je n'ai jamais su d'où elles venaient, et je n'ai pu, par conséquent, m'en procurer de semblables.

— Elles étaient donc tombées du ciel?

— Pas précisément. Un Arabe auquel j'avais rendu un de ces petits services qui ne se refusent pas, me les avait apportées en signe de reconnaissance, sentiment auquel ils sont plus accessibles qu'on ne veut bien l'admettre.

La soirée du lendemain trouva nos deux amis errants dans l'oasis de Laghouat. Ils ne se lassaient pas de l'impression un peu étrange que leur faisait éprouver cette première initiation à la couleur locale du désert.

— J'ai visité ce matin le marché arabe ; j'en avais souvent eu l'envie, mais c'était la première fois que je me trouvais dans un endroit au jour précis. J'en ai profité. Il y avait quelques centaines de vendeurs pour des milliers d'acheteurs. Ah ! le commerce arabe ne nécessite pas les mêmes frais que le commerce parisien. Une natte...

— Pardon, mon cher, c'est déjà du luxe et les trois quarts de ces *négociants* s'en passent.

— J'en ai vu à quelques-uns, et je n'ai pas cherché si tous s'accordaient cette douceur. Accroupis par terre sur le sol surchauffé, ils déposent leurs marchandises, des oignons, des montagnes de pastèques, des nèfles...

— Venant d'une propriété des environs d'Alger, qui seule en livre annuellement aux commerce 10,000 kilos, interrompit Dampierre.

— Des étrilles, poursuivit Annibal, lancé dans ses souvenirs du matin, des coussins, du sel d'une teinte rosée, parfumé à la violette, des cribles, de l'huile dans des outres fort peu appétissantes, du pain de dattes...

— Singulier amalgame qui doit se produire tout seul dans le transport de cette marchandise, remarqua de nouveau l'ex-lieutenant.

— ... Mais fin, très fin continua Annibal d'un air de connaisseur, j'ai voulu en goûter; des rayons d'un miel parfumé ; puis des juifs à gros turban, vendant sous la tente de l'épicerie, des couleurs, du fil et des aiguilles ; des cordonniers arabes, des mozabites rivalisant de prix et d'ardeur avec les juifs pour détailler le riz, le sucre et le café; des marchands d'étoffes faisant l'article dans leur langue impossible pour des foulards de coton rouge et des mousselines brochées de couleur, ou bien pour des chemises d'une forme... que je laisserais à ma mère le soin de qualifier; cela m'a amusé. Au milieu de cette foule où, pour la plupart, les unités ressemblent à la masse, j'ai admiré avec plaisir quelques exceptions. Des cavaliers d'administration vêtus d'un blanc... Vraiment blanc! des gardes champêtres, avec leur manteau bleu à liseré rouge, les caïds avec leurs superbes manteaux rouges retombant sur la gandoura immaculée.

— Oui, c'est joli.

— A propos, une chose qui m'a frappé, c'est la beauté des

moutons et des toisons. Je ne sais d'où cela provient? J'en ai vu souvent de si maigres, de si sales, de si crottés, que je m'étais fait une idée fausse, je l'avoue, de la race ovine en Algérie.

— Cette différence qui te surprend est facile à expliquer. Le gouvernement a envoyé ici, pour essayer d'améliorer la race saharienne, un troupeau de mérinos dont l'acclimatation a parfaitement réussi, et donné, tu le vois, de superbes résultats.

— Il m'a semblé, autant que mon ignorance de la laine m'a permis d'en juger, qu'il s'en faisait un commerce assez considérable.

— Assurément; et Laghouat, déjà entrepôt du commerce des tribus voisines, et de celles du Sahara, première grande étape de la route de Tombouctou et de l'Afrique centrale, est réservé, j'en ai la conviction, à un avenir prospère. Ah! l'Afrique est appelée à de grandes destinées si le colon comprend son devoir, et si les dissidences de nos gouvernants n'absorbent pas l'eau qui nous est nécessaire; et cet avenir, Annibal, tu le verras, toi qui souris intérieurement et dans ta pensée me traite de visionnaire.

— Pas tant qu'autrefois, confessa Annibal. Ce que j'ai vu depuis quelques jours a ouvert mon esprit à la conviction de nos devoirs de Français envers la colonie, qui pourra refaire une nouvelle jeunesse à notre France lassée par un si long passé de vicissitudes et de gloire.

Nos deux amis n'avaient pas perdu leur temps. Ils s'étaient assurés la possibilité de partir avec une caravane peu nombreuse, mais composée d'hommes qu'on leur garantissait sûrs et de toute confiance.

Le lendemain donc, avant le lever du soleil, deux mules étiques, tenues par des Arabes déguenillés, attendaient à leur porte. Ils avaient eu du mal à se procurer des selles, ne se sentant pas de force à voyager comme leurs guides, assis les pieds balants sur un étroit barda. Ils n'avaient pu trouver qu'une selle arabe et une selle française; Dampierre prit la selle arabe qui, on le sait, a un dossier et un pommeau élevés de telle sorte qu'on peut à volonté s'appuyer soit par derrière, soit par devant. Il espérait que cela l'aiderait à supporter la fatigue qu'il affrontait.

La route promettait de n'être pas intéressante, car si ce n'était point le Sahara, c'était du moins une terre dont les trésors d'eaux n'ont point été aménagés et encore vouée pour un certain nombre d'années à l'infécondité et à la désolation.

Le premier poste qu'ils rencontrèrent, El-Assafia, avait encore une tradition qui les amusa :

« Selon une chronique locale, les gens de Lar'ouât promirent une forte somme au marabout El-Hadj-Aïssa pour qu'il obtint du ciel la perte d'Assafia; celui-ci y consentit, et une grêle épouvantable détruisit de fond en comble Assafia, qui, comme les autres ksours, était bâtie en briques de terre séchées au soleil.

Les Lar'ouâtis ayant atteint leur but, refusèrent le paiement stipulé à El-Hadj-Aïssa; celui-ci, pour se venger, leur prédit qu'ils se déchireraient toujours entre eux ; puis il prit les gens d'Assafia sous sa protection, et fit rebâtir leur ville dont la moitié fut détruite, et l'autre moitié fortement endommagée, en 1842, dans les luttes entre El-Hadj-Lârbi, Khalifa d'Abd-el-Kader, et Ahmed-ben-Salem, chef de Lar'ouât. »

Après avoir dépassé ce poste, on passa par un territoire qui fut jadis un vrai coupe gorge, et qui, si la sécurité y est aujourd'hui rétablie à cet égard, offre encore le danger permanent des Ourans. Après une sieste de quelques heures, rendue indispensable par la chaleur du jour, ils arrivèrent fort tard au Messâd, au pied du Témet-Ahmeur, et furent agréablement surpris de trouver un joli village de 130 maisons, composées d'un rez-de-chaussée et d'une terrasse, séparées par des ruelles étroites, mais entourées de jardins renommés pour leur prodigieuse fertilité. Les hommes cultivent ces jardins, tandis que la femme arabe, généralement industrieuse, tisse des burnous.

Toutes ces maisons bâties en torchis, offrent à la longue, un aspect assez monotone que rompait agréablement l'élégant minaret d'une mosquée d'architecture française dont la façade en briques rouges et blanches, est ornée d'un portique. Au rez-de-chaussée a été aménagée la demeure du caïd.

On signala à nos amis bien des ruines dans les environs, mais je vous assure qu'après leur étape de 58 kilomètres, ils ne demandaient que leur lit. Le lendemain ils couchèrent à Aïn-Sultan, la Tamarithra de Ptolémée, dont les jardins sont arrosés, par l'oued Naceur. Comme à Messâd, on y rencontre quelques ruines romaines de peu d'importance, mais qui empruntent leur intérêt à ce fait, qu'elles constatent la présence des Romains dans le sud. Une autre étape les amena aux riants jardins d'Ancoura, sur l'un des sommets sud-ouest du Ajébel-bou-Kalid. La marche ayant été fort courte, 23 kilomètres seulement, nos amis se sentirent le courage d'entreprendre une ascension, pour jouir de la vue splendide qu'on leur avait signalée des montagnes environnantes. Mais de ce point, le voyage ne leur offrit plus grand intérêt, les accès de fièvre d'Annibal ayant empiré et lui rendant très pénible les deux autres étapes qui le séparaient encore de Bou-Saada.

Le premier soin de Dampierre fut de faire venir le docteur de la colonisation qui donna à Annibal une médication énergique.

Inutile d'ajouter que celui-ci était dans un état cruel d'exaspération.

— Etre retenu dans un lit comme un grand poupon, tandis que le devoir m'appelle là-bas, c'est trop fort ; répétait-il vingt fois par jour, et Dampierre avait grand'peine à lui faire prendre patience. Patience, patience !

— Vilain remède, qui ne coûte pas cher, mais ne guérit de rien, disait le jeune homme. Au bout de huit jours la violence du mal étant conjurée, le docteur permit à son malade de songer au départ. Il fallait encore se procurer une escorte, et l'ex-lieutenant qui ne voulait pas prendre la responsabilité de ne ramener à madame Passérieux que l'ombre de son fils, voulait faire route avec une colonne militaire dans laquelle se trouverait un chirurgien-major, pour se prémunir contre les retours de la fièvre.

Heureusement qu'il avait retrouvé dans le commandant de la

division de Bou-Saada un de ses anciens chefs, sous lequel il avait servi au Tonkin. Il alla lui confier son embarras, et celui-ci le dissipa aussitôt en lui disant que précisément une forte colonne avait été désignée pour se rendre au-delà de Constantine.

« — Vous ne pouviez mieux rencontrer, lui dit-il, car une voiture d'ambulance accompagnera le convoi, et si votre ami vient a être fatigué, il y trouvera un refuge et des soins. »

Enchanté du résultat de sa négociation, Dampierre rejoignit Annibal qui eût opiné pour un départ immédiat... s'il eût eu droit d'opiner.

— Viens, pour tromper ton impatience, nous allons donner un coup d'œil à la ville qui vaut la peine d'être visitée, à cause de son aspect tout Saharien.

— Colonie romaine? demanda Passérieux.

— Assurément, c'était un des postes que les Romains avaient installés sur la lisière du Sahara, pour le ravitaillement de leurs colonnes avancées. La partie haute de Bou-Saada, celle vers laquelle nous nous dirigeons, repose sur des blocs taillés, vestige d'un de ces postes.

— Encore une ville en amphithéâtre! remarqua Annibal, et, assurément, pas de création récente.

— Il existe une légende sur l'époque de cette création, que me racontait ce matin le colonel.

— Dis-la.

— Oui; mais auparavant asseyons-nous, pour ne point abuser de tes forces de convalescent; je commence :

« Vers le vie siècle de l'hégire, un chérif, Sliman-ben-Rabia, originaire de Saguit-el-Hamra, en Mor'reb, vint camper au pied du Djebel-Usâd, à Aïoun-Défla. Peu de temps après, il fut rejoint par un taleb vénérable, nommé Si-Tamer, qui avait fait de savantes études dans les Zaouïa et les Mdersa de Fez. Si-Tamer s'arrêta près des pierres taillées, vestiges d'anciennes constructions nazaréennes. Séduit par la beauté de la rivière, par la limpidité de la fontaine, le Mor'rebin chassa les chacals qui demeuraient dans les roseaux; et, aidé par les gens de Sliman, il

pétrit des briques et se construisit une maison, où il s'adonna à
la contemplation et à l'étude des livres. Quelques nomades des
Oulad-Madhi et des Oulad-Naïl visitèrent le saint homme, dont
la réputation de science et de justice ne tarda pas à s'étendre à
Msila et au-delà. Des jeunes gens avides de profiter des leçons
de Si-Tamer se réunirent autour de lui, et se construisirent
quelques habitations qui formèrent le noyau d'une ville. Les
Béderna cédèrent tous leurs droits aux terrains environnants,
moyennant 45 chamelles. Au moment où l'on terminait la mosquée, Si-Sliman et Si-Tamer devisaient ensemble sur le nom à
donner à la cité naissante. Ils étaient encore indécis, lorsqu'une
négresse vint à passer, et appela sa chienne... « Sàda!... Sàda!...
(heureuse!) » Ceci leur parut de bon augure, ils nommèrent
Bou-Sàda (l'endroit du bonheur) l'oasis dans laquelle était construite la ville nouvelle. L'oued Ben-Ouas, qui arrose ce petit
pays, prit aussi le nom de Bou-Sàda. »

Cette légende mérite à peine ce nom, puisque le merveilleux
n'y joue aucun rôle.

— C'est une tradition, si tu veux ; un de ces récits primitifs
qui font connaître le caractère des peuples au sein desquels ils
se sont conservés.

— J'aime ces jardins de palmiers, ces vertes oasis où ces
villes du désert apprennent à se cacher avec une coquetterie
naissante, s'écria Annibal. Cependant il manque à celle-ci le
minaret traditionnel des cités musulmanes.

— C'est vrai, et, vu de loin, son ensemble forme une masse
compacte et grisâtre qui manque de relief, malgré ces deux
koubbas peu monumentales, du reste, qui dressent là-bas leurs
coupoles ovoïdes.

— Tout cela ne vaut pas Tlemcen, dit Annibal.

— Assurément non, reprit l'ex-lieutenant subitement devenu
rêveur. Il me serait doux de caresser l'espoir d'y revenir un
jour !

— Et de t'y fixer ?

— Cela ne me déplairait pas.

— Surtout à la condition d'avoir, pour présider à ton installation, la gracieuse ménagère de notre aimable guide, fit Annibal
avec malice. Dampierre rougit.

— Je m'étonne, dit-il enfin, que tu aies pu échapper à l'incontestable attrait de cette ravissante personne. Il est sûr que si je
croyais mériter d'être un jour distingué par son père et par elle,
je serais fou de joie ; mais... un infirme !

— Pourquoi pas de suite un invalide ? interrompit Annibal avec
vivacité ; ne sens-tu pas, ami, que pour un cœur bien né, la
raison même de ta blessure, causée par ta fidélité au devoir, ton
dévouement à la patrie, suffirait à la faire oublier. Que dis-je ? à
la rendre chère !

— Non, je ne me berce pas d'un pareil espoir ; je ne suis pas
digne du charmant trésor du docteur et c'est pourquoi je cherche
à en éloigner jusqu'au délicieux souvenir.

— Mais toi ?... Tu n'a pas répondu à ma question ; jeune,
beau, valide, n'ayant pas les mêmes raisons que moi d'hésiter à
lier à la tienne la destinée d'une jeune fille, aussi belle que dis-
tinguée, comment as-tu pu échapper à la séduction qu'elle
exerce ?

— A cause de mon nom !...

— Ton nom ? Aurais-tu l'intention de te vouer au célibat ou de
te faire trappiste !

— Non, mais figure-toi mademoiselle Théodora rêveuse, à
son balcon ; crois-tu que dans ses visions d'avenir elle pourrait
caresser la pensée d'un Annibal quelconque ?... C'est si près
d'animal ! et Passérieux encore !

Dampierre se mit à rire de la singulière théorie de son ami.

— Non, non, le ridicule est l'ennemi de l'expansion du cœur,
et jamais une femme ne pourra songer sans rire à un prétendant
tel que moi, continua le pauvre garçon le plus sérieusement du
monde. J'ai donc une frayeur invincible du beau sexe, et prétends garder mon cœur, plus que tout autre chose qu'on garde ;
et, à moins que je ne me décide à épouser ma cousine Angèle...

qui est bossue et ne rêve qu'à trouver un mari, — je passerai dans la vie comme un solitaire.

— Parce qu'on t'a donné un nom qui ne te convient pas. Vraiment, Annibal, tu déraisonnes.

— Plains-moi, mais ne me raille pas.

Il y avait tant de mélancolique douceur dans cette prière, que Annibal quitta le sujet pour ne pas réveiller la susceptibilité maladive de son ami sur ce sujet.

— Quel vilain type que celui de ces juifs, remarqua-t-il comme un groupe passait devant lui.

— C'est vrai; autant dans les grandes villes j'en ai vu de beaux, aux traits réguliers, à la physionomie noble et douce, autant ceux-ci sont repoussants.

— Que font-ils donc dans ces régions perdues?

— Que pourraient-ils faire? de l'usure qu'ils déguisent peut-être sous une fallacieuse apparence de commerce; on m'a dit qu'il y en avait pas mal de fabricants de bijoux grossiers ou d'alcools de figues.

— Il me paraît qu'en-dehors de la garnison, il n'y a guère de Français par ici?

— Oui; Bou-Sâda, comme M'sila et tant d'autres, n'ont encore que bien peu d'Européens. Arabes, Kabyles, Juives, ces villes ne deviendront françaises que lorsque s'étendra le réseau des séguias.

— Et tu crois à la réussite d'une pareille entreprise?

— Pourquoi n'y croirais-je pas? J'ai lu quelque part que les Romains, et après les Romains les Berbères avaient soumis à l'irrigation plus de 100,000 hectares dans le Hodna. Et les ruines nombreuses de barrages, de maçonneries, de châteaux d'eau diviseurs de canaux et de rigoles, ne sont-elles pas là pour en témoigner?

— C'étaient bien là des travaux de Romains!

— Et comme nous sommes leurs continuateurs, ce sera là de dignes travaux de Français!

— Le sol du moins est-il fertile?

— S'il l'est! Lorsque j'étais en garnison à Aumale, à 135 kilomètres d'ici, je me rappelle avoir entendu dire que les moissons étaient si abondantes dans ces plaines, que le sac de cinq double d'orge (mesure des Arabes) se vendait un franc cinquante et le blé trois à quatre francs.

— C'est merveilleux! incroyable! Comment la France en est-elle réduite aux blés d'importation américaine?

— Parce que le système des communications est absolument défectueux, et que le propriétaire qui, dans les conditions actuelles, voudrait transporter sa récolte à Alger, aurait déjà dépensé autant et même plus qu'elle ne lui rapporterait!

— Je ne me l'explique pas.

— Pourtant c'est bien simple. Les transports reviennent à des prix arbitraires variant de dix francs le moins à vingt, trente francs les cent kilogrammes, suivant l'époque. Figures-toi bien que nous traversons ce pays en plein été, mais l'hiver, saison des pluies, ces routes ravinées sont quelquefois impraticables.

— Il tombe donc beaucoup d'eau?

— Pour t'en donner une idée, je ne te parlerai que du Chélif, parce que tu le connais : Devant Orléansville, il roule suivant la saison, de 1,500 litres, *litres* tu entends bien, à 1,448 mètres cubes par seconde.

— Quelle différence! A quelle époque n'a-t-il que 1,500 litres?

— Du 15 juillet au 15 septembre. D'avril à juillet, c'est-à-dire à l'époque où nous l'avons vu, il en mène de trois à cinq mille.

— Et en hiver?

— Alors il n'y a point de règle. Il passe avec un flot de 50 à 60 mètres cubes. Ses crues ordinaires sont de 400 mètres par seconde; les grandes crues de 1,100. C'est le 16 décembre 1877 qu'il a débité — limite extrême — les 1,448 mètres cubes que je te signalais tout à l'heure.

— C'est le plus grand des fleuves algériens, n'est-ce pas?

— Il compte 665 kilomètres de cours. Mais voici la fraîcheur qui tombe et je t'y laisse exposé comme si tu n'étais point un fiévreux; hâtons-nous, rentrons.

— Je me sens si bien que j'éprouve la tentation de m'accorder demain une excursion, par manière à me préparer à reprendre les grands chemins.

— Je ne te le conseille pas.

Nous pourrions aller à la vallée de l'oued Chair, par exemple, dont on vante la fertilité; nous aurions occasion de voir là, outre les chameaux et les dromadaires en liberté, ces splendides troupeaux de moutons de Bou-Sâda, qui jouissent sur les marchés, d'une réputation méritée..

— Mais cela vaut-il bien la peine de se lancer dans une région sablonneuse et sans point de vue, sans caractère et que fréquente surtout la redoutable vipère cornue?

— Tu es certain de ce que tu avances? demanda Annibal à regret, car l'envie de courir le monde lui était revenue avec la santé.

— Absolument certain. Je me suis renseigné.

— C'est dommage.

— Nous irons toutefois passer la journée de demain dans une tribu. J'aime à voir de près ces pauvres femmes indigènes, bêtes de sommes de leurs époux, et l'hospitalité arabe, avec sa naïve simplicité, qui n'exclut pas les égards, m'amuse et me plaît.

— Comme tu voudras; je me renseignerai à cet égard.

Mais le lendemain en s'éveillant, Annibal s'étonna d'avoir peine à respirer. Il sortit pour que l'air frais du matin dissipât ce malaise, mais, hélas! l'air frais du matin n'était qu'un mythe : un souffle brûlant comme celui qui vous atteint en pleine figure lorsque vous passez à la bouche d'un four, vint seul caresser son front et le faire reculer. Il éveilla Dampierre.

— C'est au moins le siroco? lui demanda-t-il.

— Oui, le vent du sud, le terrible guébli des Arabes; père des tourbillons de sable, comme l'appelle un poète géographe ou un géographe poète.

— Mais on étouffe. Que faire?

— Prendre son mal en patience; nous ne sommes point ici dans les sables du Sahara, exposés à nous voir ensevelis par le déplacement d'une colline de sable. Qui vient en Afrique doit accepter les vicissitudes auxquelles est soumise cette terre qui est pourtant celle de l'avenir.

— Et cela durera?

— Vingt-quatre heures, trois jours, le sais-je? Lorsque j'étais en garnison à Aumale, il a duré les 31 jours du mois de juillet; il est vrai qu'il était plus supportable que celui-ci.

— J'ai entendu dire qu'il faut se coucher par terre pour en moins souffrir.

— Non; le contact du sol surchauffé est malsain, paraît-il. Le plus triste, c'est que l'on a toujours à craindre que ce souffle redoutable ne chasse devant lui les sauterelles, ce fléau terrible des moissons de cette région.

Mais Annibal n'écoutait plus. L'accablement causé par cette chaleur si fatigante ne permettait plus, disait-il, à sa pensée de fonctionner. Languissamment allongé, il supportait, sans presque y prendre garde, que Dampierre couvrit son front de compresses vinaigrées, avec lesquelles on combat les ardeurs de la fièvre, et tout projet d'excursion fut naturellement mis de côté.

Peu s'en fallut même que le jour du départ de la colonne, le siroco soufflant encore, il ne put en profiter et les deux premières étapes le fatiguèrent horriblement; mais le troisième jour, le siroco avait fait place au vent du nord, frais, agréable, vivifiant, et, avec lui, notre Annibal retrouva son énergie défaillante.

La route ne présentait, du reste, rien de bien saillant. Les lieux de station étaient toujours marqués par des sources, des oueds ou des puits artésiens. On était en plein Hodna, autrefois si fertile, aujourd'hui pays de steppes intermédiaires entre le Sahara et le Tell. Monts au nord et monts au sud, mais dont les torrents rencontrant partout du sel dans les chotts et dans les lacs deviennent impropres à l'alimentation.

Nos amis arrivèrent sans encombre à Barika, où l'on donna l'ordre de camper vingt-quatre heures pour laisser reposer les chevaux. Ce bardj fortifié ne leur aurait pas offert grand intérêt, si l'on n'eût dit à Annibal qu'à une petite lieue de là, il trouverait les ruines de l'ancienne Tubuna des Romains, devenue la Tobna des indigènes; dont l'historien arabe, El-Békri, écrivait des merveilles. Hélas! de Tobna, la ville élégante parée de fleurs d'orangers comme une mariée et entourée de plantations de cotonniers, il ne reste plus rien.

Annibal n'hésita pas.

Laissant Dampierre fatigué d'être toujours en selle, se reposer dans le farniente de la vie de camp, ayant pour guide un jeune Arabe, il partit enchanté de la perspective de pouvoir examiner tout à l'aise ces ruines, ces fragments authentiques, dont la seule pensée faisait battre son cœur d'archéologue. Il avait emprunté au major un fusil de chasse, qui se trouvait être un superbe Lefaucheux damasquiné, arme de luxe offerte par un Anglais que le docteur avait eu occasion d'arracher à la mort. On lui avait dit que le pays était fort giboyeux et très fort au tir, il tenait à voir s'il ne s'était point gâté la main par sa longue inaction.

— Ne t'attarde pas trop, lui cria Dampierre, comme dernière recommandation, car je serais inquiet de te sentir isolé.

— Je pousserai peut-être jusqu'à Mokta-el-Hadjar; là aussi il existe des traces du passage des Romains.

— Ne te laisse pas entraîner, je t'en prie; il m'en coûte assez de te voir partir seul.

— Je serai de retour vers quatre heures environ.

Dampierre se replongea dans la lecture et ne posa l'ouvrage savant que lui avait prêté le colonel que lorsqu'on vint l'appeler pour dîner.

— Je ne sais à quoi pense votre ami, dit le major, nous devions aller ensemble chercher un endroit convenable pour prendre un bain dans l'oued Bytham; assurément il ne sera plus temps.

— Il se sera laissé emporter par son ardeur archéologique. Lorsqu'on veut les examiner un à un, ces débris du passé demandent un temps considérable.

Cependant la nuit tombait, et quand vint l'appel du soir, une seule voix ne répondit pas! présent, lors de la mention de son nom. C'était celle de Passérieux.

— Que peut-il lui être arrivé? se demandait Dampierre avec désespoir. Si au moins je ne l'avais pas laissé partir seul; la fièvre l'aura repris.

— C'est peut-être mon fusil qui lui aura éclaté entre les mains, dit le major; je l'avais prévenu que la gâchette était un peu dure.

Le chef de la colonne avait envoyé de tous côtés des soldats à la recherche du jeune homme qui n'avait pas tardé à se faire aimer dans le petit groupe d'officiers, et déjà trois ou quatre escouades étaient revenues en disant :

— Rien, rien encore.

L'anxiété de Dampierre était indicible.

— Il faut qu'il soit mort, disait-il, pour n'être point de retour à cette heure. Son guide l'aurait-il poignardé?

— Mais non, lui disaient les officiers. Il s'est égaré seulement ; tous les jours cela arrive, ne craignez rien.

Cependant tout en disant cela chacun secouait la tête avec inquiétude et gardait pour lui ses tristes prévisions.

Il était dix heures; on avait organisé une battue; des feux de bivouacs avaient été allumés sur les hauteurs voisines, tant pour guider les pas de l'égaré que pour servir de point de repère à ceux qui le cherchaient. Des torches improvisées circulaient sur les premiers contreforts de la montagne. Dampierre s'arrachait les cheveux avec rage lorsqu'une idée subite lui prit :

— Un cheval! un cheval! je veux le retrouver mort ou vif et malheur à qui aura touché à un de ses cheveux, car je le vengerai.

On voulut s'opposer à ce que l'on appelait une imprudence grave, mais Dampierre insista et partit.

Une heure s'écoula pour les officiers dans une inquiétude croissante, lorsqu'on crut entendre le galop d'un cheval.

— Eh! non, ce n'est pas eux. Si Dampierre avait rejoint son ami, on entendrait le pas de trois chevaux.

Pendant qu'on discutait encore, un hourah joyeux se fit entendre :

— Le voici, je le ramène sain et sauf, criait Dampierre qui ne se possédait plus de joie.

Aussitôt on accourut, on s'empressa, on interrogea le jeune homme :

— Que vous est-il arrivé? Qu'avez-vous fait de votre cheval? Avez-vous eu un accident de chasse? N'êtes-vous pas blessé?

Telles étaient les questions qui s'entre-croisaient, trop pressées pour qu'Annibal put trouver le temps d'y répondre.

— D'abord, laissez-le s'asseoir, se reposer, dit Dampierre; il est rendu de fatigue. Il a fait à pied les 18 kilomètres qui nous séparent de Moktar-el-Hadjar et par des chemins que vous vous imaginez.

— J'ai été victime d'une étrange aventure, dit enfin Annibal. Tel que vous me voyez, j'ai été volé.

— Volé! Comment? par qui?

— Dans des circonstances bizarres. Après avoir passé longtemps dans le Castrium de la ville romaine qui a dû être fort important, à en juger par l'énorme quantité de fragments d'architecture qu'il renferme, j'eus le désir d'aller visiter, à 8 kilomètres plus loin, cette ancienne carrière romaine, qui semble abandonnée d'hier, tant les traces des travaux du peuple-roi paraissent récentes, quand je vis soudain, un Arabe se dresser devant moi à l'improviste.

— Quel beau fusil tu as là! me dit-il en tendant la main pour le prendre et l'admirer de plus près. Porte-t-il loin?

— Comme un imbécile, je n'eus pas une seconde de méfiance. A peine le scélérat avait-il l'arme en mains, que couchant en joue mon petit guide arabe qui tenait mon cheval, il lui dit quelques mots arabes; celui-ci prit la fuite; je commençai à trouver quelque chose de suspect à cet incident et je m'élançai à mon tour à la tête du cheval; mais mon homme se jetant sur moi, m'arracha ma montre, ramassa ma jaquette que j'avais quittée, et dans laquelle était mon porte-feuille, et sautant prestement en selle, me cria :

— L'Arabe chabbard macache tonger; adieu, M'siou.

— Il était poli du moins, dirent les officiers en riant. Mais vous, qu'avez-vous fait?

— Que pouvais-je faire? crier dans ces solitudes! courir après un cheval! J'ai repris aussitôt la route de Hodna, mais je me suis égaré et j'ai marché jusqu'au moment où j'ai aperçu vos feux et où je me suis dirigé sur eux. Plus tard, j'ai entendu la voix de mon ami, avec lequel je suis monté en croupe.

« Honteux comme un renard qu'une poule aurait pris?

— Avais-tu ton carnet de chèques sur toi?

— Non, tu sais que je l'ai mis dans la valise qui nous sert d'oreiller.

— Heureusement.

— Voilà des ruines qui vous laisseront un *cher* souvenir, dit un mauvais plaisant!

— Elles sont pourtant bien belles, reprit Annibal dont l'enthousiasme se réveillait. Le Castrium est tout en pierres de taille et appartient au siècle de Justinien.

— Et votre guide?

— Je crois qu'il court encore. Je ne l'ai point revu.

— Ce qui m'ennuie le plus, c'est votre fusil, major; si seulement j'avais rapporté pour varier une brochette quelconque! mais rien, rien!

— Que cela ne vous occupe point, dit le major; ce serait autrement plus grave, si mon arme eût servi à vous tirer dessus. Il faudra demain, à la première étape, se rendre à l'administration et déposer une plainte; mais quoi qu'il arrive ne vous bercez pas de l'espoir de retrouver ce que vous avez perdu. La police française ou indigène a beau faire, ce qui est perdu est bien perdu et pour toujours.

De ce moment Dampierre ne put plus souffrir la pensée de s'éloigner de son ami; c'est le cas de dire qu'il avait trop peur de le perdre! Aussi 'lorsque deux jours plus tard, la colonne arriva à N'gaous, s'arrangea-t-il pour accompagner Annibal dans l'excursion à laquelle il se livra dans les environs de cette localité, qui serait charmante, si les habitants avaient le soin de la débarrasser des décombres et des tas d'immondices qui l'obstruent sur tous les points.

— Autant l'œil est agréablement charmé par les grands arbres et les belles fontaines, autant le nerf olfactif est désagréablement affecté, dit Annibal en riant. Si nous étions des petites maîtresses, nous aurions assurément besoin de flacons d'odeurs.

— Ce n'est pas le seul endroit où la présence de l'homme nuise à l'harmonie d'une belle nature, reprit le major. Quelle ravissante bourgade ce serait, si elle n'avait pas d'habitants!

— Vous êtes radical, docteur.

— Je ne demande pas leur suppression; je constate seulement qu'elle serait un bien.

— Il y a donc deux mosquées ici? demanda Annibal. Quel luxe pour un si petit village!

— La plus intéressante est assurément celle des sept dormants; celle qui est recouverte en tuiles.

— Venez-vous la visiter?

— Oui; vous êtes donc infatigable?

— J'aime ces vestiges de civilisation qui eurent leurs jours de gloire, et je profite du hasard qui m'a créé le loisir de les contempler.

Ce disant, les deux hommes pénétrèrent dans la mosquée; mais Annibal fut désappointé. Cela ne ressemblait en rien à ce qu'il avait vu à El-Eubad. Elle était divisée par trois rangées de cinq colonnes chaque portant des inscriptions qui restèrent lettre close pour les visiteurs. Il y avait le tombeau de la mère d'El-Hadj-Ahmed-Bey dont le corps est déposé dans un angle du bâtiment, mais ni pierre, ni tsabout, ni châsse ne recouvrait cette sépulture. En-dehors de cela, nos amateurs trouvèrent quelques traces du passage des Romains.

— Ne vous désolez pas qu'il n'y en ait pas davantage, remarqua le major, nous voici maintenant dans la province de Constantine, de beaucoup la plus riche en souvenirs historiques et en lieux charmants et pittoresques.

A l'étape suivante, Aïn-Cheddi, Annibal visita le fort bysantin, de 120 mètres sur 130 mètres, qui est tout ce qui reste de l'ancienne ville de Bézelma, et les restes d'un édifice dont la forme semble indiquer un temple chrétien. Cette station est dans le voisinage de belles forêts et de l'oued Méronana qui arrose une plaine immense et fertile.

Des ruines importantes à huit kilomètres de là sont celles de Lamasba, un des évêchés de la province de Numidie, à laquelle aboutissent cinq voies romaines dont on rencontre encore les vestiges.

A 42 kilomètres de Constantine, nos voyageurs arrivèrent à Telarm'a, point où la route traversait la ligne de Constantine à Sétif. Annibal eût aimé poursuivre le voyage dans les mêmes conditions, car il s'était fait à ses aimables compagnons de route, mais il n'en témoigna rien. Il était sage d'employer une voie de locomotion plus rapide et plus facile pour ménager Dampierre que les longues routes à dos de mulet fatiguaient plus qu'il ne voulait en convenir.

On se quitta donc à regret et nos amis se dirigèrent par la voie ferrée vers l'antique Cirta.

LVI. — Un vieux grognard archéologue.

Annibal ne s'attendait certes pas au coup d'œil grandiose qu'offre, au sortir du tunel de Sidi-Méçid, la ville dont un gouffre profond le séparait encore. C'est un panorama vertigineux que l'on entrevoit comme dans un rêve, et que l'on veut ensuite revoir et revoir encore.

Constantine à laquelle les richesses de son sol et son importance politique ont fait, dit-on, braver quatre-vingts siéges, est

par elle-même une forteresse inexpugnable. Qu'on se la figure
bâtie à une altitude de 600 mètres, sur une presqu'île rocheuse
qui a la forme d'un trapèze, contourné du nord au sud par l'oued
Rummel et dominé par les hauteurs de Mansourah et de Sidi-
Méçid. Elle en est séparée par cette gorge obscure dont nous
parlions plus haut, au fond de laquelle on entend mugir les eaux
du Rummel grossies de celles du Bou-Merzzourz et de fortes
sources thermales. Ce torrent a cette particularité singulière
qu'il se perd quatre fois sous des voûtes de travertin, et plonge
au fond des abîmes, en trois cascades de 20, 25 et 15 mètres
de haut.

C'est à la pointe d'El-Kantara que ce phénomène se produit
pour la première fois; les eaux s'engouffrent pendant quelques
instants sous une haute voûte, et chacune de ces portes succes-
sives forment des ponts naturels de 50 à 100 mètres de hauteur.
On juge si, amateur des beautés naturelles comme l'était notre
ami, il pouvait dormir tranquille avant de s'être rendu compte de
celles si variées, qu'offre ce site unique.

Il se fit donc indiquer l'endroit où il pourrait suivre le cours
du Rummel; on l'envoya à l'angle sud, par lequel l'oued s'approche de la ville en formant une première cascade. De là, on le
voit s'engager dans un grand ravin qui longe le sud-est et le
nord-ouest dont il défend l'approche. Arrivé à l'extrémité septentrionale où est bâtie la casba, il forme une série de cascades et
s'éloigne de la cité en continuant son cours vers le nord.

Annibal arriva ainsi au seul côté par lequel la presqu'île tienne
au massif rocheux dont elle a dû être séparée par quelque
effroyable cataclysme préhistorique, puisqu'on n'en retrouve
point de traces. Ce côté est bordé de rochers qui diminuent de
hauteur à mesure que l'on s'éloigne du ravin, et que l'on se
rapproche du point le plus élevé du contrefort où ils cessent de
former une enceinte naturelle.

En regagnant l'hôtel où l'attendait Dampierre trop las pour
se permettre sans imprudence une promenade, si intéressante
qu'elle fût, Annibal se rendit compte que Constantine est encore

divisée en deux quartiers bien distincts : le quartier Européen
et le quartier Arabe.

Il fut surpris de trouver à cette ville plus de couleur locale
que dans les autres villes algériennes qu'il avait eu l'occasion de
visiter. L'animation que présentent les rues arabes, forme un
des spectacles les plus curieux de Constantine.

Notre ami, peu soucieux du décorum dans un endroit où il ne
connaissait personne, s'assit sur un banc qui garnissait la devan-
ture d'une niche — c'est le seul mot qui convienne à la chose
— qu'occupait un cafetier maure et là, devant une tasse de café
prétexte de sa présence, il oublia l'heure à regarder ce tableau
si vivant, si original. Il s'amusait à suivre de l'œil ce monde à
pied, à âne, à cheval ou à chameau qui s'enchevêtrait dans les
ruelles étroites, et venait ensuite se déverser dans la grande rue
nationale, dont le percement a seul, jusqu'à présent, altéré la
physionomie de ce quartier bizarre, aux rues tortueuses, aux
impasses voûtées, à l'ensemble inextricable, comme un labyrin-
the antique.

En rentrant à l'hôtel, il était enthousiasmé, ravi, charmé.

— Quel malheur que la malencontreuse folie de Montenotte ne
nous ait pas obligés à un séjour de quelque temps à Constantine!
C'est assurément la ville qui m'a impressionné le plus favorable-
ment depuis notre arrivée dans la colonie.

— Même après Tlemcen? demanda Dampierre pour qui l'ancienne capitale de la Mauritanie restait comme le paradis de ses
rêves, — nous savons pourquoi.

— Ce n'est pas le même genre, répondit Annibal; mais il me
semble qu'il doit y avoir ici bien des monuments curieux, bien
des souvenirs intéressants, bien des traditions légendaires et
merveilleuses.

— Naturellement, répondit Dampierre; elle remonte à une
telle antiquité! La première mention qui en soit faite remonte à
l'histoire des Numides. Tour à tour capitale de Syphax, de
Massinissa, de Micipsa, d'Adherbal, de Juba-le-Jeune, elle fut
érigée en colonie par Jules César, et les Romains ne tardèrent

pas à la considérer comme la clef de la Numidie, dont elle était la ville la plus forte et la plus opulente.

— J'ai un vague souvenir de l'avoir vue mentionnée dans Strabon; mais je lisais mal en ce temps-là, à ce qu'il paraît, car ce qu'il en dit ne m'est guère resté dans la mémoire.

— A moi non plus, dit Dampierre en faisant un visible effort pour se remettre sur la trace. J'y suis. Il parle de ses palais magnifiques, et constate que sur l'invitation du roi Micipsa, une colonie grecque s'y était établie et y avait apporté les arts industriels de la Grèce.

— Quand donc a-t-elle pris le nom de Constantine?

— Après sa destruction presque totale en 300...

— Trois cent onze, rectifia Annibal.

— Eh bien! ce fut deux ans après; Flavius Constantin l'ayant restaurée et embellie, lui donna son nom.

— La ville actuelle est-elle aussi grande que la ville romaine?

— Il s'en faut de beaucoup. Un des savants qui a étudié l'histoire et les ruines de Constantine, M. Cherbonneau, a établi d'une manière irréfutable que Cirta était beaucoup plus étendue. Seulement, il a fallu pour arriver à ce résultat, la patience et l'érudition de ce savant, car les débris de murailles sur lesquels il base son assertion, sont tellement interrompues, dégradées, qu'ils semblent engloutis par la végétation luxuriante que tu as dû remarquer dans ta promenade.

Le lendemain, Dampierre encore très fatigué voulait néanmoins partir quand même; ce qu'Annibal ne voulut point admettre.

— Si nous étions restés avec la colonne, nous n'arriverions que demain. Je ne consentirai certainement ni à te laisser seul ici, comme tu as l'air de m'en croire capable, ni à t'exposer à une souffrance inutile. Le fatalisme des Arabes m'a gagné, mon cher, et je me dis qu'il n'arrivera que ce qui doit arriver. Si je dois joindre Montenotte, je le joindrai aussi bien à vingt-quatre heures près.

— Prends garde! cette théorie mène loin. Si je ne dois pas

être pendu, je l'éviterai aussi sûrement en assassinant cet homme qui me déplaît qu'en ne l'assassinant pas, donc...

Annibal se mit à rire.

— Je ne vais pas encore aussi loin; mais dis-moi, te sens tu la force de monter à la casba avec moi? J'ai moitié moins de plaisir tout seul, et je crois bien qu'hier je me suis surpris parlant tout haut, tant j'ai contracté avec toi la douce habitude d'exprimer ma pensée sans contrainte.

— L'omnibus nous déposera bien près; ce n'est donc point une imprudence et je serai tout aussi enchanté que toi de la visiter en ta compagnie.

Le lendemain nos amis se rendirent à la casba qui, située à une altituue de 640 mètres, marque le point extrême de l'élévation de Constantine.

Comme Dampierre traversait l'esplanade qui s'étend devant la porte massive de l'édifice, il se croisa avec un turco qui le dévisagea avec attention.

— Ce jeune homme a l'air de te connaître, mais non pas de te reconnaître, fit Annibal.

En ce moment une soudaine réminiscence traversant l'esprit de Dampierre, il s'écria :

— C'est Aïssa-ben-Youssef.

En entendant son nom le jeune soldat accourut.

— C'est vous, monsieur Dampierre? en civil? comme vous êtes changé! Qui donc vous a arrangé comme cela? disait le brave garçon dans un français correct, malgré un accent étranger fort doux, qui n'était pas sans charme. Je n'osais pas vous parler, croyant que ce n'était pas vous.

— On a été au Tonkin, mon brave et l'on en a rapporté un souvenir, expliqua Dampierre avec un regard à sa jambe endolorie.

— Deux, s'il vous plaît, sergent, pardon monsieur Dampierre, reprit le soldat avec finesse en désignant le ruban rouge de l'officier.

— Mais toi-même Aïssa, tu es décoré.

— Ah! oui; on a fait ce qu'on a pu à Bac-Misk; on a sauvé le drapeau, fit l'Arabe, sous la fausse humilité duquel perçait une satisfaction intense. Vous venez voir la casba?

— Oui, mon garçon.

— Attendez, monsieur Dampierre, je vais vous envoyer quelqu'un qui vous la fera visiter en détail.

En effet, le brave turco revint quelques minutes après avec un vieux sergent mutilé auquel on a donné les invalides en lui créant un poste de gardien.

— Il sait tout, dit Aïssa-ben-Youssef, par manière de présentation.

— Alors nous nous abandonnons à vous, dit Annibal qui souleva instinctivement son chapeau devant les cheveux blanchis et la figure cicatrisée du vieux militaire qui n'avait qu'un bras.

— Voyez, leur dit alors leur guide improvisé, quelles murailles épaisses; quelles clefs de voûtes puissantes! Mais aussi, Messieurs, ce monument était déjà capitole et citadelle au temps des Romains, et je vais vous montrer les immenses et belles citernes qui témoignent encore de leur intelligente administration.

— Il parle comme un livre, ce vieux bonhomme, murmura Annibal à un moment où le vétéran ne pouvait l'entendre. Son histoire doit être curieuse.

— N'y a-t-il pas aussi les ruines d'une église édifiée par Constantin? demanda Dampierre voyant que leur cicérone était de taille à le comprendre.

— Oh! non, Monsieur; elles n'existent plus, je les ai vues en 1837, mais depuis... On a tant fouillé, bouleversé par ici! Vous comprenez; après l'expédition de 1837, le premier soin de l'administration militaire fut de dégager les abords de la casba et de l'isoler complètement. Plus tard, on y a établi trois casernes : une pour l'infanterie; celle-ci pour le génie et l'autre là-bas pour l'artillerie, puis un hôpital pour 1,500 malades, un arsenal et une manutention.

— C'est immense, en effet, dit Annibal.

— Après les Romains, les Berbères dominèrent à la casba,

dont ils relevèrent et fortifièrent les remparts. Je ne connais pas
trop son histoire pendant ce temps-là ! Lorsque Constantine fit
partie du royaume de Tunis, le sultan Abou-Zacaria qui en avait
fait sa résidence, y mourut et fut enterré dans la mosquée qui
existait alors. Un peu plus tard on y établit le Midjlès, tribunal
supérieur ; c'est tout. C'est comme de la domination des Turcs, je
ne sais pas grand chose, si ce n'est qu'ils y placèrent un caïd,
chef de la police ; mais ce dont je puis vous parler savamment,
c'est de l'assaut donné à la citadelle le 13 octobre 1837, j'y étais.
Ah ! qu'ils s'y battaient bien encore ces damnés arabes ! Quelle
énergie dans la suprême et dernière défense qu'ils opposèrent à
notre général qui fut un des premiers à y pénétrer.

— Son nom ? demanda Dampierre.

— Rulhières, répondit le sergent ; un brave comme nous en
avons tant du reste ; mais ce que l'on n'oublie pas, lorsqu'on a
eu le malheur d'en être le témoin, c'est la scène qui suivit notre
entrée. Désespérant de notre générosité — ils ne savaient pas à
quels vainqueurs ils avaient affaire — ces pauvres diables, hommes et vieillards, femmes et enfants, cherchèrent précipitamment
leur salut dans la fuite.

— Et comment ?

— Oh ! ils n'étaient pas embarrassés ! il fallait les voir suspendus en longues grappes humaines, se laissant glisser à des
cordes attachées aux murailles de la casba ! tenez à cet endroit
même.

— Quelle hauteur ! dit Dampierre.

— Tout à coup, — oh ! Messieurs, j'en frémis encore — les
cordes se rompirent ; un cri composé de mille cris sauvages,
traversa l'air, et le lit du ravin se couvrit de monceaux de débris
humains, sanglants et informes.

Annibal frissonna. Il recomposait sans peine cette scène ainsi
décrite par un témoin oculaire dont la voix cassée avait retrouvé
des intonations viriles et vibrantes.

— Oui, reprit le vieux sergent pensif, cela ne s'oublie pas ;
mais il y avait à penser aux nôtres, dont la bravoure héroïque

avait emporté l'assaut et qui n'étaient plus là pour jouir du triomphe. Les Vieux, les Serigny, les Combes. On les déposa dans une modeste enceinte, par là, à bien peu de distance de la brèche ouverte, par leurs efforts. Un nom gravé sur une pierre, une inscription posée sur un minaret, rappelaient leur mémoire ; mais la pierre et le minaret ont, comme vous voyez disparu ; puis un jour — longtemps après — c'était en novembre 52, on les transporta là-haut, voyez, au sommet de la casba, où la population civile et l'armée leur ont, à frais communs, fait élever ce monument funèbre ; c'est là qu'ils reposent ; voulez-vous aller les saluer en passant ?

Il était impossible de refuser une pareille demande. Annibal et Dampierre suivirent le vieux sergent, et, à son exemple, se découvrirent pieusement devant cette tombe glorieuse.

— Heureux ceux qui dorment sur le théâtre de leurs exploits, il n'est pas donné à tous de tomber en un jour de victoire ! fit tristement Dampierre.

— Ah ! ça, c'est le plus dur, répondit le sergent.

Le vétéran n'aurait pas demandé mieux que de faire visiter en détail à nos amis l'intérieur de la casba ; mais le temps passait et Annibal eût voulu tout voir.

— Connaissez-vous le reste de Constantine comme vous connaissez la casba ? demanda-t-il au vieillard.

— Oui, Monsieur ; je m'y suis fixé à la suite de l'occupation, et ne l'ai pour ainsi dire plus quitté.

— Pourriez-vous alors nous accompagner dans la promenade que nous désirons faire ? Si, toutefois, ce n'est pas pour vous une trop grande fatigue. Du reste, nous irons en voiture.

— Je vous accompagnerai avec bien du plaisir. Je vais demander l'autorisation de m'absenter.

Pendant qu'ils attendaient le retour du vieillard, le turco les aperçut et vint à eux de nouveau.

— Je te remercie, mon garçon, dit Dampierre ; tu nous a procuré un guide inestimable. Connais-tu son histoire ?

— Du vieux sergent Poirson? Je crois bien; tout le monde ici la connait.

— Dis-la-nous.

— En 1837, il était bien jeune encore; mauvaise tête comme moi, ajouta-t-il par parenthèse — il était engagé volontaire. Il avait fait son chemin vite; il était déjà sergent; le porte fanion de leur général étant tombé sur la brèche, il prit le drapeau et s'élança en avant à sa place. Une décharge lui brisa le bras droit; mais le lambeau sacré ne toucha pas la terre, — il l'avait recueilli de la main gauche et marcha devant le général; ce ne fut que bien plus tard qu'il remit l'étendard à un camarade; la perte de sang put seule dompter son énergie.

— Quelle bravoure! s'écria Annibal.

— Et quelle modestie! reprit Dampierre. Tout ce qu'il nous a dit de son rôle dans cette lutte épique, c'est : J'en étais.

— Mais le plus triste, c'est qu'il ne fut pas récompensé comme il le méritait. Il avait laissé une fiancée au pays. Elle ne voulut plus d'un mutilé, et il revint ici le pauvre garçon!

— Que désirez-vous voir, Messieurs? demanda le vétéran qui avait fait une toilette correcte.

— Le plus curieux et le moins long, répondit Dampierre.

— Il vous faut alors venir au pont El-Kantara.

— Qu'a-t-il donc de particulier?

— Ses ruines. Ce pont, d'origine romaine jeté sur le Rummel, est situé sur le bord supérieur de la plus longue des voûtes naturelles sous lesquelles se dérobe le fleuve, et dont l'intrados a 70 mètres au-dessus des eaux du Rummel. Voyez quelles proportions gigantesques! La clef de voûte de l'arcade naturelle, — remarquez bien, — sur laquelle s'assied le monument, est à 41 mètres au-dessus de l'étiage de la rivière, et l'épaisseur minima de la voûte, est, en cet endroit, de 16 mètres.

— Le point le plus bas des fondations se trouvait donc à 57 mètres au-dessus de l'étiage, calcula Dampierre.

— Oui, ce doit être ça. Ainsi posé sur cette voûte naturelle, le pont présentait au regard deux rangées d'arches superposées.

— C'est vrai, dit Annibal, l'ancien travail romain est facile à reconstituer.

— Il se composait à l'étage inférieur de deux piles de deux arches, et de deux demi-arceaux, s'appuyant d'un côté sur les piles, de l'autre sur le rocher.

— Oui; on retrouve presque tout l'étage inférieur; mais ceci?

— C'était la culée de gauche, la dernière pile de droite et la culée de la même rive. Il reste encore ces deux éléphants qui se font face.

— Et qui ne brillent pas par leur fini, remarqua Dampierre.

— Ils doivent remonter à une époque bien reculée, ajouta Annibal. C'est sans doute pour faire mieux contraste avec ce pont en fer tout moderne. Comme cette seule arche jetée sur ce gouffre est hardie! Il est heureux qu'il y ait des parapets, autrement le vertige vous saisirait.

— Ce pont rappelle également un souvenir de l'occupation. Avec la porte du même nom, il servit de point d'attaque à nos troupes dans la nuit du 22 au 23 octobre 1836.

— C'est alors sans doute qu'il a été si maltraité?

— Oh! non, Monsieur; il s'est bien effondré tout seul le 18 mars 1857, à sept heures et demi du matin, entraînant une partie de la conduite d'eau qui alimente le côté nord-ouest de la ville. Cet accident obligea à détruire ce qui en restait, et je l'ai vu abattre à coups de canon, le 30 mars de la même année.

— En effet, à une pareille hauteur, il doit être difficile d'avoir des eaux?

— Le problème avait été résolu bien longtemps avant nous par les Romains, nos ancêtres. On retrouve partout des traces d'aqueducs et de châteaux d'eau diviseurs. Aujourd'hui Constantine s'abreuve à l'oued Bévard, et aux sources qui abondent sur le plateau de Mansoura, ainsi qu'aux belles sources d'Aïn-Ferguia, fournissant 300 litres par seconde.

— Voulez-vous nous faire voir ce que l'on nomme le pont du Diable?

— Venez par ici. Il est également d'une seule arche au bas de

Sidi-Rachel, sur la rivière qui, en cet endroit commence à s'engouffrer dans le ravin. Franchissons-le, si vous voulez, nous arriverons à une source thermale.

— Là, dans cette chambre voûtée?

— Oui, les indigènes y viennent prendre des bains, et le trop plein de la source tombe là-bas, dans ce ravin carré où vous voyez des soldats occupés à lessiver leur linge.

— Et ces civils?...

— Sont des tanneurs qui viennent faire tomber le poil de leurs cuirs.

— Quelle est cette pierre plate à peu de distance?

— C'est la roche des martyrs; voulez-vous venir lire la longue inscription qui est gravée dessus? Elle rappelle ces humbles jardiniers chrétiens qui furent torturés à Cirta, — ces messieurs savent que c'est l'ancien nom de la ville, n'est-ce pas? — en 259 et exécutés à Lambèze quelques jours après. On en a fait des saints et l'on a bien fait, il faut toujours honorer le courage là où on le rencontre.

Les deux jeunes gens ne purent retenir un sourire à cette appréciation toute particulière du vieux sergent.

— Tous les gens courageux n'ont pas la chance d'être mis au rang des saints, remarqua Dampierre.

— Il n'y aurait de place au paradis que pour les Français, dit gaiement le vieux soldat; non point que les autres peuples n'aient leurs braves, mais les nôtres ne reculeraient pas d'en faire l'assaut et d'y entrer par la brèche.

— Voici l'emplacement du tombeau de l'orfèvre Praceilius, découvert en 1855, qui vécut 100 ans, à ce que relate son épitaphe, et s'éteignit après avoir mené une existence joyeuse avec ses amis, agréable et sainte avec sa femme.

— Oh! ces épitaphes, elles sont donc partout les mêmes!

— C'était bien curieux, Messieurs, je m'en souviens comme si c'était hier, le caveau qui renfermait le tombeau, était couronné par une terrasse à laquelle conduisait un escalier tournant extérieur. L'intérieur était décoré de peintures à fresques et de mosaïques. Le sarcophage renfermait encore un squelette complet.

— Après tant de siècles?

— Oui, mais nous voici au Rummel qui, en hiver, se précipite en cascades bouillonnantes jusqu'au pied de ce jardin ; aujourd'hui les eaux sont basses. Descendez quelque peu dans son lit, jusqu'à la première arche naturelle jetée entre la casba et Sidi-Méçid. Attention, ne glissez pas, y êtes-vous? De cette première arche vous devez voir parfaitement la seconde beaucoup plus profonde.

Annibal remonta enchanté.

— Eh bien! moi qui n'ai pas bougé, je trouve ces cascades encadrées par des rochers hauts de 2 à 300 mètres, un des spectacles les plus grandioses qu'il soit possible d'imaginer, dit Dampierre.

— Quel malheur de n'avoir pas le temps de s'arrêter! disait le sergent; je ne vous signale pas tout; il y en aurait pour vous occuper, non une demi-journée, mais un mois; un mois, Messieurs.

— Voilà un guide comme je les aime, disait Annibal en aparté — il ne récite pas une leçon; il a la verve et l'entrain le plus communicatif du monde.

— Allons-nous jusqu'au Sidi-Méçid quoique ce ne soit pas l'heure à la mode? reprit ce vieillard.

— Qu'est-ce que c'est?

— L'établissement thermal de Constantine. C'est tout près, sur l'autre rive du Rummel, dans ce verdoyant paysage où nous mènera ce sentier taillé dans le roc. Les piscines sont là en haut, plus bas au-dessous des sources, dans ce magnifique jardin planté d'orangers et de grenadiers, on trouve un hôtel avec pension et café. La mode est d'aller se baigner le matin à Sidi-Méçid et d'y déjeuner ensuite.

— Il y a donc plusieurs sources?

— Quatre, Messieurs, sortant de grottes et formant des piscines naturelles. Ah! si c'était mercredi vous entendriez d'ici les

femmes juïves et arabes qui viennent s'y baigner et y faire leurs
dévotions.

— Leurs dévotions? pas possible.

— Pàrfaitement possible, Monsieur. Elles y jettent des tou-
rinas, gâteaux de semoule et de miel en y brûlant de l'encens et
en y tuant des poules.

— Et dans quel but ces *volaticides?* fit Annibal.

— Pour obtenir une faveur du génie des eaux.

— Et nos coquettes européennes vont se mêler à cette tourbe?

— Oh! non, certes. Deux grandes piscines ont été aménagées
pour la commodité des baigneurs... civilisés.

— Et maintenant pour rentrer en ville?.

— Nous prendrons cette route en lacet, nous gagnerons la
pépinière qui domine l'hôpital civil; vous jouirez là d'une vue
admirable.

— Quel édifice public nous conseillez-vous de visiter?

— Tout est à voir; mais le palais de Haidj-Amed vous intéresserait peut-être. Il a été construit par le dernier bey, peu de
temps avant la prise de Constantine. Le pauvre diable n'habita
son palais que quelques mois à peine. Une première fois comme
souverain; quelque temps après comme prisonnier. Il renferme
trois corps de logis séparés par deux jardins, et est actuellement
affecté à des services publics, comme l'installation du général
commandant la division, de l'état-major et — ne vous attendez
cependant pas à voir un palais des *Mille et une Nuits...* Je vous prie
de remarquer les fresques des galeries dans lesquelles nous
allons entrer.

— Qu'est-ce donc? Il n'y figure aucun personnage?

— Parce qu'elles sont exécutées d'après l'orthodoxie la plus
pure de l'art musulman, mon cher, répondit Dampierre.

— Ces peintures vraiment naïves représentent : Celle-ci un
combat naval; cette autre Stamboul, là-bas Ishandéria.

— Je vous rends grâce de me renseigner, dit Annibal en riant,
car j'avoue à ma honte que, moi profane, je n'aurais pas su dis-
tinguer la pensée de l'artiste.

— Voulez-vous une idée de ce que les Arabes sont adulateurs ? Voici par à peu près le sens d'une inscription arabe que vous pourriez voir près du cabinet du général : « Au nom de Dieu clément et miséricordieux. Pour le maître de ce palais, paix et félicité, une vie qui se prolonge tant que roucoulera la colombe, une gloire exempte d'avanies et des joies sans fin jusqu'au jour de la résurrection. »

— Ces souhaits amphigouriques n'ont point empêché « le maître du palais » de mourir dans l'exil.

— Où nous menez-vous donc, sergent ?

— Admirer ces jardins entourés de galeries ; n'est-ce point une fraîche oasis par cette chaleur brûlante ?

— Cocher, 4, rue Fontanilhes.

— Qu'y verrons-nous ?

— Le Dar-el-Mena, ce qui signifie « la maison d'asile appartenant aux Ben-Lefgoun.

— Qu'étaient-ce que ces ben là ?

— Les maîtres de l'autorité religieuse sous la domination turque. A ce titre, vous le comprenez, leur maison était sacrée et inviolable.

— Comme nos églises du moyen-âge, alors !

— Tout juste. La tradition rapporte qu'un bey, s'y étant réfugié, vécut pendant trois mois dans la chambre qui est au-dessus de la porte, et qu'il en sortit sain et sauf ; le ressentiment du pacha d'Alger, qui voulait sa mort, s'étant apaisé. La même tradition ajoute que depuis lors, quand un bey tombait en disgrâce, le pacha avait soin de donner l'ordre de faire placer deux chaouchs à la porte des Ben-Lefgoun, afin d'empêcher le malheureux d'en franchir le seuil.

— Et maintenant où ?

— Rue Combes. A la Médersa de Sidi-el-Akhdar.

— Médersa ? cela ne signifie-t-il pas collège.

— Oui, répondit Dampierre.

— La destination de cet édifice n'a guère changé. Créé pour l'enseignement, on y professe aujourd'hui le cours public d'Arabe.

La voiture s'arrêta ; les visiteurs montèrent quelques marches pour arriver à une petite cour autour de laquelle étaient disposées les cellules des étudiants, et passèrent de là dans une salle très vaste, coupée par deux arcades et réservée pour les leçons qui, selon l'usage des musulmans, commencent toujours par la prière.

— Voyez, Messieurs, dit le vétéran en appelant les jeunes gens attardés à examiner un bandeau sculpté et enluminé qui serpente sans interruption sur les quatre murs, voici la niche en forme de coquille où s'asseyait le professeur.

— Il avait de la place, remarqua Annibal, car elle occupe la moitié de la salle.

— Et les élèves s'asseyaient devant lui sur des nattes.

— Donnons donc un coup d'œil à la mosquée de Sidi-Kettani, s'il n'est point encore trop tard, dit Annibal.

— Nous n'avons que le temps bien juste.

« On pénètre dans cette mosquée par une grande porte cintrée, qui s'ouvre sur un large escalier en marbre, mi-parti de blanc et de noir. La bande de marches noires est destinée aux fidèles qui entrent. Au haut de l'escalier, on se trouve dans une cour pavée en marbre blanc, et autour de laquelle circule une galerie. Le minaret est placé du côté opposé. A l'est, sont les deux portes de la salle des prières. En y entrant, on a devant soi une niche festonnée d'arabesques et soutenue par quatre colonnettes ; c'est le mihrab où se prosterne l'iman, afin de regarder l'orient quand il dirige la prière. La mosquée forme un carré long. Le plafond est un assemblage régulier d'ais coloriés en rouge et en vert, avec quelques rosaces. Des colonnes en marbre blanc supportent les arceaux, qui divisent en plusieurs nefs ce vaste espace. Des faïences aux mille dessins lambrissent les parois. Des tapis du Sahara et de Constantinople couvrent le sol. Le luminaire est composé de grands lustres en cristal, tout chargés de girandoles. Au fond de la salle se développe une longue tribune, comme dans toutes les mosquées hanefites ; mais le morceau capital, c'est la chaire ou meribar.

— On ne sait, en effet, ce qu'on doit admirer le plus, de l'art ou de la matière, presque toutes les variétés du marbre y sont réunies.

— Ce beau travail a été exécuté en Italie par des artistes génois, reprit le sergent. La façade et le minaret de la mosquée ont été, dans ces derniers temps, restaurés par l'architecte auquel on doit la nouvelle façade et le nouveau minaret de la grande mosquée.

La *Médersa* de Sidi-el-Kettani a été construite en 1775, 1189 de l'hégire, par Salab-Bey. On y enseignait autrefois la grammaire, la jurisprudence, l'interprétation du Coran, le dogme de l'unithéisme, et les traditions mohammédiennes. Mais comme une institution d'origine hanefite avait peu de chances de résister aux réformes introduites par les successeurs de Salab-Bey; elle ne tarda pas à tomber dans un désarroi complet, et la science y devint muette... Elle s'est relevée sous le régime de l'administration française. Une vingtaine de Tolba appartenant au rite kalékite, y sont entretenus aux frais de leurs tribus respectives et reçoivent, sous la direction de professeurs indigènes, une instruction purement musulmane, conforme aux connaissances exigées par le Coran.

— Remarquez que dans le système mahométan, le pouvoir temporel est si étroitement uni au pouvoir spirituel, qu'ils sont inséparables, reprit le sergent. Le Coran n'est pas seulement un guide religieux, c'est un code politique et civil qui règle toutes les relations des hommes entre eux, et sert pour ainsi dire de mécanisme à la société.

Les tombeaux de Salak et de sa famille sont placés au fond de la cour de la Médersa entourés d'une balustrade en marbre. De grandes améliorations ont été apportées à cet établissement, dont la façade est devenue un des principaux ornements de la place Négrier. On y compte annuellement 40 élèves qui reçoivent une instruction plus large et apprennent le français.

— Il est l'heure de rentrer maintenant, remarqua Dampierre; allons reconduire notre obligeant conducteur pour lui obtenir la permission de minuit. Il nous fera le plaisir de dîner avec nous et de nous accompagner au théâtre, que nous ne connaissons pas.

Le vieux soldat fut très sensible à cette attention délicate, seule manière dont on put chercher à s'acquitter de la bonne grâce avec laquelle il avait mis à la disposition des jeunes gens, sa connaissance parfaite de Constantine, et leur avait fait les honneurs de la ville.

— Ne croyez pas avoir vu grand chose, répétait-il sans cesse; nous pourrions nous promener ainsi bien des jours de suite, sans que vous ayez vu la moitié des ruines et des inscriptions romaines.

On donnait Haydée; le nouveau théâtre monumental de Constantine n'est pas vieux, l'ancien ayant brûlé au mois de novembre 1878.

— N'est-il pas bien aménagé avec ses décorations rouges et or? disait Annibal qui s'émerveillait toujours de trouver loin de la France le luxe et les commodités de la mère-patrie. Je pense qu'il peut contenir de 1,000 à 1,200 personnes.

— Mille deux cents, rectifia le sergent, qui profita du premier entr'acte pour faire admirer, à l'escalier intérieur qui mène au foyer, un choix des plus beaux marbres de la province. Le plus employé est encore celui du Fil-féla, ajouta-t-il. Voyez, tout ceux-là en sont.

— Comment ce marbre blanc, qui semble du carrare, est-il comme ce marbre noir veiné de blanc?

— Et ceux-ci, bleu-clair, bleu-turquoise, bleu-fleuri, n'ont-ils pas leur valeur?

— J'ignorais qu'il y en eût tant de variétés.

— On compte six gisements d'une importance considérable; mais rentrons, la toile doit être levée; il me tarde de voir la corvette, et le vieux troupier fredonna de sa voix chevrotante :

C'est la corvette,
Qui leste et coquette
Prête à partir
Semble tressaillir.....

— Comme ça, vous partez demain pour Biskra? demanda
Poirson à l'entr'acte suivant. C'est beau. Cela vaut la peine d'être
vu. Connaissez-vous le Médracen?

— De nom et de renom, oui.

— Eh bien! prenez la route qui passe à Batna, vous pourrez
voir ce curieux monument. Connaissez-vous Hamma Mes-
khr'outin?

— De nom encore.

— Et le Chabet-el-Akrha ou ravin de l'autre monde?

— Plus même de nom.

— C'est une gorge qui ne connaît que le soleil du midi, tant
sont droites at rapprochées des roches qui enserrent le lit étroit
de l'Agrioun. Eh bien! tâchez de le visiter; on ne peut pas s'en
aller de la province de Constantine sans avoir vu cela.

— Malheureusement nous ne voyageons pas pour notre satisfaction personnelle, fit observer Dampierre.

— C'est fâcheux, murmura le sergent. Mais vous m'avez procuré un plaisir dont j'ai rarement l'occasion de jouir. Le hasard
m'a servi à souhait! Haydée est mon opéra comique de prédilec-
tion; la musique en est ravissante d'un bout à l'autre.

Les deux amis purent l'entendre fredonner en s'éloignant :

Bravons la mitraille
Les flots en fureur,
Un jour de bataille
Est un jour de bonheur.....

XVII. — La reine des Zibans.

Le lendemain nos voyageurs prenaient le chemin de fer qui
devait les conduire jusqu'à Batna.

On sait que la province de Constantine est de beaucoup la
moins déboisée, et, par conséquent, la plus fertile et la plus pittoresque. La première partie du voyage fut donc un véritable
plaisir pour nos touristes que les horizons aux tons fauves, aux

14

lignes trop crues du sud de la province d'Alger avaient lassés.

Bientôt pourtant, ils retrouvèrent les tristes plateaux aux oueds taris, aux lacs salés, aux monts chauves. Cette nature mesquine et brûlée par les incandescences d'un soleil torride. Heureusement que là, comme ailleurs, soufflent ces vents divers qui se contrarient presque toujours en Algérie; la terre par excellence où les « quatre vents des cieux » prennent leurs ébats, combattant la force du rayon de feu qui dévorerait à la fois et l'onde des fontaines et le sang des voyageurs. On les maudit ces turbulents fils d'Eole, sans cesse occupés à tourmenter et à faire gémir les jeunes arbres de la grande campagne algérienne; on les maudit, et sans eux pourtant les flots de sable du Sahara tendraient bientôt à se joindre aux flots d'azur de la Méditerranée, car le désert est comme le mal : Si on ne le combat pas, il a des ardeurs envahissantes.

Déjà nos voyageurs voyaient grandir à l'horizon la silhouette hardie des monts de l'Aurès, qui vont en s'accentuant jusque dans les plaines du Sahara. Enfin ils touchèrent Batna que la non concordance de la diligence avec les heures de train, leur laissa la facilité de visiter.

Il y régnait une température très élevée, car cette ville, située à 1,054 mètres au-dessus du niveau de la mer, à l'entrée d'une plaine immense, quoique arrosée par de nombreuses sources, est sujette aux extrêmes du froid et de la chaleur.

Détruite en partie, lors de l'insurrection de 1871, la petite cité s'est vite relevée de ses ruines. Ils y trouvèrent avec surprise de larges rues, ombragées de platanes et bordées de maisons sans étages qui n'en sont que plus commodes; des édifices tels que : Eglise, école, halle aux grains, bains maures, bureaux de la subdivision et bureaux arabes, une très belle pépinière et des allées qui offrent de fort jolies promenades.

A l'horizon, l'œil se reposait avec plaisir sur les flancs du noble et beau Touggourt, et sur la forêt qui lui a valu son nom de Pic des Cèdres.

Mais tout cela ne suffisait point à Annibal; ce qu'il voulait visiter, c'était l'antique Lambèse dont les ruines s'élèvent à 11 kilomètres au-delà. En aurait-il le temps? La question était là.

Toujours condamné à de très grandes précautions pour ménager sa jambe fatiguée, Dampierre ne pouvait songer à l'accompagner. La route n'offrait aucun danger puisqu'elle est parcourue par un omnibus qui fait le service entre Batna et Lambèse ; mais il était impossible d'attendre l'heure du départ de ce dernier.

— Du reste, je ne serais pas fâché de suivre la route en touriste pour pouvoir examiner les ruines romaines qui se rencontrent, m'a-t-on dit, bien avant d'arriver.

— Prenez un guide, alors.

— Un guide! J'ai toujours peur que cela me vaille du désagrément.

— Et quel désagrément cela pourrait-il t'occasionner? dit Dampierre en riant ; vraiment, mon cher, tu deviens pusillanime.

Annibal s'entendit donc avec un indigène, beau type de la race arabe, taille élancée, port superbe, visage ovale, front fuyant, yeux noirs et vifs, nez busqué, lèvres minces, cheveux et barbe noirs.

Ils se mirent en route.

A un moment donné son guide s'étant arrêté à un tournant du chemin, notre jeune touriste enfila un sentier de traverse qui lui paraissait attrayant. Tout à coup il tressaillit en entendant retentir à ses oreilles la fameuse onomatopé des Arabes lorsqu'ils s'appellent entre eux.

— Ya, ya, ya, you, animal, repercuté par un écho de la montagne qui disait à son tour : animal, animal.

Le cœur manqua à notre voyageur. Jusqu'au sein du désert le sobriquet qui lui avait gâté ses années de collége, devait-il encore le poursuivre? Il s'arrêta; rebroussa chemin et lança à son guide un énergique :

— Ana Passérieux.

— Passe-riou? Non, toi animal, moi sabir, dit le brave garçon, dont un aimable sourire éclaira la physionomie!

Le sang monta à la tête d'Annibal et pendant une demi seconde, son bras levé menaça le pauvre diable qui n'y comprenait rien. Puis, une salutaire réflexion tempéra cette première vivacité que notre ami eût vivement regrettée, et la route se poursuivit en silence.

Comme on le lui avait indiqué, avant d'arriver à Lambèse, notre touriste trouva la voie romaine très bien conservée, et bordée à droite et à gauche de monuments tumulaires de formes variées et couverts d'inscriptions. Mais comme il ne pouvait tout voir, les ruines étant trop nombreuses, et se composant d'arcs de triomphe, des débris de forum, prétoire, maisons, citernes, murailles, de fûts, de colonnes, de chapiteaux, de statues, de pierres tumulaires, il se fit indiquer les principales.

C'était d'abord, à l'entrée de la ville le prétorium jadis somptueux, demeure du légat prétorien qui commandait la légion; grand monument carré, long de 28 mètres, large de 20, haut de 15, dont on a fait un musée renfermant des inscriptions. Deux mosaïques auxquelles notre amateur d'antiquité ne pouvait s'arracher : l'une représentant *Léda*, l'autre les *quatre saisons*, et un grand nombre d'objets divers recueillis dans les fouilles, mais qui malheureusement se détériorent faute d'une toiture qui préserve l'intérieur du prétoire de la pluie et de la neige.

Il était ainsi plongé dans les réminiscences du passé qu'il se plaisait à reconstruire dans sa pensée, lorsqu'il se sentit touché par le bras.

— Animal, toi andar les pô-tes.

— Animal toi-même, fit notre ami impatienté; que veux-tu?

— Toi andar, el bibane, andar les pô-tes?

— Il vous demande si vous désirez qu'il vous conduise aux ruines des magnifiques portes qui sont demeurées debout, dit à ce moment un jeune homme qui avait contemplé du coin de l'œil cette petite scène. C'est vers elles que se tourne en général l'admiration des touristes.

— Merci, Monsieur, dit froidement Annibal qui avait surpris

sur les lèvres de son complaisant interlocuteur un sourire dont il avait pris ombrage.

Et il se dirigea vers les quatre portes qui restent encore debout sur les 40 signalées, il y a un siècle.

L'impression grandiose et poétique que ressentit Annibal à se trouver en présence de ces portes triomphales dont les arcs si purs se détachaient sur l'azur intense de ce ciel du sud, lui fit quelque temps oublier sa contrariété. Il était encore livré à ces ineffables rêveries des esprits élevés, subitement mis en présence d'un passé qu'ils dominent par leur intelligence et dont ils apprécient d'autant mieux la grandeur, lorsque son guide, qui décidément avait pris son rôle au sérieux, lui cria :

— M'siou, animal, aroi ichouf.

— Peste de l'animal! grommela notre ami, ne pourra-t-il me laisser tranquille un instant!

Mais l'autre ne le voyant pas venir, criait de plus belle : Animal, ya-hou, animal.

Ne pouvant pas se faire comprendre, force fut à Passérieux de se rendre à ces appels répétés, quand ce n'eût été que pour les faire cesser.

A ce moment reparaissait sur la route son interlocuteur de naguère, monté sur un fringant cheval, et qui eût encore pour l'ennui de notre touriste le même sourire contenu de raillerie discrète.

— Bon! celui-là s'en va, se dit Annibal, en suivant de l'œil les tourbillons de poussière soulevés par la noble bête.

Et il en éprouva une vive satisfaction.

Il visita ensuite les ruines du temple d'Esculape où les fouilles ont fait découvrir des colonnes reposant sur les dernières marches d'un escalier, ainsi que des statues d'Esculape, d'Hygie, et une mosaïque sur laquelle se lisait cette inscription :

— *Bonus intra melior exi.*

— Puis les ruines d'un cirque de 400 mètres de diamètre avec ses quatorze portes. Enfin pressé par l'heure, Annibal s'arracha à son examen et regagna Batna où l'attendait son ami.

— Louis, lui dit-il, dans le cours de la soirée, ne m'appelle plus Annibal, comme tu l'as fait ce matin devant l'Arabe.

Et il lui raconta la petite vexation que son malheureux prénom lui avait encore imposée.

Dampierre ne put s'empêcher de sourire.

— Ce n'est point au milieu de ces ruines romaines que tu aurais dû rougir de ta synonimie avec Annibal. Ne te souviens-tu pas que ce seul nom a suffi pour faire trembler les maîtres du monde?

— Je le sais; c'est absurde j'en conviens, mais c'est plus fort que moi sans compter que ce grand diable d'homme semblait prendre à tâche de m'exaspérer. Plus je cherchais à lui imposer silence, plus il me répétait — toi animal, moi sabir.

— Voilà le malheur de ne point s'entendre, cela me rappelle l'histoire qu'on racontait à Milianah.

— Au coin des blagueurs, au moins.

— Oui, certes, c'était l'histoire d'un Anglais qui prit un guide arabe pour parcourir les environs d'Alger.

— A qui ce bô villa? demandait-il.

— Manarf, répondait l'Arabe.

— Je aimais beaucoup les grandes Jardeens avec bôcoup de Hôrangers, à qui?

— Manarf, répondait le guide.

— Et cette parc avec bôcoup des chevaux?

— Manarf.

— Oh! riche bôcoup M. Manarf; moi vouloir faire la cônnais-sance à loui.

Soudain passe un pauvre enterrement.

— Qui cette môrt là?

— Manarf, continua flegmatiquement l'indigène.

— Eh quoi! s'écria l'Anglais, cette môsieu si riche s'en aller dans le terre si pauvre! aoh quelle hioumilité!

— Que signifiait donc le Manarf de l'Arabe! demanda Pas-sérieux.

— Tout simplement ceci : Je n'en sais rien.

Annibal partit d'un franc éclat de rire.

— Ton coin des blagueurs avait du bon, dit-il, dès qu'il put parler.

— Enfin, es-tu content de ton excursion ?

— A part ce détail, enchanté.

— Et l'on m'a dit que ce n'est pas le seul endroit intéressant. La province de Constantine offre à l'explorateur, dans un rayon de 60 kilomètres autour de Batna, une ample moisson de documents.

— C'est aussi dans ce voisinage, dans les aurès vêtus de cèdres presque jusqu'à leurs sommets, que se dresse le point culminant de l'Algérie, le Kalthoum, 2,328 mètres.

Mais le moment du départ était arrivé. Quelques heures plus tard la diligence gravissait une montée rapide, puis, descendait du col des juifs par des escarpements affreux qui faisaient dresser les cheveux à Dampierre lui-même.

— Ce n'est pas la première fois que j'entends cette appellation de « col des juifs. » Quelle signification a-t-elle pour se multiplier ainsi ?

— Elle désigne toujours un endroit où l'on pillait les caravanes, où l'on assassinait les voyageurs isolés.

— Et tout danger est passé ?

— Absolument ; mais nous entrons dans les gorges d'un oued pittoresque que nous suivrons jusqu'à l'antique talon d'Hercule (*calcéus Herculi*). El-Kantara la poétique, la verdoyante dont j'ai lu quelques parts : Roches ardentes, eaux vives, ciel magique, palmiers, voix d'un torrent, cette oasis a la beauté parfaite !

— Ne m'as-tu pas dit qu'El-Kantara signifie le pont ?

— Oui, je te l'ai dit. Aussi y a-t-il un pont, pont d'une arche, de construction romaine, et, comme tel grandiose, jeté sur le précipice. Ce pont a été rendu inutile par la nouvelle route, celle que nous suivons ; l'ancienne était, paraît-il, vertigineuse. Du reste nous en jugerons.

Au bout d'une demi-heure environ, la diligence débouchait à cet endroit que les Arabes ont désigné par une appellation bien caractéristique Foum-es-Sahara (1) « où le mortel le plus vulgaire est pris comme à la gorge par la splendeur du désert grand comme l'Océan. »

Or, ni Annibal ni Dampierre n'étaient des mortels vulgaires. Plus que d'autres peut-être ils étaient accessibles à la beauté sereine de la nature, à ses grandeurs, à ses horreurs sublimes. Ils restèrent donc muets, frappés de surprise devant cette immensité fauve où, sous l'action d'une brise assez forte, ils voyaient courir des syphons de sable. Mais lorsque après avoir longtemps admiré cette forme grandiose et inusité de la création, ils détournèrent la tête, quel charme! quelle délicieuse impression! A côté du désert roux, sans voie, sans bornes, sans limites, la fraîche verdure de l'oasis avec ses palmiers superbes, ses jardins ombreux où roucoule la tourterelle, ses lignes douces et vaporeuses, se détachant sur le fond sombre des masses gigantesques du Djebel-Gaous et du Djebel-Essor.

Là, comme à Lambèze, profusion de ruines romaines, si bien conservées sous un ciel qui les épargne et qui les dore que l'écurie d'un cabaret où Annibal demanda à se rafraîchir, n'est autre qu'un bâtiment romain.

— L'oasis d'El-Kantara est formée de la réunion de trois décheras ou villages ombragés par 20,000 palmiers et entourés par un mur en pisé. La population est évaluée à 2,000 âmes. Les femmes tissent la laine, les hommes cultivent les palmiers et ce qu'il faut à la consommation dans les jardins conquis par les irrigations sur les terrains d'alluvion des bords de la rivière, et arrosés par de grossiers barrages ou canaux qui suivent partout où ils passent la végétation et la vie dans ces régions autrefois désolées.

Mais on ne pouvait s'attarder longtemps.

D'El-Kantara à El-Ontaïa, la route suivait l'oued de très près.

— Regarde donc le terrain sur lequel nous marchons, s'écria tout à coup Dampierre. Ai-je la berlue ou ces coquilles ne sont-elles pas des coquilles d'huîtres?

(1) Bouche du Sahara.

— C'est singulier, dit à son tour Annibal, après un moment d'examen ; quoique je ne sois pas géologue, je reconnais bien que la mer a dû promener ses flots par ici ! Vois ces cailloux roulés, ces fossiles, ces huîtres, ces oursins et ces peignes.

Mais ils avaient à peine épuisé leur surprise sur ce sujet, que leur attention était excitée par les ruines d'une redoute romaine élevée au sommet du Djébel-Selloum, pour servir d'observatoire entre deux routes et veiller efficacement à la sûreté des voyageurs, comme en témoigne une inscription qui leur avait été signalée. Plus loin on leur montra des sites sauvages, des villages penchés sur les montagnes et accessibles seulement au moyen de cordes ou d'échelles, comme dans certaines localités de la Syrie. Puis, encore des thermes romains, une autre montagne de sel, et enfin El-Ontaïa.

Nous disions naguère que le Sahara non contenu a des tendances envahissantes : La preuve en est, ce pauvre déchera qui, détruit à la suite de querelles intestines, ne montrait plus, il y a trente ans, qu'un seul palmier qui eût survécu à l'invasion des sables. Aujourd'hui de vastes cultures émaillent les tons rougeâtres de la plaine ; une ceinture de palmiers enveloppe les murailles relevées du village arabe, et des expériences ayant démontré que le coton longue soie donne des résultats surprenants dans la nouvelle oasis, il est question d'y créer un centre de colonisation.

Passé El-Ontaïa nos voyageurs s'engagèrent dans le col de Sfa.

— Nous approchons du point culminant du col, leur dit tout à coup le conducteur qui marchait auprès de sa voiture, pour l'alléger d'autant ; attention !

Dampierre et Annibal le cou tendu, l'œil au guet, cherchaient à qui apercevrait le premier les imposantes solitudes du Sahara. Soudain un seul et même cri partit de leur poitrine :

— La mer ! la mer !

— Ah ! vous voilà comme nos petits chasseurs la première fois qu'ils arrivèrent où nous sommes, s'écria le conducteur en

riant. C'est singulier que cela fasse le même effet presque à tout
le monde.

— Comment avons-nous pu nous laisser surprendre ainsi? se
disaient les deux jeunes gens en admirant l'imposante majesté de
ces lignes infinies.

— C'est cet horizon sans montagnes, et qui se confond avec le
ciel qui a causé notre illusion, dit Dampierre. C'est une erreur
d'optique.

— Cependant, regarde, reprit Annibal, comme ce sable est
partout moucheté de taches noires!

— Ce qui faisait dire à Ptolémée que « cette région ressemble
à une peau de panthère, » expression dont je ne me croyais pas
appelé à vivifier la justesse.

— Ces taches noires sont les oasis, remarqua le conducteur, et
là, sur la gauche, c'est l'Aurès.

Mais déjà le coup d'œil magique avait disparu. On était à
l'Hamman-Essalehin, le bain des saints, source sulfureuse très
fréquentée par les Européens comme par les Arabes qui y viennent en foule de Biskra; puis on arriva au fort Saint-Germain,
le quartier français de la reine des Zibans : C'était Biskra, la
belle oasis qui est déjà devenue la ville d'hiver des riches habitants de Constantine.

Là, Annibal put s'en donner d'admirer des palmiers! Ce
n'étaient plus les arbres étiques que les jardins publics du midi
de la France exhibent à l'admiration des promeneurs, maigres
plumeaux qui font penser intérieurement que « malgré son nom
l'oasis doit être une triste chose. »

Les palmiers et les oliviers de Biskra sont, dit-on, contem-
porains des Romains. Aussi quelle puissance de végétation!
quelle vigueur! C'est là que Dampierre pouvait triompher et
démontrer ce que les canaux, les puits artésiens peuvent enfanter
de merveilles, même au sein du désert! Mais il n'en prit pas la
peine et il fit bien; c'eût été prêcher à un converti.

Cependant il ne s'agissait pas d'avoir fait tant de chemin pour
négliger sa mission. Le premier soin d'Annibal fut de se faire

conduire chez M. Montenotte, riche propriétaire du pays, dont le premier passant venu lui indiqua la demeure à peu de distance de la ville.

Malheureusement la maison était fermée ; un vieux domestique restait seul avec des Arabes pour la garder.

—Monsieur est à Philippeville, à sa propriété de Bellevue, répondit-il aux interrogations du jeune homme, avec M. Victor et son oncle.

— Qui est M. Victor?

— Vous ne connaissez pas M. Victor Ferretti, administrateur à... un endroit... à un bien bel endroit toujours.

— Qui donc était venu avec M. Victor Ferretti?

— Son oncle Léon.

— M. Montenotte, alors?

— Ah! je ne sais pas; il lui disait toujours : mon oncle.

— Et votre maître, comment l'appelait-il?

— Ah! ça, qu'est-ce que ça vous fait à vous? répondit tout à coup le vieux domestique soudain mis en défiance. Allez-vous-en et laissez-moi tranquille.

— C'est dans l'intérêt de votre maître ce que je vous demande, répondit Annibal en glissant dans la main du vieillard une pièce de vingt francs; répondez encore à ceci! Ce monsieur comment était-il?

— Dame! comme tous les autres.

— Grand, n'est-ce pas? maigre avec de longs cheveux...

— Vous êtes donc de la rousse, vous? dit le domestique sans répondre.

En ce moment ses yeux tombèrent sur la pièce qu'Annibal lui avait mis dans la main, et qu'il avait sans doute prise pour une pièce de vingt sous; voyant de l'or, le méfiant vieillard s'écria en la lui jetant à la tête :

—Ah! on ne donne pas comme ça de l'or pour des prunes! Vous venez ici pour apprendre les êtres, vous, pour dévaliser ensuite la maison. Ah! l'on vous connait, vous êtes de la bande!

Et avant qu'Annibal surpris eût pu se rendre compte du dessein du vieillard, celui-ci s'était armé d'une fourche et lui donnait la chasse. Des chiens, attirés par le bruit, accoururent en aboyant, suivis d'Arabes heureusement ensommeillés et mous qui se contentèrent de crier à tue-tête, et ce fut au milieu d'un vacarme assourdissant, en laissant un morceau de son pantalon après les crocs d'un dogue plus effronté que les autres, que notre pauvre ami fit son exil.

Une fois hors de la grille de la propriété, soigneusement refermée sur lui, il entendait encore le trop fidèle gardien, s'écrier avec rage :

— Ah! le coquin. Ah! le scélérat, il ne savait pas à qui il avait affaire; il croyait qu'on achète un homme comme une citrouille!

— Ce qui résulte de plus clair de tout cela, résuma Dampierre, après qu'Annibal lui eût raconté sa mésaventure en faisant disparaître les témoignages par trop visibles, c'est que maintenant tu es sûr de ton affaire.

— Absolument sûr. Le sous-administrateur est arrivé ici avec son oncle Léon, et les trois hommes sont repartis ensemble pour Philippeville, sans doute, pour rapatrier Montenotte.

— Cela me paraît probable. Dans ce cas, tu seras sous peu avisé par ta maison.

— Que comptes-tu faire?

— Me rendre à Philippeville. Tant que Montenotte n'est pas réintégré dans sa cage grillée, j'ai mission de le suivre... et je le suis; ce qui n'est pas toujours agréable, ajouta-t-il en passant la main sur son mollet légèrement endommagé.

— Allons-nous faire un tour dans Biskra? demanda l'ex-lieutenant désireux de changer le cours de ses idées.

— Allons!

La promenade fut délicieuse; partis de l'hôtel Transsaharien où ils étaient descendus au milieu de la ville française, ils suivirent la grande rue, bordée d'un côté seulement de maisons à arcades, et coupée çà et là par des places et des jardins, abondamment arrosés d'eau vive et ornés de plantes tropicales d'une grande beauté. Ils visitèrent aussi le jardin d'acclimatation qui aboutit à une vaste place, encore peu construite, dont le côté est n'a d'autre limite que le désert; la petite oasis des Béni-Héva qui a été affectée au service des pépinières, et où a été fondé un véritable jardin d'essai pour initier et façonner les Arabes à nos modes de culture et pour faire des expériences de plantes en tous genres.

Une fois à l'extrémité de la ville française, qui s'étend sur une longueur de 5 kilomètres sur la rive droite de l'oued Biskra, les jeunes gens traversèrent le village nègre et arrivèrent à la série de villages arabes qu'abritent les 140,000 palmiers de cette admirable oasis.

Dans un de ces villages on leur montra une koubba qui remonte au XIIIᵉ siècle, mais que les sables ont envahie; quelques maisons baroques, dont les balcons percés de fenêtres en forme d'étoiles ou de triangles, retombant sur des colonnes faites de palmiers et de débris provenant de la ville romaine de Ad-Pisciñam. Enfin, au sud de la casba, le cimetière où reposent nos officiers égorgés en 1844.

— A quelle occasion? demanda Annibal.

— Nous nous le ferons dire à l'hôtel, répondit Dampierre, car je l'ignore.

En effet, en rentrant le soir, les deux jeunes gens n'oublièrent pas de s'informer de ce qui avait déterminé le massacre de leurs compatriotes.

— Le 1ᵉʳ mars 1844, leur fut-il dit, Biskra fut occupée par le duc d'Aumale qui y laissa une compagnie de soldats indigènes, commandés par cinq officiers et sous-officiers français. Attaqués en nombre écrasant par de misérables fanatiques, les infortunés ne tardèrent point à être massacrés.

— Et leur mort resta impunie?... s'écria Annibal dont le sang bouillonnait à cette seule pensée.

— Oh! non, ils furent vengés et bien vengés. Une occupation mieux organisée, nous rendit définitivement maîtres de Biskra, le 18 mai suivant, et nous assura peu à peu la domination et la possession du Sahara, du moins dans cette partie de l'Algérie.

— Je trouve une analogie singulière entre ce nom de Biskra et ce terme de Biskri que j'ai entendu prononcer dans toutes les villes où je suis passé, remarqua Annibal. Auraient-ils une origine commune ?

— Je le crois bien, dit l'ex-lieutenant en riant ; les Biskris sont originaires de Biskra, et, comme tu as pu le remarquer, ils sont portefaix, canotiers, porteurs d'eau, ils ont le monopole des travaux pénibles, comme chez nous les Auvergnats, les Limousins.

— Je les aurais cru amollis, énervés par leur climat brûlant.

— Pas du tout ; le Zibanais est laborieux et courageux ; s'il n'est point assez riche pour rester au pays, dans sa chère patrie, il s'exile, il va affronter les plus rudes fatigues, jusqu'au jour où il a amassé quelques écus d'économie, assez pour acheter un champ de palmier, une femme et un bourriquot !

— Quel beau rêve !

— Ne raille pas ; cela suffit à l'aider à braver toutes les déboires d'un exil volontaire.

Le lendemain nos amis reprenaient la route de Constantine, mais avec l'intention de s'arrêter à Aïn-Yacout, pour de là, faire un léger détour et visiter le Médracen, le tombeau présumé de la famille de Massinissa.

— A défaut du tombeau de la chrétienne, il faut que je voie ce vieux témoin du passé numide, avait dit Annibal, et Dampierre s'était rangé à cet avis.

Deux jours plus tard, les jeunes gens restaurés par une bonne nuit de repos à l'auberge d'Aïn-Yacout, partaient dès l'aube pour leur excursion.

— Comme architecture, ce n'est ni svelte, ni gracieux, fit Annibal en apercevant ce massif édifice.

— Ne te disais-je pas que le tombeau de la chrétienne ressemblait à un coteau planté sur une colline ? Voyons, lisons la description qu'en donne le colonel Foy, nous contrôlerons.

Dampierre commença :

« Sa forme générale est celle d'un gros cylindre très court,
servant de base à un tronc de cône obtus, ou plutôt à une série
de 24 cylindres, qui décroissent successivement et donnent ainsi
sur le cylindre de base, une suite de 24 gradins circulaires de
58 centimètres de hauteur et 97 centimètres de largeur. La plate-
forme supérieure a 11 mètres 40 centimètres de diamètre; son
affaissement au centre forme un entonnoir de 1 mètre cinquante.
Le gradin inférieur a 176 mètres de pourtour, soit 58 mètres
66 centimètres de diamètre. Il est évidé inférieurement en quart
de cercle, et forme ainsi une corniche très simple de 90 centimètres de haut et 80 centimètres de saillie. Cette corniche est sup-
portée par 60 colonnes engagées, espacées de deux mètres 90
centimètres d'axe en axe, et ayant 45 centimètes de diamètre,
2 mètres 27 centimètres de hauteur de fût, et 2 mètres 70 centimètres avec le chapiteau. Ces colonnes reposent sur un double
soubassement peu apparent, aujourd'hui que les terres se sont
amoncelées à son pied. On devait mesurer autrefois cinq mètres
de la corniche et 18 mètres 35 centimètres de la plate-forme, au
niveau du sol, qui s'est relevé de 1 mètre à peu près. »

— C'est cela, c'est bien cela, conclut le jeune homme après
avoir examiné le bâtiment. Si en m'aidant des pieds et des mains
je parvenais à m'élever, parmi les décombres jusque sur la corniche, j'arriverais peut-être à apercevoir cette étroite ouverture
là-haut au quatrième gradin, dit Annibal. Attends, je te dirai ce
que j'y verrai.

Et mettant prestement habit bas, il se hissa au point indiqué.

— J'aperçois un escalier intérieur. Oh! Louis, que j'aimerais
savoir ce qu'il y a là!

— Tu vas tomber, descends. Je vais te dire ce que tu désires
savoir; j'ai une petite notice des dernières études faites en 1873.
L'escalier que tu vois à 1 mètre 20 de large, l'entrée en était
bouchée par une des pierres du quatrième gradin moins large
que les autres et que l'on faisait glisser, et conduit à une galerie
de 16 mètres de long et à une chambre sépulcrale autour de
laquelle règne des banquettes de 20 centimètres de large sur

30 de haut. Le fond de la chambre est à peu près à l'aplomb du centre de la plate-forme du monument. Des traces d'incendie sont encore visibles.

— On aurait donc cherché à détruire le monument? demanda Annibal.

— L'histoire est muette à cet égard.

— Et ces fouilles n'ont-elles rien fait trouver à l'intérieur?

— Rien que des débris de poterie et des morceaux de cuivre.

— Comment as-tu eu ces détails si à point?

— Je me les suis procurés à Constantine dans le cas où le hasard de nos excursions nous amènerait au pied du Médracen.

Nos amis allèrent déjeuner à l'hôtel du Tournant où ils attendirent la diligence, tout en causant sur le mystère de l'origine de ce monument qui garde son secret comme le phénix antique. Ils traversèrent les chotts Tuisilt à droite et Mzouri à gauche, déserts en ce moment, mais qui, l'hiver, sont couverts de flamands et de canards sauvages; et Aïn-Melita où ils virent d'immenses dépôts d'alfa; puis, Siévers où on leur fit remarquer une usine de trituration d'alfa pour le papier et une source d'eau ferrugineuse acidulée.

Ils étaient maintenant dans la riche vallée du Bou-Merzoug . Son étendue n'a pas moins de 45,000 hectares, dont 2,000 irrigués par la rivière qui vaudrait la peine qu'on remonta à ses sources puissantes, situées à peu de distance.

Avant la nuit, ils traversaient le joli village de Sidi-Mabrouk, si pittoresque et si bien cultivé, où se trouvent une grande caserne de chasseurs, les haras et la remonte, ainsi qu'un hippodrome dont la piste bien aménagée est le *great attraction* des cavaliers européens et arabes.

Une heure après ils se trouvaient à leur hôtel de la place Nemours

XVIII. — Où le lecteur apprend enfin pourquoi notre héros s'appelait Annibal.

Dès le lendemain, Annibal et Dampierre prenaient place dans le train qui filait sur Philippeville. Les trains ne vont pas vite en Algérie, aussi les jeunes gens eurent-ils le temps d'admirer le Hamma, cette vallée enchantée où des sources thermales, donnant jusqu'à 700 litres d'eau à la minute, entretiennent une fertilité et un luxe de végétation qui transportait d'aise Annibal.

— Mais, vois donc, s'écriait-il sans cesse, voilà le palmier du Sahara à côté du peuplier d'Europe! et ces plantes grimpantes, ces rosiers, ces jasmins! Voilà un de ces lieux où l'on aimerait naître, vivre et mourir.

— Qui dirait qu'il y a trois siècles, c'était un repaire de fauves et de brigands? remarqua Dampierre.

A quelques lieues de là, un de leurs compagnons de route leur signala les Toumiets ou « deux jumelles, » représentés par deux pitons de même hauteur, 894 mètres, et de même forme. Là, les courbes du chemin sont fréquentes, et le pays fort accidenté.

Plus loin, ils s'arrêtèrent cinq minutes à Robertville, dont ils admirèrent la masse d'oliviers séculaires, puis à Saint-Charles, également riche en oliviers greffés. Ils s'extasièrent sur la luxuriante vallée de Saf-saf, s'intéressèrent au village de Filfila, dont les marbres blancs, propres à la statuaire, ont été depuis quelques années l'objet d'une exploitation considérable. Ils entrevirent à Damrémont la distillerie qui extrait annuellement de l'asphodèle rameux 40,000 litres d'alcool à 35°, et entrèrent enfin en gare de Philippeville. La première personne qu'Annibal aperçut en mettant pied à terre fut un jeune lieutenant.

— C'est drôle, cette figure ne m'est pas inconnue, fit-il; où donc l'ai-je vue?

— Que t'importe?

— Il me semble qu'elle me rappelle un souvenir désagréable; mais je ne sais lequel.

15

— Ah! c'est ce jeune homme, si bien monté, qui riait tant de m'entendre appeler animal, par mon guide arabe.

— Tu peux te tromper.

— Je ne le pense pas. Enfin, tant pis!

Mais le soir au café se retrouva le lieutenant, et qui, cette fois, regarda Annibal avec un léger sourire.

— Cet homme m'agace étrangement, dit Annibal à Dampierre. Viens, allons-nous-en.

— Laisse-moi au moins le temps de parcourir les dépêches.

— Non, tu les liras ailleurs.

Les deux amis allèrent sur la jetée, et toujours causant, croisèrent bientôt l'officier au railleur sourire.

— Je crois vraiment qu'il s'attache à mes pas, murmura Passérieux à Louis.

— Retournons au café. Allons partout où il ne sera pas.

Dampierre proposa à son ami qu'il voyait obsédé par une pensée importune, une partie de billard. La partie s'engagea et Annibal qui apportait à tout ce qu'il faisait une ardeur extrême, eut bientôt perdu le souvenir de ses ennuis; lorsque en relevant les yeux, après avoir manqué un superbe carambolage, il retrouva fixé sur lui le regard du lieutenant.

— Oh! c'est trop fort! fit-il.

Emporté par la vivacité de son caractère, il allait certainement faire un éclat, lorsque le jeune officier qui n'avait aucune intention blessante et ne se doutait même pas de l'effet qu'il produisait sur Passérieux, se leva et sortit en causant gaîment avec quelques amis.

Dampierre força Annibal à se rasseoir et dès qu'il furent seuls, s'écria :

— Puisque tu ne peux te corriger de cette susceptibilité maladive, pourquoi ne changerais-tu pas de prénom?

— On ne peut renoncer à son nom patronimique, et le tien du reste, est moins désagréable que Cucheval, Pauchèvre, Cochonnet et tant d'autres; mais il n'en est pas ainsi du nom de baptême.

Pourquoi ne te fais-tu pas appeler Ernest, Gustave ou Léon?

— Ah! c'est bien là la difficulté, répondit Annibal en riant; mon mauvais destin me condamne à porter indéfiniment ce nom maudit.

— Et pourquoi? demanda Dampierre.

— Voici : J'ai une grande tante qui a eu, paraît-il, le malheur de perdre un Annibal au berceau. Elle possède une grande fortune, et elle annonça un jour à ses neveux et nièces réunis chez elle dans un dîner solennel, qu'elle ne prendrait jamais pour héritier qu'un Annibal. Je naquis quelques jours après; tu devines le reste; mais le plus joli de l'histoire, c'est que nous sommes *sept* ainsi dans la famille. Tous mes oncles et mes tantes ont pris l'avis pour eux. Si ce n'était pour ne pas désobliger ma mère, j'aurais préféré renoncer à mon septième de chance à l'héritage, et me choisir dans le calendrier un honnête patron. Mais cette pauvre mère ne se figure pas à quelle existence de misère, l'espoir de cette opulence m'a voué.

— Alors n'en parlons plus. Il y a ici assez de monuments dignes de ton attention pour te distraire, Romanophile que tu es.

Le lendemain les deux amis se dirigèrent à travers la campagne, vers un massif de chênes-liéges, où on leur avait indiqué le domaine de Bellevue.

Ils franchirent la grille en fer qu'on leur avait décrite.

— Ces messieurs sont repartis pour Biskra! telle est la réponse qui nous attend assurément, dit Annibal en gravissant l'allée sinueuse qui conduisait à l'habitation.

— Monsieur est chez lui, répondit la domestique qui parut à leur coup de sonnette.

— Cela m'étonne, murmura Annibal.

Quelques minutes après, ils étaient introduits dans un vaste cabinet où un homme âgé, ressemblant fort à Montenotte Junior, se promenait d'un air agité, une dépêche à la main.

Annibal se fit connaître comme envoyé de la maison Cauvières et Cie de Marseille, et demanda ensuite avec assurance à M. Montenotte d'être conduit auprès de son frère.

— Il n'est point ici? répondit le vieillard étonné. Qu'est-ce qui vous fait supposer qu'il soit chez moi?

— M. Ferretti, votre neveu, ne vous a-t-il pas amené son oncle?

— Oui, M. Léon Ferretti, le beau-frère de sa mère, ma sœur.

La mine d'Annibal eût été comique pour un observateur désintéressé. Il n'avait pas une seule fois mis en doute que le parent de Laghouat, l'oncle annoncé à Biskra, ne fut Léon Montenotte, celui qu'il cherchait. Il avait vraiment fait bien des lieues pour acquérir une certitude aussi tardive.

M. Montenotte Junior réfléchissait de son côté.

— Il y a une chose qui me paraît ressortir de vos investigations, Monsieur! c'est qu'il est arrivé malheur à mon frère.

— Non, s'empressa de répondre Annibal; mais comment aller plus loin sans trahir cette vérité qu'on lui avait fait un devoir de tenir secrète?

— Permettez-moi de ne pas ajouter une foi entière à vos dénégations, Monsieur, et bien que je suppose que vos restrictions ont une raison d'être, de vous demander des nouvelles certaines de mon frère; mis au courant de la situation, je pourrai peut-être l'éclaircir pour vous, comme vous l'éclairciriez pour moi, dit-il en désignant le télégramme qu'il tenait à la main.

Annibal alors comprit qu'il était de son devoir de s'expliquer et lorsqu'il eût fait part au vieillard des scrupules si respectables qui avaient dicté la conduite de la maison Cauvière, celui-ci s'écria:

— Alors c'est bien lui qui est à l'hôpital!

— A l'hôpital! répétèrent les deux jeunes gens confondus, où?

— A Mustapha.

Annibal regarda son ami d'un air interrogateur; celui-ci ne put s'empêcher de sourire.

— A Alger, si tu préfères.

— Pour le coup c'est trop fort! s'écria Annibal; mais comment cela peut-il se faire?

— Un peu avant votre arrivée, continua M. Montenotte, on m'a apporté cette dépêche qui m'est renvoyée de Biskra: « Montenotte très mal, hôpital. Est-il votre parent? »

— Il faut vous dire, ajouta le vieillard, que le directeur de l'hôpital est le fils d'un de mes vieux amis; la similitude de nom l'aura frappé. J'étais donc fort en peine de savoir que répondre à ce télégramme lorsque vous êtes arrivés pour l'éclairer d'une lumière soudaine. Je vais faire atteler et nous irons ensemble au télégraphe. Mon Dieu! pourvu qu'il ne soit pas trop tard!

— D'ici à une heure nous saurons à quoi nous en tenir, dit Annibal.

Les trois hommes partirent et, comme ils l'avaient prévu, leur télégramme leur rapportait bientôt une réponse :

« — Montenotte, Léon, repris connaissance. Hors de danger. »

On juge si une fois rassuré sur le sort de son frère, M. Montenotte, qui se trouvait être un aimable vieillard, prit plaisir à se faire raconter l'odyssée de ceux qu'il appelait les modernes « Oreste et Pylade. » Mais quand Annibal arriva à la réception par trop *touchante* qu'il avait reçue à Biskra même, l'hilarité du vieillard ne connut plus de bornes.

— Pardonnez-moi, Monsieur, dit-il enfin quand il eût repris un peu de calme, mais vous m'avez fait passer un moment comme je n'en avais pas eu depuis longtemps. Ah! mon vieux Mahonais! je ne le croyais pas encore de cette force!

Et il se reprenait à rire de plus belle.

— Qu'allons-nous faire? demanda Annibal lorsqu'on eût assez discouru sur le chapitre de ses aventures.

— Prendre le premier train demain matin et nous rendre ensemble à Alger. J'espère, Messieurs, que vous me restez ce soir. Je vous dois d'ailleurs des dédommagements pour la manière dont vous avez été reçu chez moi. Vous garderiez une trop mauvaise impression de l'hospitalité algérienne.

Annibal voulait voir Philippeville. Il chercha donc mille excuses, mille prétextes, mais le vieillard n'en voulut pas démordre.

— Je vous ferais bien les honneurs de la ville, mais elle n'est pas grande, et, d'ailleurs, son origine toute récente fait qu'elle n'a point à s'enorgueillir de grand'chose.

— Je croyais au contraire que Philippeville était une ancienne cité romaine?

— Si l'on veut remonter à son origine, elle est plus ancienne que cela, car elle a servi de comptoir aux Phéniciens, fit observer Dampierre.

— C'est égal! c'est affaire aux gouvernements de savoir traiter de bonnes affaires. Devinez combien le terrain de Philippeville a coûté?

— Dix millions? demanda Annibal un peu au hasard.

— Cent cinquante francs, mon jeune ami; encore l'histoire ne dit-elle pas s'ils furent payés comptant.

— C'était l'emplacement de la Rusicade romaine qui fut ainsi vendu?

— C'est pourtant là que devait se trouver ce que la ville offre de plus intéressant?

Fi! des ruines! des vieilles pierres! dit M. Montenotte.

— Il y avait des arènes, un amphithéâtre, des monuments remarquables? je crois.

— On a démoli tout cela pour bâtir les remparts de la ville nouvelle; et bien l'on a fait. J'aime ce qui est pratique, moi.

— Alors il ne reste plus rien? demanda Annibal avec regret.

— Pardon, pardon; il y a les grandes citernes restaurées du fort d'Orléans; la mosaïque de la maison Nobelli qui représente Amphitrite ou toute autre déesse marine, entourée de poissons aux couleurs éclatantes; on dit que c'est fort beau, mais je n'y connais rien, moi. Le cercle militaire possède des tombeaux.

— Je remarque que les rues sont bien droites et bien larges, reprit Dampierre.

— Excepté celles à escaliers toutefois.

— Oh! naturellement celles là sont nécessitées par la situation de la ville suspendue aux flancs de l'Adouna et du Bou-Iala.

— La principale rue est celle que nous traversons, dit M. Montenotte; la rue Nationale, la grande rue, comme l'on disait de mon temps, puisque toutes les autres y viennent aboutir. Voilà l'église.

— Elle est mesquine.

— Ce n'est pas elle, c'est le budget d'où on l'a extraite qui était mesquin.

— La mosquée est mieux.

— Oui; mais elle n'est pas entretenue. Voici le musée archéologique installé dans l'ancien théâtre romain.

— Cela doit assurément être le monument le plus intéressant de l'endroit?

— Vous aimez ça, vous? Moi je ne comprends pas le plaisir qu'on peut trouver à examiner de vieilles pierres; je préfère une belle moisson, continua le brave homme avec un gros rire.

— Je ne les dédaigne pas non plus, répondit Annibal.

— Si nous allions dîner, reprit le vieillard; les ruines cela peut être très joli, mais cela ne remplit pas l'estomac.

Heureusement que M. Montenotte, en vrai colon qu'il était, se levait tôt et n'aimait pas à se coucher tard. Il voulait emmener ses compagnons à Bellevue, mais ceux-ci esquivèrent ses avances et purent ainsi aller passer une soirée charmante à se promener dans la ville.

M. Montenotte avait donné rendez-vous aux jeunes gens à la gare pour le train de Constantine, car tout bien calculé, le plus court était encore de faire ce détour, l'Algérie ne manquant pas de voies ferrées... en tracé, mais n'ayant que peu de lignes effectives.

Chacun fut exact.

L'on repartit le soir de Constantine et l'on traversa pendant la nuit les pittoresques environs de la ville et la riche vallée arrosée par le Bou-Merzong, D'El-Guerra à Sétif, on entra dans la région des grandes plaines, parfois bornées par des collines, mais monotones d'aspect, sans arbres, sans végétation permanente dont on a pu dire : « Brie ou Beauce quand il a plu, Sahara dans les années de sécheresse. » Enfin on arriva à Sétif.

Sétif, ville moderne, bâtie à près de 1,100 mètres d'altitude, se divise en deux parties bien distinctes : la ville proprement dite et le quartier militaire, contenant tous les bâtiments nécessaires pour loger une garnison de 3,000 hommes. La ville est percée de rues larges et bien plantées qui la coupent en damier. C'est le centre d'un grand marché où plus de 10,000 Arabes vien-

nent faire leurs échanges. C'est l'ancienne Silifi des Romains.
Malheureusement les besoins de l'occupation ont fait disposer des
ruines importantes qui existaient encore lors de l'arrivée de nos
troupes. Une haute colonne surmontée du buste du duc d'Orléans, élevée au milieu du rond-point de la promenade d'Orléans,
perpétue le souvenir de son expédition aux Portes de Fer. Voilà
tout ce qu'Annibal put apercevoir dans la rapide excursion que
lui permit un temps d'arrêt assez long.

Sétif est située dans un lieu extrêmement pittoresque et ses
environs appellent le regard par de charmantes oasis. Du reste le
caractère tout pacifique des tribus environnantes plus adonnées
que partout ailleurs à la culture des terres, joint à la fécondité de
leur territoire leur assurent une quiétude de nature à en faire
un véritable jardin. La vigne y vient très bien malgré le froid
assez vif inhérent aux régions élevées.

Après avoir repris la route d'El-Achir, point extrême auquel
s'arrêtait la partie de la voie ferrée livrée à la circulation, nos
amis arrivèrent au Hamman-ben-Sellam, sources salées chloru-
rées iodiques, assez fortes pour pouvoir faire marcher des moulins. C'était le seul point de vue auquel les richesses naturelles
de l'Algérie en sources thermales intéressassent M. Montenotte.
Quand on arriva à Borj-Bou-Arréridj, il raconta aux jeunes gens
ce que ce pauvre poste constitué en commune, en 1870, avait
souffert de l'insurrection de 1871, et comme il s'était vaillamment
défendu du 16 au 26 mars, jusqu'à l'arrivée du colonel Bonvalet.

—Une petite pyramide auprès du fortin rappelle ce siége et le
nom de ceux qui en sont tombés les victimes, ajouta-t-il. Cependant Borj-Bou-Arréridj est sorti de ses ruines; sa position au
centre de la Medjana, qui sera la Mitidja de cette partie de l'Algérie, lui crée un brillant avenir, car il est question de grouper
aux alentours un certain nombre de villages.

Enfin, ils mirent pied à terre à El-Achir, près de l'entrée d'un
tunnel qu'on vient d'achever et qui est le plus long de la ligne
d'Alger à Constantine.

Là se produisit un temps d'arrêt dont M. Montenotte profita

pour faire remarquer à ses compagnons de voyage qu'ils étaient en pleine Kabylie, la plus belle région de l'Algérie, disait-il.

— Ah! parlez-moi de ce riche pays que les neiges éternelles de quelques-uns de ses sommets condamnent à un rude climat. Il n'est pas habité au moins par ces grands fainéants d'Arabes qui lézardent comme les lazzaronis de Naples

« La tête à l'ombre et les pieds au soleil; »

Qui vivent paresseusement et des heures entières couchés sous la tente, tandis que la moukéra, heureuse de ce temps de répit, fredonne sur un air monotone :

> Trabadjar la mouquéra
> Trabadjar m'léha
> Trabadjar la mouquéra
> Mandjaria macache
> El mercanti maboula.

Ici les hommes sont passionnés pour la liberté et travaillent dur, et si leur compagne travaille également dur à leur côté, elle en est au moins récompensée par un respect et une considération inconnus à la femme arabe. Voyez ces villages aux tuiles rouges suspendus aux flancs presque perpendiculaires de ces montagnes; voyez ces versants ravinés, cultivés presque jusque au sommet, en avez-vous rencontré beaucoup de pareils ailleurs? Aussi, le croiriez-vous? la grande Kabylie nourrit 75 personnes par cent hectares, la moyenne de 66 de nos départements, et quelquefois plus.

— Nous n'avons, en effet, guère vu l'Arabe travailleur, répondit Annibal; partout où nous avons trouvé des indigènes faisant des métiers pénibles on nous a dit : C'est un Biskri, c'est un Kabyle.

— Le Kabyle a tout pour lui si jamais on peut l'amener à une assimilation complète : Il est sobre, courageux, persévérant, rompu à la fatigue, et par dessus tout cela il est doué d'une rare intelligence; il possède un véritable talent d'imitation. De plus, il est loyal, hospitalier. Tout Kabyle possède un droit dont il est fier à juste titre, celui de rendre inviolable la personne, compatriote ou étrangère, qui se réclame de lui. Religieux et aimant saintement sa patrie, il est aisément fanatisé. Cependant comme il existe entre l'Arabe et lui une haine séculaire, l'Européen qui le tient par la question de l'intérêt a bien des chances de captiver sa confiance et de l'attirer à lui.

— D'après ce que nous en apercevons, à elle seule la Kabylie vaudrait la peine qu'on fit le voyage pour la visiter ?

— Assurément. Le Djurjura, dont vous voyez là-bas les hauts contreforts, la traverse par une ligne courbe qui la sépare en deux parties distinctes : La Kabylie septentrionale ou du Djurjura qui s'étend jusqu'à la mer, la seconde jusqu'au territoire d'Aumale. C'est le pays par excellence des pics élevés et des vallées profondes, des torrents impétueux et des cascades scintillantes revêtant la nudité du gouffre de la splendeur d'un voile humide et transparent. C'est encore le pays des belles chasses, car le lion et la panthère se dérobent parfois dans les halliers du Djurjura. C'est aussi là que vous retrouverez les bois d'oliviers et les forêts de cèdres et de chênes. Enfin, c'est la patrie de l'incomparable raisin kabyle, dont vous, M. Dampierre, avez dû, sans aucun doute, apprécier l'excellence.

— Oh ! oui, fit Dampierre ; quand on l'a goûté une fois on ne saurait vraiment l'oublier.

— Et depuis que nous la parcourons, n'avez-vous pas remarqué que malgré la chaleur l'herbe y est toujours verte ? Il est telle vallée que je vous citerais, où l'hiver et l'été semblent avoir suspendu leurs souffles pour faire place à un éternel printemps.

— Je vous dirai, Messieurs, que c'est en Kabylie que j'ai débuté ; j'y étais venu comme soldat en 1839 à la suite du maréchal Vallée, lors de l'expédition des Portes de Fer ; je fus séduit par ce val du Sibaou où débouchent sans cesse d'autres vallées profondes, étroites, perdues entre les montagnes, formant un dédale de vertes oasis sur lesquelles les vents brûlants du désert comme les froides brises du nord passent tour à tour sans jamais les atteindre. Aussi les neiges des montagnes leur distillent sans cesse des eaux fraîches et limpides, qui fécondent autour d'elles tout une végétation luxuriante, et le soleil africain chauffant le sol incessamment rafraîchi sans pouvoir le brûler, on arrive avec un travail d'agriculture bien entendu à de magnifiques résultats. Je m'étais promis d'y revenir ; j'y suis revenu en effet et je n'ai point à le regretter. Certes les débuts ont été durs ; longtemps je n'eus après une fatigante journée de labeur ininterrompu qu'une couche de paille étendue sur le sol pour délasser mes membres fatigués. La vie du colon qui a tout à créer est une rude vie ; mais aussi quelle douceur de voir année après année telle difficulté s'aplanir, telle privation disparaître, tel confort remplacer la gêne des premiers jours. En outre, au début de l'occupation, alors que tout était à faire, on gagnait ce que l'on voulait, tout rapportait de l'or : les transports, les approvisionnements de troupes, les moulins, le commerce ; aujourd'hui c'est plus long et plus difficile, il faut faire de la bonne culture et surtout *du vin* et *de la viande :* l'élevage sur une grande échelle et des vignobles pour remplacer ceux que le phylloxera a enlevés à la mère patrie. Il ne faut pas craindre non plus d'aller de l'avant ; c'est ce qui m'a attiré à Biskra, où il n'y avait encore que peu d'Européens.

— J'aimerais visiter un de ces petits villages, s'écria Annibal. Au moins le Kabyle a une maison au lieu du misérable gourbi de l'Arabe.

— Entre le Sébaou et le Djurjura tous les villages sont placés sur un point d'accès difficile, afin d'être aisément défendus. Des ruelles étroites, sinueuses, s'enchevêtrent les unes dans les autres. Trois ou quatre maisons basses, enfumées et percées d'étroites ouvertures ouvrent souvent sur une cour commune. L'intérieur de la maison varie suivant la profession de celui qui l'habite. Dans celle d'un agriculteur, par exemple, sont réunis son grain, ses bestiaux et son huile. Cette dernière est dans des vases de terre scellés à la muraille, qui garnissent la maison de tous côtés comme des buffets.

— En voiture pour Palestro, Messieurs, en voiture ! cria en

ce moment la voix du conducteur. Et nos amis remontèrent en
diligence.

— Qu'est-ce donc que ces fameuses Portes de Fer dont on
parle tant ? demanda Annibal très désireux de renouer une conversation qui l'intéressait.

— C'est un de ces couloirs sombres à force d'être étroits, que
quelques hommes pourraient défendre contre toute une armée ;
ce défilé est formé par des gorges verticales au pied desquelles
coule l'oued Méklou. Si nous pouvions le traverser à pied nous
y verrions une date, une seule : armée française 1839. Car il
fallait l'audace des Français pour s'y engager. Les Turcs ne l'ont
jamais franchi sans payer tribut. Quand nous y serons vous aper-
cevrez tout à côté de la route, une de ces sources thermales sulfureuses qui ont l'air de tant vous intéresser ; comme si vous étiez
de vieux grognards perclus de douleurs. Parlez-moi d'un bel et
bon oued à l'onde transparente, d'une source d'eau cristalline,
d'un puits artésien ! voilà pour moi la vraie richesse après laquelle
l'Algérie soupire et que pourtant elle recèle en son sein. Demain
nous nous réveillerons à Béni-Mansour, si tant est que vous
puissiez dormir en voiture. Il est vrai qu'à votre âge j'aurais
dormi sur des cailloux.

— En effet, à l'aube du jour suivant nos voyageurs descen-
daient pour prendre le café, la boisson par excellence des
Algériens, à l'auberge au pied du barj de Béni-Mansour.

— Ce barj est à 407 mètres d'altitude, sur la rive droite de
l'oued Sahel, dans une situation admirable. Il a soutenu en 1871
un siége de deux mois. On y conserve un canon provenant de la
désastreuse expédition du duc de Beaufort à Djidjelli en 1664.

— Vous trouvez le site grandiose, ajouta M. Montenotte en
remarquant l'admiration d'Annibal ; je voudrais vous voir sur la
terrasse du barj. C'est de là que la vue est belle. On voit à droite
un pic de 2,318, le Lella Khédidj, le second de l'Algérie en hauteur ; un peu au-delà se dresse sur un pic, le village de Taourit
qui domine la route et où les pères jésuites ont installé un
établissement pour l'instruction des jeunes Kabyles.

Plus loin, Annibal crut retrouver les Tourniet de la route de Philippeville tant les deux pitons, nommés El-Messeur, ressemblent à des jumeaux. Avant d'arriver à l'ancien caravansérail de Barj-Bouiva, Annibal, demanda quelle était la vallée que l'on descendait si allègrement.

— C'est la vallée de l'oued Sahel, bornée au nord par les hautes montagnes du Djurjura dont vous admirez les pics depuis Béni-Mansour.

La route est très accidentée, et depuis Barj-Bouiva elle descend toujours avec des sinuosités incroyables.

— Ne nous plaignons pas de la faire en voiture, dit M. Montenotte. Si nous n'étions pas pressés d'arriver auprès de mon pauvre frère, je vous eusse demandé de nous arrêter ensemble en certains endroits, quitte à nous détourner un peu de la route. J'eusse voulu vous conduire à Fort-National, par exemple et à Palestro.

— Pourquoi à Palestro? demanda Annibal.

— Parce qu'il y a des gorges aussi curieuses que celles de la Chiffa et où l'on rencontre également des singes.

— Mais la route n'est pas taillée dans le vif comme à la Chiffa?

— Parfaitement. La route est en corniche au-dessus de l'Isser et pendant 80 mètres environ, elle est obligée de passer en tunnel dans le roc vif. Pensez, le torrent se fraie à peine un passage entre deux murailles de roches d'une immense hauteur. Çà et là des cascatelles, un cactus, quelques touffes de verdure poudreuses, des lauriers roses, un bouquet de bois s'épanouissent dans une anfractuosité du rocher, et par dessus tout, en hiver, le bruit du torrent qui gronde, anime quelque peu ce désert.

— Quant à Palestro, il a déjà son histoire, dit Dampierre.

— Ce qui n'est pas plus heureux pour lui, ajouta Annibal en songeant à la fameuse phrase, si juste d'ailleurs : « Heureux les peuples qui n'ont pas d'histoire?

— En 1871 il y a eu massacre, reprit Dampierre.

— Oui, parce qu'après s'être bien défendue dans l'église, le presbytère et la maison cantonnière, tant que durèrent les vivres et les munitions, la population se croyant hors de portée de tout secours, se vit contrainte de se rendre. Cinquante des survivants furent massacrés sur place; puis on apprit l'approche du colonel Fourchault, ce qui sauva la vie des cinquante autres; mais le village n'existait plus.

— Et maintenant?

— Il est rebâti et plus prospère que jamais. Seulement on a élevé sur le point culminant du plateau une forteresse assez vaste pour braver les pires éventualités de l'avenir.

C'était à Palestro que nos voyageurs reprenaient le chemin de fer, et quelques heures après ils débarquaient à Alger, d'où ils se rendaient immédiatement à Mustapha.

XIX. — Conclusion.

Nous ne nous attarderons pas à esquisser les dernières scènes qui forment le dénouement naturel de cette histoire ; comment Montenotte Junior, le caissier modèle, à peine relevé d'un transport au cerveau qui l'avait mis à deux doigts de la mort, accueillit les amis auxquels il avait occasionné des inquiétudes si vives et des fatigues si gratuites ; comment le récit de leurs aventures défraya les mortels ennuis de la convalescence ; comment madame Montenotte, à demi folle de joie, arriva sous l'escorte de M. Bernard, non moins enchanté de l'instinct « prophétique, » dont il s'enorgueillissait naïvement ; comment Dampierre retenu à l'hôtel par l'extrême fatigue de cette longue odyssée, reçut un jour la visite du brave docteur de Tlemcen et de sa fille, la charmante Théodora, de passage à Alger, et descendus dans le même hôtel. Le hasard avait mis sous les yeux du docteur les noms de ses aimables compagnons d'un jour, et, les retrouvant, il revenait à eux pour renouer le cours de relations trop brusquement interrompues à son gré. Il ne se doutait pas de ce qui devait résulter de cette nouvelle rencontre fortuite, de ce que quelques jours après Dampierre annonçait à Annibal en ces termes : Elle ne veut pas admettre que je suis un invalide et consent à m'épouser.

Comment Annibal reçut une dépêche de sa mère, lui annonçant la mort de la vieille tante qui l'instituait son légataire universel, et, comment, bien qu'il lui fut loisible maintenant de renoncer à ce prénom qui lui avait valu tant de vexations imméritées, il crut de son devoir de le garder en souvenir de celle qui faisait de lui un millionnaire. Comment enfin, libre de choisir désormais sa résidence, il sut décider sa mère à l'accompagner en Algérie, et alla se fixer auprès de l'heureux Dampierre, devenu colon dans les environs de Tlemcen qui lui avaient laissé de si bons souvenirs.....

Non, vraiment, ce serait superflu ; je laisse à mes jeunes lecteurs le soin de suppléer à ce qui leur paraîtra manquer au dénouement de cette très véridique histoire.

FIN.

TABLE

I. — Où l'on fait connaissance avec notre héros. 5

II. — Où notre héros débarque à Alger et se fait une affaire avec la police. 11

III. — Le frais vallon et les sources thermales de l'Algérie. 21

IV. — La trappe de Staouëli et Sidi Ferruch. 30

V. — Les raisons qui déterminèrent notre héros à prendre la droite plutôt que la gauche. Le sabir. 37

VI. — Le légendaire sergent Blandon et le tombeau de la chrétienne. 45

VII. — Où notre héros fait de nouvelles connaissances. 54

VIII. — Des inconvénients d'aller au café et d'y être appelé par son nom. 63

IX. — Où notre héros touche du doigt la cause de l'infériorité de l'Algérie. 80

X. — Vrai chapitre d'aventures et mésaventures. 93

XI. — Le plus court de Robiochon. Nouvelle rencontre. 107

XII. — Causerie du docteur. 118

XIII. — Où notre héros est échec et mat. Retour à Alger. 136

XIV. — Nouvelle mésaventure. 148

XV. — Où l'amour de l'archéologie joue un mauvais tour â notre héros. 168

XVI. — Un vieux grognard archéologue. 192

XVII. — La reine des Zibans. 209

XVIII. — Où le lecteur apprend enfin pourquoi notre héros s'appelait Annibal. 225

XIX. — Conclusion. 238

FIN DE LA TABLE.

LIMOGES. — Imp. E. ARDANT et C°.

SUISSE

ET SAVOIE

SOUVENIRS D'UN TOURISTE

PAR

A. DE VILLENEUVE

LIMOGES
EUGÈNE ARDANT ET Cᵗᵉ, ÉDITEURS.

www.ingramcontent.com/pod-product-compliance
Lightning Source LLC
Chambersburg PA
CBHW051524050726

47503CB00014B/1412